귀하의
노고에

감
사
드
립
니
다

귀하의 노고에

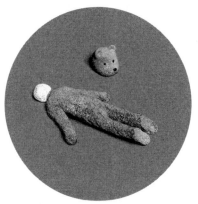

감사드립니다

월급사실주의 ● 2023

김의경
서유미
염기원
이서수
임성순
장강명
정진영
주원규
지영
최영
황여정

문학동네

이 글의 제목이 '기획의 말을 대신하여'인 이유가 있다. '월급
사실주의'라는 문학 동인과 이 단행본에 대해 내가 생각하는 바는
있는데, 다른 참여 작가들도 그 생각들에 다 동의하는지 자신이
없다. 내가 대표로 말을 할 자격이 있는지도 모르겠다. 대표 같은
건 안 정했고 앞으로도 정하지 않으면 좋겠는데, 그 또한 내 개인
의견이다.

월급사실주의라는 이름은 다분히 1950~1960년대 영국의 싱
크대 사실주의Kitchen sink realism를 의식했다. 지난해 동인 참여를
제안하면서 작가분들께 미리 말씀드린 문제의식과 규칙은 있다.
문제의식은 '평범한 사람들이 먹고사는 문제를 사실적으로 그리
는 한국소설이 드물다. 우리 시대 노동 현장을 담은 작품이 더 나

와야 한다'는 것이었다. 규칙은 이러했다.

① 한국사회의 '먹고사는 문제'에 대해 문제의식을 갖는다. 비정규직 근무, 자영업 운영, 플랫폼 노동, 프리랜서 노동은 물론, 가사, 구직, 학습도 우리 시대의 노동이다.
② 당대 현장을 다룬다. 수십 년 전이나 먼 미래 이야기가 아니라 '지금, 여기'를 쓴다. 발표 시점에서 오 년 이내 시간대를 배경으로 한다.
③ 발품을 팔아 사실적으로 쓴다. 판타지를 쓰지 않는다.
④ 이 동인의 멤버임을 알린다.

이런 문제의식과 규칙으로 동인을 만들어 책을 내자는 제안을, 글 잘 쓰고 비슷한 문제의식을 품은 듯한 소설가 스무 분 남짓게 보냈다. 공감하지만 여유가 없다는 분도 계셨고 참여하기로 했다가 건강 문제로 단행본 작업에서 하차한 분도 계셨다. 나를 포함해 참여 작가 열한 명을 모은 뒤 몇몇 출판사에 기획안을 보냈다.

문학동네에서 기획안을 반겼고, 책 제목에는 '월급사실주의2023'이라는 부제를 붙이기로 했다. 이 기획이 잘되면 멤버를 충원해가며 '월급사실주의2024' '월급사실주의2025' '월급사실주의2026' 하는 식으로 작업을 이어나가고 싶다는 바람이 있다. 한국 소설가들이 동시대 현실에 문제의식을 갖고 쓴 소설이 그렇게 쌓이면 멋지겠다.

월급사실주의 작가들의 합의는 여기까지다. 우리는 세부 이론이나 단체 규정을 만들지 않으며, 선언이나 결의문을 채택하지도 않는다. 우리는 소설을 쓴다.

'이런 시대에 문학을 왜 읽어야 하느냐' '문학의 힘이 뭐라고 생각하느냐' 같은 질문을 종종 받는다. 문학계에 한 발 걸친 사람이라면 요즘 다들 비슷한 질문을 받는다. 문학의 힘이 잘 보이지 않으니 나오는 질문이다. 돈의 힘이 뭔지 궁금해하는 사람은 없다.

내 귀에는 궤변처럼 들리는 답이 있다. '문학의 힘은 무력함에서 나옵니다' '문학은 힘이 없기 때문에 힘이 있습니다' 같은 이야기. 공허한 말장난 같다. 나는 문학에 힘이 없는 게 아니라 힘있는 문학이 줄어든 것 아닌가 의심한다.

'힘있는 문학'이라는 말을 들으면 존 스타인벡의 『분노의 포도』가 떠오른다. 이 소설은 힘있고 아름답다. 대공황을 이야기하지만 대공황만 이야기하지는 않는다. 대공황 시기 사람들의 고통을 이야기하고, 그럼으로써 시대를 초월한 무언가를 말한다.

『분노의 포도』는 대공황이 거의 끝날 무렵 나왔는데, 출간되자마자 격렬한 논란에 휩싸였다. 특히 소설 속 묘사가 거짓이라는 공격을 받았다. 그때까지도 사람들은 자신들이 겪는 일이 무엇인지 정확히 몰랐던 것 같다. 당시 그들은 미증유의 재난 속에 있었는데, 원래 거대한 사건은 안에서 평가하기 어렵고 처음 보는 일이라면 더 그렇다.

한국에서도 그런 일이 있었다고 생각한다. 1997년 외환위기가 발생했고, 이후 한국의 노동시장은 정규직 중심의 1차 노동시장과 비정규직 중심의 2차 노동시장으로 분리됐다. 이십 년이 지난 2017년, 한국개발연구원KDI이 벌인 설문조사에서 응답자의 88.8퍼센트가 외환위기의 영향으로 비정규직 문제를 꼽았다. 비정규직이라는 단어 자체가 외환위기 이전에는 거의 쓰이지 않았다. 관련 정부 통계도 없었다.

2022년 비정규직 노동자는 815만 명을 넘었다. 이제 한국인 절반가량은 본인이 비정규직이거나 가족이 비정규직으로, 이것은 2020년대 한국사회 불평등의 핵심 중 하나다. 그런데 나는 2000년대 들어 그렇게 비정규직이 늘어나던 시기, 한국 노동시장이 둘로 쪼개지던 때에, 그 실태나 증가세를 사실적으로 알리고 비판한 작품으로 한국소설보다는 드라마나 웹툰이 먼저 떠오른다. 백수나 시간강사가 등장하는 소설들을 놓고 노동시장 이원화를 지적한 거라고 주장하고픈 마음은 안 든다.

황석영 작가는 2010년대 중반 몇몇 언론 인터뷰에서 〈미생〉과 〈송곳〉을 높이 평가하며 "문학이 그런 서사를 다 놓치고 있다니!" "한국문학의 위기는 한국문학 스스로가 현실에서 멀어지면서 자초한 게 아닌가" "한국 젊은 소설가들이 바로 이런 당대의 문제에 접근을 해야" 한다고 말했다. 나도 동감이었다. 〈미생〉과 〈송곳〉 이전에 비정규직 문제를 다뤄 큰 호응을 얻은 드라마 〈직장의 신〉이 일본 드라마의 리메이크작이었다는 사실에 이르면 여러 가지 생각이 든다. 한국소설 중에는 원작으로 삼을 마땅한 작품이 없었던 걸까. 과연 한국 소설가들이 탄광의 카나리아고 잠수함의 토끼 같은 존재라고 당당하게 말할 수 있을까.

아름다운 노래가 재난을 당한 이들에게 위로를 줄 수 있고 그것은 예술의 힘이다. 때로는 찢어지는 비명이 다가오는 재난을 경고할 수 있고 그것 역시 예술의 힘이다. 위로의 노래가 필요한 순간이 있고 사이렌이 필요한 순간도 있다.

지금 새로운 재난이 오고 있다는 느낌을 받는다. 그게 뭔지, 거기에 어떤 이름이 붙을지는 잘 모르겠다. 중산층이 무너지고 있다. 몇몇 천재들의 창의적인 아이디어나 부동산에 매겨지는 가격은 가파르게 상승하는데 성실한 노동의 가치는 추락한다. 플랫폼과 인공지능이 노동시장을 흔든다. 일에서 의미나 보람을 찾는다는 사람은 드물다. 이런 현상들을 '자본가 대 노동계급'이라는 과거의 틀로 파악하고 대처할 수는 없다는 게 내 생각이다.

나는 저 현상들의 한가운데 있으며 그 현상들을 제대로 이해하지 못한다. 원인도 모르고 대책도 모른다. 그러나 그것이 고통스럽다는 사실을 알고, 그 고통에 대해서는 쓸 수 있다. 후대 작가들은 알 수 없는 것. 동시대 작가의 눈에만 보이는 것도 있다. 스타인벡도 통화 긴축이 대공황을 불러왔다거나 재정지출 정책을 펼쳐야 한다는 얘기를 소설에 쓴 것은 아니었다. 이런 마음으로 기획안을 쓰고 작가들을 모았다.

치열하게 쓰겠습니다.

2023년 9월
장강명

순간접착제

김
의
경

○
김의경

2014년 『청춘 파산』으로 한국경제 청년신춘문예에 당선되며 작품활동을 시작했다. 소설집
『쇼룸』, 장편소설 『콜센터』『헬로 베이비』, 산문집 『생활이라는 계절』이 있다. 수림문학상을 수
상했다.

우리는 공장으로 향하는 셔틀버스 안에서 서로의 어깨와 머리를 포개고 졸았다. 공장까지는 한 시간 반이 걸렸다. 왕복 세 시간을 길에다 버리는 셈이었다. 예은은 차가 급정거하는 바람에 앞으로 기운 몸을 원위치로 되돌리며 말했다.

"2번 출구에 마카롱 카페 생긴 거 알아? 어제 하나 사 먹었는데 맛있더라."

"스윗마카롱보다?"

"응. 그리고 개당 500원이나 싸."

나는 눈을 감은 채로 웃으며 말했다.

"사장 언니 똥줄 타겠네."

우리는 버스에서 내리자마자 탈의실로 뛰어들어갔다. 탈의실은 좁아터졌으므로 최대한 빨리 들어가야 편하게 옷을 갈아입을 수 있었다. 우리는 경쟁이라도 하듯 빠른 속도로 작은 캐비닛에 옷과 가방을 쑤셔넣은 뒤 하늘색 속모자를 뒤집어썼다. 흰색 위생 바지를 다리에 꿰고 모자가 달린 상의를 걸치자 우리는 우주인으로 변신했다. 나는 탈의실에서 나가려는 예은을 불러세워 삐져나온 상의를 바지 속으로 집어넣어줬다. 나도 앞치마를 두르고 토시를 낀 다음 예은을 앞질러 나갔다.

문을 열고 나오자마자 오른쪽 책상에 놓인 마스크를 집어 착용했다. 작업장이 있는 지하로 내려가기 전에는 마스크를 써야 했다. 반장 아줌마는 코가 마스크 밖으로 절대로 나오면 안 된다고 강조했다. 코로나가 시작된 이후로 계속 그랬지만 공장에서는 특히 '코'가 굉장히 더러운 물건처럼 여겨졌다. 처음에는 이렇게 갑갑한 복장으로 어떻게 일을 하나 걱정했지만 닷새가 지난 지금은 그럭저럭 적응이 되어서 견딜 만했다. 갑갑한 채로 일하다가 휴식 시간에 모자를 벗으면 해방감마저 느꼈다. 마치 그 순간을 만끽하기 위해서 일한 것처럼.

서너 걸음 앞으로 나아가자 검문소처럼 계단참 양옆을 지키고 선 남녀가 보였다. 처음 보는 아저씨가 껌을 씹으며 손톱을 자르고 내려가라고 말하자 예은이 자신의 손을 내려다봤다. 지난겨울 함께 드러그스토어에서 테스터로 바른 보라색 매니큐어가 예은의 손톱 끝에 남아 있었다. 나는 비치된 손톱깎이를 들어 예은의 손톱을 깎아줬다. 예은은 요즘 대체로 멍했다. 투병중인 엄마 때문만은 아닐 것이다. 예은은 학교를 그만둬야 할지도 몰랐다.

우리는 지하로 내려가 신발장에서 위생화를 꺼내 신은 뒤 돌돌이 테이프로 몸의 먼지를 제거했다. 알바인데 이렇게까지 해야 하나 생각될 정도로 반장은 복장과 위생에 대해 주의를 여러 번 주었다.

"위생복 철저하게 갖춰 입어야 하고, 첫째도 청결 둘째도 청결, 먼지하고 머리카락 하나도 남으면 안 돼. 들어가서 손들어."

나는 손을 들고 예은에게만 보이게 총 맞는 시늉을 했다. 예은이 킥킥대며 웃자 반장이 얼굴을 찡그리며 재촉했다. 유리문을 열고 에어 샤워기 안으로 들어서는 순간, 누군가 슬며시 우리 뒤를 따라 들어왔다.

"바쁘니까 같이 해."

나는 그녀와 눈이 마주친 순간 흠칫 놀랐다. 눈가에 주름이 자글자글했다. 설마 할머니? 탈의실에서 만난 사람들은 대부분 오륙십대 아줌마들이었지만 눈앞의 여자는 더 나이가 많은 것 같았다. 셋이 들어가기에는 좁은 공간이었다. 나는 예은을 잡아끌어 한쪽에 섰다. 어딘가에 눈동자가 달려 있어 우리를 내려다보는 것 같아 긴장이 되었다. 할머니는 양손을 들더니 콧노래를 흥얼거리며 어깨춤을 췄다. 우리는 할머니를 보며 웃다가 서로 마주본 채로 손을 들었다. 그 순간 사방에서 쉭, 소리가 나며 거센 바람이 나오기 시작했다. 저절로 눈이 감겼다. 우리는 눈을 감은 채로 웃었다. 삼십 초 정도 나오던 바람이 뚝 끊겼다. 바람이 멈추자 몸안의 끈적하고 텁텁한 감정이 털려나간 듯 웃음도 멈췄다. 문이 열리자마자 할머니는 잽싸게 밖으로 나갔고 세면대에서 손을 씻은 뒤 사라졌다. 우리도 세면대로 다가갔다. 수도꼭지가 하나 달린 작은 세면대였다. 세정제를 손에 묻혀 솔을 이용해 거품을 낸 다음 손톱 밑까지 벅벅 문지르고 발로 바닥에 있는 버튼을 눌러 물이 흘러나오게 한 뒤 번갈아 손을 씻었다. 건조기에 손을 말리던 예은이 하품을 하며 말했다.

"이러다가 정말 사라지는 거 아니야?"

씻고 씻고 또 씻고. 소독하고 소독하고 또 소독하고. 더러운 것이 전부 빠져나가면 언젠가 몸이 먼지가 되어버릴 것 같았다. 따지고 보면 몸에 더럽지 않은 부분이 있던가. 머리카락이 빠지고 손발톱이 뽑혀나가고 내장기관마저 빠져나가면 껍데기만 남은 몸은 주저앉아 평평해진 다음 썩어서 흙이 되겠지. 나는 그런 상상을 하며 손을 건조기로 말린 뒤 손 소독기에 집어넣었다. 드디어 들어가라는 반장의 지시가 떨어졌다. 비로소 삼각김밥을 만들 준비가 완료된 것이다.

작업장 안으로 들어서자 공장 특유의 활기가 느껴지며 온갖 음식 재료 냄새가 코를 찔렀다. 삼각김밥을 만들면서는 딴청을 피울 시간이 없었다. 기계와 함께 하는 작업이었다. 기계가 퍼준 밥에 불고기, 소고기고추장 같은 소를 넣어야 했다. 내 앞으로 오는 밥을 하나라도 놓치지 않으려고 긴장한 탓에 일하는 내내 팔과 어깨가 뻐근했다. 김밥에 들어가는 재료가 바뀔 때마다 계속해서 일회용 비닐장갑을 바꿔 껴야 했다. 반장의 말에 의하면 바람처럼 빠른 속도로. 다 쓴 비닐장갑은 작업대 옆에 놓인 대형 쓰레기통에 버렸는데 시간이 갈수록 높이 쌓여갔다. 예은은 비닐장갑이 겹겹이 쌓이다가 무너지는 광경을 지켜보다가 불량을 냈다. 그럴 때마다 반장은 예은의 뒤로 다가가 귓가에 손뼉을 치며 정신 차리라고 말했다.

잠시 기계가 멈췄을 때 옆 라인의 예은에게 다가가 말을 건 나는 흠칫 놀랐다. 예은이 아니었다. 에어 샤워기 안에서 만난 할머니였다. 나는 침을 삼키며 그녀의 오른쪽 눈 아래에 얼룩진 갈색점을 물끄러미 내려다봤다. 할머니도 내 눈을 멍하니 쳐다봤다. 나는 황급히 물러서며 말했다.

"여기 있던 여학생 못 보셨어요?"

할머니가 웃음을 흘리며 말했다.

"도망갔나보지."

그녀는 CCTV와 반장을 피해 쭈그려앉았더니 마스크를 슬쩍 내리고 코를 푼 뒤 재빨리 다시 마스크를 올렸다. 정말 할머니였다. 하회탈처럼 얼굴에 주름이 가득했다. 할머니는 말할 때마다 칙, 바람 빠지는 소리를 냈다. 나는 고개를 돌려 예은을 찾다가 다시 내

자리로 돌아왔다. 반장은 나보고 잠시 쉬라고 하더니 할머니를 불렀다. 내 자리에 선 할머니가 장갑을 바꿔 끼며 말했다.

"내가 가장 좋아하는 전주비빔밥이네."

원체 구부정하게 등이 굽은 할머니가 몸을 조금 더 굽혀 준비 자세를 취하더니 펼쳐진 빨간 밥 위에 새빨간 소를 올리기 시작했다. 작업대 밑에서 행주를 꺼내 앞치마를 닦던 나는 눈을 부릅떴다. 할머니의 손은 부채질이라도 하는 것처럼 움직임이 빨랐다. 밥 위에 놓인 소도 하나하나 중량을 달아 올린 것처럼 모양과 크기가 일정했다. 그녀는 춤이라도 추는 듯 흥을 얹어 일하고 있었다. 얼마나 일하면 저렇게 할 수 있을까. 할머니라고 우습게 볼 것이 아니었다. 할머니는 나보다 속도가 갑절은 빨랐다. 어쩌면 이 일을 하다가 자세가 고정되어 등이 굽은 건지도 몰랐다. 비닐장갑을 바꿔 끼던 할머니는 삼각형 몰드에서 모양이 잡혀 나온 밥이 김을 만나기 위해 앞으로 나아가는 것을 보며 말했다.

"아이고 귀여워라. 줄 맞춰서 학교 가는 아이들 같네."

나는 점심시간을 알리는 벨이 울리기가 무섭게 탈의실로 달려가 작업복을 벗고 지하 식당으로 내려갔다. 아침을 제대로 못 먹고 온 탓에 허기가 졌다. 밥을 입에 넣는 순간 누군가 앞자리에 식판을 놓고 앉았다. 아까 그 할머니였다. 하늘색 속모자를 벗은 할머니는 파마기가 없는 푸석한 머리를 어깨까지 늘어뜨린 상태였다. 검은 머리칼이 단 한 올도 없는 백발노인은 장난기어린 표정 덕분에 언뜻 연극배우처럼 보였다. 할머니는 수다스러웠다. 음식을 씹으면서도 쉼없이 말을 했다. 덕분에 바람 빠지는 소리의 근원지를 찾을 수 있었다. 할머니는 유치가 빠지기 시작한 어린아이처럼 위아래 앞니가 없었다. 할머니는 원래 취반실에서 일한다고 했다. 자신은 주로 교반기를 담당하는데 가끔은 삼각김밥 라인에 투입된다고 했다. 초보들이 서툴러서 자신이 시범을 보여야 한다나 뭐라나. 할머니는 내게 나이가 몇이냐, 왜 아르바이트를 하느냐는 둥 다른 아줌마들도 돌아가며 했던 질문을 했다. 웃음으로 답변을 대신하자 할머니가 말했다.

"지난달에도 학생 또래 여자애들이 왔었는데 반나절 하고 집에 갔어. 너무 힘들어서 도저히 못하겠대."

그때 식판을 든 예은이 다가와 옆자리에 앉았다.

"대체 어디 갔었어? 찾았잖아."

나는 구원투수라도 만난 것처럼 예은이 반가웠다. 예은이 식판을 내려놓으며 말했다.

"취반실에 투입됐어. 교반기 돌아가는 거 재밌더라."

나는 예은을 빤히 쳐다보는 할머니에게 물었다.

"여기는 왜 젊은 사람이 없어요? 평균 나이가 육십 세인 것 같아요."

"젊은 사람이 왜 없냐고? 며칠 일했으니 알 텐데? 반나절만 해도 다리 아프고 허리 쑤시잖아. 여기서 일하는 사람들은 다 허리도 안 좋고 하지정맥류야. 젊은 애들이 와도 일주일 이상 버티질 못해. 오래 붙어 있는 건 나 같은 노인네뿐이야. 내가 몇 살로 보여?"

할머니는 마법의 주문이라도 알려줄 듯이 뜸을 들이다가 주먹 속에 숨긴 손가락 중 일곱 개를 펴서 내밀며 말했다.

"일흔이야 일흔. 반장한테 잘 보여서 지금까지 버티고 있지."

나이든 사람이 많은 건 사실이었지만 할머니는 그중에서도 최연장자인 것 같았다. 할머니는 자세가 구부정하고 얼굴에 주름이 많아서인지 더 나이들어 보였다. 나는 두부처럼 통통한 할머니의 손을 물끄러미 쳐다봤다.

"손이 작지? 여기서 구 년 일했더니 줄어들었어. 거품 비누랑 소독제를 오래 쓰면 피부가 녹거든. 처음에는 각질을 벗기고 지문을 없애다가 나중에는 살을 녹이고 뼈를 흐무러지게 만들어."

"정말요?"

할머니는 입술을 들어 이가 듬성하게 빠진 잇몸을 보이며 말했다.

"농담이야 농담. 로션을 잘 안 발라서 그렇지 뭐."

그녀는 손나팔을 하더니 목소리를 낮췄다.

"여기 있는 아줌마, 할마시들 잘 봐봐. 다 메주지? 젊고 예쁜 여자들은 다 거기에 있어."

"거기요?"

"노래방. 사십대까지는 노래방 도우미로 빠지지. 춤추고 노래 잘하면 돼. 그런 곳에 오는 사내들은 얼굴도 안 따지고 젊은 여자면 다 좋아한대."

할머니가 또 칙, 소리를 내며 웃었다.

"그냥 들은 얘기야."

우리는 할머니를 따라 어색하게 웃었다. 할머니가 손을 뻗어 내 손을 잡으며 말했다.

"좀 만져봐도 돼? 얼마나 좋아. 이렇게 젊은 손으로 못할 게 뭐가 있겠어."

나는 슬그머니 손을 뺐다. 안 그래도 코로나 때문에 예민한데 낯선 사람이 몸을 만지는 게 싫었다. 할머니는 예은이 남긴 햄을 젓가락으로 집어서 입에 넣으며 말했다.

"조금이라도 젊을 때 좋은 일자리 알아봐. 이렇게 젊고 예쁜데 왜 이런 데서 일해?"

예은의 눈썹이 살짝 치켜올라갔다. 무슨 상관이야, 하는 눈빛이었다. 내가 생각하기에도 예은은 이곳에서 일하기에는 젊고 예뻤다. 마음만 먹으면 좀더 편하고 시급이 높은 알바를 구할 수도 있었다. 하지만 코로나 때문에 다 부질없는 말이었다. 지금은 공장에서 버티는 게 최선이었다. 나는 웃으며 말했다.

"저희는 반년 잡고 들어왔어요. 휴학했거든요. 잘 맞으면 일 년 이상 할지도 몰라요."

그 순간 할머니의 미간에 주름이 선명하게 그어졌다. 할머니는 무슨 말을 하려다가 한숨을 작게 내쉬며 자리에서 일어났다. 할머니가 식판을 들고 퇴식구로 가자 예은이 말했다.

"저 할머니하고 말 섞지 마."

"말을 거는데 어떡해?"

"저 할머니 보이는 거하고 다르대. 심보가 고약하대."

예은은 더이상 말하고 싶지 않다는 듯 무선 이어폰을 귀에 꽂으며 숟가락을 내려놨다. 나는 후식으로 나온 방울토마토 세 개를 주머니에 넣으며 자리에서 일어났다.

공장 뒤뜰에 놓인 등나무 벤치에 앉아 방울토마토를 꺼냈다. 방울토마토에 붙은 꼭지를 하나하나 정성껏 제거한 뒤 내 무릎을 베고 누운 예은의 입에 넣어줬다. 내 입에도 하나 넣고 씹으며 우리가 마흔이 넘어서도 함께 일한다면 어떻게 될까 생각했다. 나는 그 나이에도 공장에 다니고 있을까. 노래를 잘하는 예은은 노래방 도우미가 되어 있을지도 모른다. 나도 예은과 함께 노래방 도우미를 하고 있을까. 나이든 여자 둘이서 2인 1조 노래방 도우미라니. 비참한 상상이었지만 할머니의 말대로라면 그것이 최악의 상황도 아닌 모양이었다.

바람이 불어 머리 위 포도송이 같은 연보랏빛 등나무 꽃을 흔들자 꽃향기가 은은하게 번졌다. 공장에 이런 공간이 있다는 게 믿기지 않았다. 이곳에서 사람들을 바라보면 마음이 차분해졌다. 모든 것이 자연 속에서 일어나는 일처럼 느껴졌다. 담배를 피우는 아저씨들도, 아저씨들 옆에서 기지개를 켜고 허리를 돌리는 아주머니들도 저마다의 사연이 있는 사람들로 보였다. 내가 다니는 대학교에도 인문대 앞에 등나무 벤치가 있다. 이렇게 등나무 밑에 앉으면 다시 학교에 다니고 공부를 시작할 수 있을 것 같았다.

예은이 몸을 일으키며 말했다.

"교반기 구경하러 가자."

우리는 탈의실로 이동해 위생복만 대충 걸친 채로 취반실로 달려갔다. 취반실 문을 열자 낯익은 냄새가 풍겨왔다. 태어나서 수도 없이 맡은 냄새였지만 낯설게 느껴졌다. 나는 감탄사를 내뱉으며 코를 벌름거렸다. 한 아저씨가 벌써 일을 시작한 상태였다. 철제 프레임 위에 서른 개가 넘는 커다란 무쇠솥이 네 줄로 정렬해 있었고 교반기 한 대가 돌아가고 있었다. 예은은 밥솥들을 보며 흐뭇하다는 듯이 말했다.

"이 녀석들이 하루에 몇만 명분의 밥을 짓는다고."

많은 양의 밥을 한꺼번에 지으면 이렇게 기분좋은 냄새가 난다는 것은 처음 알았다. 아저씨가 밥솥을 열고 참기름을 뿌리자 고소한 냄새가 진동을 했다. 나는 코로 숨을 크게 들이쉬며 교반기에서 새하얀 밥이 두루마리 화장지처럼 쏟아지는 것을 쳐다봤다. 윤기나는 흰쌀밥을 보자 식사를 마쳤는데도 한 줌 손에 쥐고 맛보고 싶었다. 예은이 손목을 돌리며 말했다.

"나 오늘 하루종일 이 산더미 같은 밥에 빨간 양념 섞는 일을 했어. 땀복 입은 것처럼 땀이 줄줄 흐르더라. 그 할머니가 어깨가 아프다고 해서 반장이 오늘 하루 나하고 바꾸게 한 거 같아."

아저씨가 밖으로 나갔을 때 나는 주위를 둘러보며 말했다.

"여기 일은 할머니가 하기엔 힘들 거 같아. 삼각김밥 라인은 손동작만 반복해도 되는데 여기는 힘쓰는 일이 많잖아."

"그런데도 그 할머니 바득바득 여기서 일하겠다고 우긴대. 안잘리려고 용쓰는 거지. 얼마나 일을 잘하면 아줌마, 아저씨들이 은근히 그 할머니하고 나를 비교하더라. 어떻게 젊은 사람이 할머니보다 힘을 못 쓰냐고."

예은은 자기를 따라오라고 하더니 열을 지은 밥솥들의 맨 뒷줄로 이동해 바닥에 엎드렸다. 그리고 네 발로 앞으로 나아가기 시작했다. 나는 영문도 모르고 따라서 기었다. 막다른 곳에 다다르자 예은은 자리에서 일어나 문고리를 돌렸다. 그곳에는 작은 창고가 있었다. 안에는 대형 플라스틱 상자가 겹겹이 높게 쌓여 있었고 싱글 사이즈 매트리스도 놓여 있었다. 예은은 운동화를 벗더니 주머니에서 순간접착제를 꺼내 반쯤 떨어진 운동화 밑창에 바르고 운동화 코를 손으로 눌렀다. 그리고 매트리스에 드러누우며 점심시간이 끝날 때까지 여기서 잠시 눈을 붙이자고 했다. 내가 옆에 눕자 예은은 눈을 감은 채로 작게 중얼거렸다.

"여기 있으니까 마음이 편해. 저 안으로 들어가고 싶어."

"어디? 무쇠 밥솥 속으로?"

"응. 쌀 한 톨이 돼서 밥으로 태어나고 싶어."

농담이라기엔 표정이 진지했다.

"뭔가 쓸모 있는 사람이 되고 싶어."

네가 왜 쓸모없냐고 말하려고 했지만 예은은 주머니에서 무선 이어폰을 꺼내 귀에 꽂았다. 그 순간 뒤쪽에서 무언가 떨어지는 소리가 들렸다. 갑작스런 인기척에 우리는 자리에서 일어났다. 플라스틱 상자 탑 뒤에서 할머니의 머리가 불쑥 나오자 소름이 돋았다. 예은이 짜증 섞인 목소리로 말했다.

"거기서 뭐하세요?"

할머니는 칫솔이 담긴 종이컵을 든 채로 문으로 다가가며 말했다.

"뭘 하다니? 여긴 원래 내 아지트야. 밥 먹고 늘 여기서 낮잠을 잔다고. 예고도 없이 들이닥친 건 너네지."

전혀 당황하지 않는 할머니를 보니 잘못한 사람은 우리인 것 같았다. 예은은 할머니가 나간 뒤 크게 한숨을 내쉬며 말했다.

"저 할머니 저 나이에 여기서 이러고 있는 걸 보면 형편이 안 좋은 거겠지?"

할머니를 이해해보려고 애쓰는 표정이었다. 아무래도 그럴 것이다. 할머니와 나이가 비슷한 우리 외할머니는 때때로 공공 근로를 하거나 폐지를 팔았지만 용돈벌이였다. 외할머니가 이런 공장에서 종일 일하는 건 상상조차 할 수 없었다.

오후 근무 때는 반장의 지시로 금속탐지기 앞에 섰다. 다 만들어진 김밥은 금속탐지기를 거쳐야 했다. 수천 개의 김밥이 쉴새없이 탐지기를 통과했다. 예은은 가까이 다가가 구경했지만 나는 멀찍이 서 있었다. 중량이 모자란 삼각김밥은 자동 중량 선별기에 의해 불량으로 분류됐다. 우리는 기계가 자동으로 잡아낸 불량품들을 다른 곳으로 옮기는 일을 했다.

일이 끝나자 반장은 우리에게 다가와 여섯시가 되었으니 초짜는 이제 가보라고 했다. 예은은 반장에게 김밥을 좀 가져가도 되느냐고 물었다. 반장은 불량은 전부 버리게 되어 있다면서 절대로 가져가면 안 된다고 했다. 탈의실로 이동하려는 우리를 할머니가 불러세웠다. 그녀는 손가락으로 한 곳을 가리키며 저쪽에 있는 건 조금 가져가도 된다고 했다. 나는 삼각김밥 여섯 개를 팔에 담다가 한 개를 바닥에 떨어뜨렸고 그것을 주우려고 허리를 구부리다가 모조리 떨어뜨렸다. 다시 그것들을 주워든 나는 아줌마들과 눈이 마주쳤다. 왠지 그들이 나를 비웃는 것 같아 잠시 머뭇거렸다. 우리는 양 소매에 하나씩 두 개씩만 숨겨 탈의실로 이동했다. 탈의실로 따라 들어온 할머니는 구석에 앉아 무언가를 들여다봤다. 로또 용지였다. 예은은 자물쇠 번호를 손으로 누르며 할머니에게 연장 근무는 몇시까지 하느냐고 물었다. 할머니는 양손을 들더니 오른손 새끼손가락을 굽혀 아홉시라고 답했다. 나는 옷을 갈아입으며 로또에 당첨되신 적이 있느냐고 물었다. 할머니가 하품을 하며 답했다.

"아니. 꼭 당첨이 되려고 사? 이걸 사면 일주일을 견딜 수 있으니까 사는 거지. 발표 나는 날까지 설레잖아."

할머니는 연장 근무가 시작되기 전에 잠시 쉬어야겠다면서 모로 누웠다. 할머니는 신기할 정도로 금세 잠들더니 숨소리도 내지 않고 단잠을 잤다. 나는 탁자 위에 놓인 담요를 펼쳐 할머니의 몸 위에 덮었다. 갓난아이처럼 쌔근대는 할머니를 보며 나는 언젠가 할머니가 이곳에서 사라지지 않을까 생각했다. 삼각김밥이 몰래 사라지듯이 쥐도 새도 모르게. 교반기 뒤에 있는 등받이의자에 기대어 고개를 주억거리며 졸다가 교반기 안으로 쓰러져 뜨거운 밥 속에서 흐물흐물 녹아버리는 거다. 교반기 안에서 할머니의 몇 개 남지 않은 이가 발견되겠지만 아무도 할머니가 실종됐다는 것을 눈치채지 못할 거다.

건물 밖에서는 아줌마들이 한곳에 모여 커피를 마시고 있었다. 우리를 따라 나온 반장이 우리에게 내일 연장 근무를 할 수 있느냐고 물었다. 예은이 집이 멀어서 연장 근무는 힘들다고 답하자 반장은 그럼 그렇지, 하는 표정으로 고개를 저었다.

집에 올 때는 주임의 차를 얻어탔다. 돌이 지난 딸 자랑을 하던 그는 우리를 지하철역에 떨궈줬다. 나는 차에서 내리자마자 계단을 뛰어내려갔다. 닫히려는 지하철 문 안으로 간신히 들어간 뒤 숨을 몰아쉬며 주위를 둘러보니 예은이 보이지 않았다. 지하철 문 밖에서 울상을 지은 예은이 휴대폰을 귀에 댄 채로 나를 보고 있었다. 나는 손과 입으로 다음 역에서 기다리고 있겠다는 말을 전달한 뒤 다음 역에 내려 예은을 기다렸다. 예은이 탄 열차가 도착했고, 예은은 지하철에 오른 내 품에 어린아이처럼 뛰어들었다. 왜 그러냐고, 무슨 일이 있느냐고 물었더니 울음 섞인 답변이 돌아왔다.

"아저씨하고 통화했는데 엄마 수술이 잘 안 됐대."

사람들이 우리를 쳐다봤다. 나는 품에서 예은을 떼어내려 했지만 예은은 나를 놓아주지 않았다. 나는 잠시 예은을 안은 채로 가만히 있었다. 누군가 순간접착제로 우리를 붙여놓은 것 같았다. 강제로 떼어내려다가는 상처가 날 것 같은 섬뜩한 느낌이었다.

예은의 엄마는 암 투병중이었다. 오 년 전에 수술을 했는데 최근에 재발했고 이제는 정말 마음의 준비를 해야 하는 모양이었다. 예은의 엄마와 아저씨는 정식으로 결혼한 것이 아니기 때문에 엄마가 죽으면 예은은 홀로 남겨지는 셈이었다.

우리는 지하철 좌석에 나란히 앉아 서로의 어깨와 머리를 포갠 채로 눈을 감았다. 색색의 마카롱이 눈앞을 스쳐지나갔다. 나는 대학에 입학하자마자 빵집과 카페로 범위를 좁힌 뒤 파트타임 아르바이트를 알아봤다. 많은 곳을 거쳤지만 '스윗마카롱'만큼 마음이 가는 곳은 없었다. 우리보다 세 살 많은 사장 언니는 친절했고 무엇보다 일 자체가 재미있었다. 여동생이 대학에 들어가던 해, 나는 휴학을 하고 일 년 동안 스윗마카롱에서 일했다. 가정 형편이 좋지 않아 형제들이 번갈아가며 학교를 다닐 수밖에 없었다.

나는 일곱 평 남짓의 그 작은 카페에 들어서는 순간 설레었다. 아르바이트 시간을 기다려보기는 처음이었다. 예은은 오전 타임, 나는 오후 타임 알바였다. 마카롱 제조는 사장 언니가 직접 했다. 우리는 음료를 제조하고 손님 응대를 했다. 주문이 많을 때는 우리도 마카롱 제조를 도왔다. 마카롱을 만드는 건 쉽지 않았지만 정성을 들여 예쁘고 달콤한 것을 만들어낸다는 것이 좋았다. 삼각 김밥을 만드는 중에도 자꾸만 그곳이 생각났다. 봐도 봐도 질리지 않던 마카롱, 팍팍한 현실을 잊게 해주던 달콤하고 나른한 냄새, 피아노 선율 사이로 들려오던 스탠드 믹서기 돌아가는 소리, 짤주머니를 눌러 쉼표를 찍듯이 꼬끄 위에 필링을 짜 올리던 언니의 손놀림, 손님이 들어올 때마다 울리던 풍경 소리…… 그런 것들이 떠오를 때면 공장에서의 하루가 더욱 고되게 느껴졌다.

예은은 교대 시간에 때때로 카운터 아래에 주저앉아 순간접착제로 운동화 밑창을 붙였다. 새 운동화를 사라고 말하면 알바비도 쥐꼬리만한데 운동화 살 돈이 어디 있느냐면서 고개를 저었다. 그래서 나는 일주일에 한두 번은 마카롱 냄새에 섞여드는 순간접착제 냄새를 맡아야 했다. 미간을 찡그리게 되면서도 조금은 안도가 되는 냄새였다.

코로나가 시작되면서 이 완벽한 세계에 균열이 생겼다. 경쾌하게 울리던 풍경 소리가 들리지 않자 언니의 얼굴은 가면이라도 쓴 것처럼 무표정해졌다. 언니는 우리에게 한 시간 늦게 나오라는 문자를 보내기도 했고 한 시간 일찍 들어가라고 말하기도 했다. 언니는 초보나 하는 실수를 반복했다. *꼬끄* 표면에 크랙이 생기거나 *꼬끄* 속이 꽉 차지 않고 뻥 뚫리는 '뺑카롱'이 자꾸만 나오는 바람에 불량이 늘어났다. 대체 무슨 정신인지 언니 스스로 매번 강조했던, 마카롱을 만들 때 가장 중요한 단계라는 마카로나주에서 계속 실패하고 있었던 것이다. 마카로나주는 머랭에 마른 재료를 넣고 반죽을 주걱으로 세게 누르듯이 저어 섞는 과정이었다. 마카로나주를 너무 적게 하면 오븐에서 구울 때 *꼬끄* 표면이 갈라지거나 부서졌고, 너무 과하게 하면 오븐 팬에 반죽을 올릴 때 납작하게 퍼졌다.

지하철역 출구를 향해 올라가는 에스컬레이터 위에서 예은이 말했다.

"오늘 우리집에서 자면 안 돼?"

나는 잠시 망설이다가 고개를 끄덕였다. 나는 여동생에게 예은이 집에서 자고 간다는 문자를 남기며 엄마에게 잘 말해달라고 부탁했다. 예은이 한숨을 쉬며 말했다.

"이보다 나쁠 수는 없을 거야."

정말 이보다 나쁠 수는 없을 것 같았다. 안 좋은 상황에 코로나까지 겹쳤다. 코로나 때문에 힘들게 찾은 만족스러운 알바 자리를 잃고 공장으로 내몰렸다. 복학을 언제 할 수 있을지도 알 수 없었다.

예은의 집으로 가는 길에 스윗마카롱을 지났다. 영업시간인데 입간판이 보이지 않는 것을 보니 일찍 문을 닫은 모양이었다. 그런데 이상했다. CLOSED 팻말이 걸려 있는데도 카페 안에서 불빛이 새나왔다. 나는 유리문에 얼굴을 붙인 채로 안을 들여다봤다. 언니는 심각한 표정으로 노트를 들여다보고 있었다. 그 순간 몸이 앞으로 기울면서 풍경 소리가 작게 울렸고, 나는 예은의 손을 잡은 채로 달렸다. 내리막길을 지나 평지에 다다랐을 때 예은이 숨을 몰아쉬며 말했다.

"들켰어?"

"아니. 못 본 것 같아."

"알바 구했을까? 하루 두 시간만 일해도 되는 애들로. 그런 애들 부러워. 그거 갖고는 월세만 겨우 낸다고."

우리는 사장 언니를 좋아했다. 세련된 외모에 손재주가 좋은 언니를 좋아하지 않을 수 없었다. 대학을 졸업하자마자 부모의 반대를 무릅쓰고 창업을 했다는 언니는 종종 일본인 남자친구와 일본어로 영상통화를 했다. 나는 다양하게 변하는 언니의 표정을 보며 두 사람 사이에 오가는 부드럽고 달콤한 말의 뜻을 유추해보곤 했다. 언니는 인기 아이돌의 메인보컬을 닮았지만 아이돌이라면 절대로 입지 않을 옷만 입었다. 엄마 옷을 대충 걸치고 나온 것처럼 몸매가 드러나지 않는 옷들 말이다. 언니는 마카롱 만드는 방법을 알바인 우리에게 틈틈이 알려줬다. 나라면 어렵게 습득한 기술을 그렇게 쉽게 알려주지 않았을 것이다.

그런 언니가 단톡방에 다음날 하루만 예은은 열두시에서 열다섯시까지, 나는 열다섯시에서 열여덟시까지 세 시간씩만 나오라는 메시지를 남겼을 때, 나는 이튿날 이십 분이나 일찍 카페에 나갔다. 예은과 함께 사장 언니 욕을 실컷 할 생각이었다. 하지만 그날은 언니가 교대 시간에도 카페를 지키고 있었다. 언니는 여기저기 전화를 걸어 돈을 빌려달라고 했다. 언니가 담배를 피우기 위해 카페 밖으로 나갔을 때 예은은 운동화 밑창에 순간접착제를 바르며 말했다.

"정말 좆같아서 못 해먹겠네. 겨우 세 시간 일하려고 씻고 화장하고 나오는 거 아니거든."

"며칠 동안만 그렇겠지. 요즘 손님이 너무 없잖아."

그 순간 언니가 문을 밀고 들어왔다. 언니는 심각한 표정으로 오랜 시간 고민했을 말을 꺼냈다.

"앞으로는 낮엔 열두시에서 두시까지 두 시간, 저녁엔 일곱시에서 아홉시까지 두 시간만 아르바이트를 쓸 수밖에 없을 것 같아."

피크 타임에만 알바를 쓰겠다는 뜻이었다. 예은이 따지듯이 물었다.

"그러니까 우리는 순간접착제 같은 거네요? 카페가 망하지 않게 최소한만 일을 시켜서 임시로 지탱하는 거잖아요."

언니는 부서진 마카롱 같은 얼굴로 말했다.

"그렇게 말하니 내가 더 미안하잖니."

언니는 의자에 주저앉으며 이마에 손을 얹었다. 언니의 커다란 눈에 눈물이 차올랐다.

"이대로라면 반년도 버티지 못해."

언니가 카페를 둘러보며 말했다.

"여기 인테리어 하나하나 내가 직접 한 거야. 이렇게 금세 접을 줄 알았으면 대충 하는 건데. 대출받아서 급한 불은 껐는데 오래 못 버틸 거야."

"하루에 두 시간 일하면 용돈도 못 벌어요. 저 카드빚 갚아야 해요. 오늘까지만 할게요."

예은은 그렇게 말한 뒤 문을 열고 밖으로 나갔다. 나도 언니를 한번 노려본 뒤 유리문에 달아놓은 풍경 소리가 잦아들기 전에 예은을 따라 나갔다. 인사도 제대로 하지 못하고 나왔다. 쫓겨난 것도, 도망친 것도 아니었다. 그런데도 부서진 기분이었다. 누군가 우리를 뭉개서 내다버린 것 같았다. 땅에 떨어져 산산조각이 나버려서 주워먹을 수도 없는 마카롱이 된 것 같았다.

예은은 멀리 가지도 못하고 발을 헛디디며 멈춰 섰다. 예은은 길가의 벤치에 앉더니 가방에서 순간접착제를 꺼냈다. 나는 예은의 옆에 앉으며 말했다.

"둘 다 갑자기 그만뒀으니 당분간 알바 없이 힘들겠지?"

예은이 말했다.

"코로나로 손님이 줄었으니 그렇지도 않겠지 뭐."

우리는 마주보고 웃었다. 나는 가방을 열어 카페에서 챙겨온 흠집 난 황치즈 마카롱을 꺼내 예은에게 건넸다. 내 입에도 뭉개진 앙버터 마카롱을 넣었지만 하나도 달게 느껴지지 않았다. 나는 예은의 운동화 코를 손으로 누르며 말했다.

"월급 받으면 운동화부터 사. 알았지?"

나는 언니에게 매몰차게 대한 것을 뒤늦게 후회했다. 다시는 언니하고 대화를 나누지 못한다는 것이 일자리를 잃은 것보다 더 속상했다. 판매할 수 없는 마카롱을 먹으며 대화를 나누지 못한다는 것이. 이상해요, 언니. 부서진 게 더 맛있는 거 같아요. 나는 그렇게 말하며 언니에게 흠집 난 것을 좀 가져가면 안 되냐고 물었고 언니는 불량품을 줄 순 없다면서 반값에 줄 테니 판매중인 마카롱을 사가라고 했다. 나는 언니 몰래 흠집 난 마카롱을 몇 개씩 슬쩍했다. 이렇게 맛있는 마카롱이 쓰레기통에 들어가는 것을 견딜 수 없었다.

예은이 허공에 대고 말했다.

"이제 어디로 가지?"

솔직히 어딜 가든 마찬가지였다. 전에 일했던 호프집 사장은 최저 시급이 인상되자 근무시간을 줄여 균형을 맞추려 했다. 나중에는 아들이 일하기로 했으니 그만 나와달라고 부탁했다. 편의점에서 일했던 예은은 주휴 수당을 주지 않으려고 하루 두 시간만 일을 시키는 점주의 횡포를 알면서도 견뎠다. 이제 코로나까지 겹쳤으니 좋은 알바 자리를 구하는 건 불가능해 보였다. 예은은 이렇게 된 거 차라리 공장에 들어가자고 했다. 공장은 이른아침부터 저녁까지 꽉 채워서 일하니 좀 힘들어도 반년 정도 빡세게 일하면 목돈을 손에 쥘 수 있지 않겠냐면서. 그때 눈에 들어온 것이 식품 공장 구인 광고였다. 우리의 눈은 '삼각김밥 생산'이라는 문구에 고정되었다. 가난한 대학생인 우리도 매일 하나씩은 사 먹는 삼각김밥. 우리는 삼각김밥 공장이 망할 일은 없을 거라고 생각했다.

나는 잠자리에 들기 전에 공장에서 가져온 참치마요 삼각김밥을 가방에서 꺼냈다. 저녁을 대충 먹어서인지 출출했다. 절취선을 뜯고 오른쪽 비닐과 왼쪽 비닐을 제거한 뒤 꼭꼭 씹어서 목으로 넘겼다. 참치마요는 양이 많지 않고 자극적이지 않아서 야식으로 적합했다. 예은은 삼각김밥은 냄새만 맡아도 지겹다고 했으면서 두 개나 먹고 이를 닦은 뒤 이불 안으로 들어왔다. 예은은 금세 잠들었다. 예은은 공장에서 일한 이후로 최소한 도중에 깨어나지 않고 편히 잔다고 했다. 나도 말차 마카롱을 떠올리며 잠을 청했다. 아이러니하게도 스윗마카롱에서 가장 인기 있는 제품은 달지 않은 말차 마카롱이었다. 언니는 말차 마카롱 레시피만은 알려주지 않았다. 스윗마카롱에서 이 년 이상 일하면 알려주겠다고 했다. 그래놓곤 붙잡지도 않다니. 나는 코로나에게인지 언니에게 하는 것인지 모를 원망의 말들을 내뱉으며 눈물을 훔쳤다.

이튿날, 눈을 뜨자마자 불길한 기분에 휩싸였다. 시간을 확인하니 셔틀버스가 도착하기까지 겨우 십 분이 남아 있었다. 이도 닦지 않고 뛰쳐나간 우리는 간발의 차로 셔틀버스에 오를 수 있었다. 버스에서 내리는 중에 건물 오른쪽에 놓인 벤치에 앉은 할머니가 눈에 들어왔다. 웃고 떠드는 아줌마들로부터 떨어져 앉아 휴대폰을 들여다보는 할머니의 표정이 심상치 않았다. 세상이 끝나기라도 한 듯 심각했다.

탈의실에서 만난 반장은 우리를 보자마자 화를 냈다.

"어제 삼각김밥 가져갔다면서? 내가 가져가지 말랬잖아. 한 명 주면 다 줘야 한다고. 불량은 일괄 폐기가 원칙이야. 앞으론 절대 건드리지 마."

반장은 학생 알바들이 불량을 챙겨 당근마켓에서 판매하려다가 들킨 적이 있다면서 요즘 애들은 이상한 쪽으로 머리가 잘 돌아간다고 덧붙였다. 반장이 밖으로 나가자 예은은 캐비닛 문을 세게 닫으며 할머니를 노려봤다. 할머니는 태연한 얼굴로 토시를 끼더니 밖으로 나갔다. 예은이 입을 크게 벌린 채로 그런 할머니를 가리키며 나를 보았다. 예은이 말했다.

"저 할머니 우리한테 가져가도 된다고 하고선 반장한테 꼰지른 거지?"

텃세라고 하기엔 귀여운 정도였다. 다른 아줌마 말에 따르면 할머니는 칠십 세가 된 이후로 장기 알바가 들어올 때마다 유독 긴장하는 것 같다고 했다.

그날은 우리도 연장 근무를 피할 수 없었다. 반장은 오늘 연장 근무를 하지 않을 사람은 그만두라고 했다. 코로나 때문에 집에 틀어박혀 삼각김밥으로 끼니를 때우는 사람이 늘어난 모양이었다.

저녁식사를 마친 우리는 막대사탕을 입에 넣은 채로 등나무 벤치에 앉아 자판기 옆에 서 있는 할머니를 노려봤다. 할머니는 허리가 아픈지 손으로 허리를 받치며 뒤로 넘기는 동작을 여러 번 반복했다. 예은이 사탕을 씹으며 말했다.

"저 할머니 말이야, 이름이 소순이래. 김소순. 오늘 취반실 아줌마들이 그러는데 소순 할머니 딸이 구 년 전에 교통사고가 나서 전신 마비가 됐대. 차에 약혼자도 같이 타고 있었는데 남자는 즉사했고 딸만 겨우 살았대. 할머니 혼자서 그 딸을 먹여 살리고 있대."

그 순간 나는 사탕의 단맛이 느껴지지 않았다. 고된 일을 마치고 집에 들어가서 아픈 딸을 돌봐야 한다니. 그런데 저 할머니는 왜 늘 웃고 있을까 생각하니 숨이 막혔다.

첫 연장 근무는 생각보다 힘들었다. 허리가 끊어질 듯한 통증이 느껴질 때쯤 휴식을 알리는 벨이 울렸다. 작업대 밑에 주저앉은 나는 보온병의 커피를 따라 마시며 목을 천천히 돌리는 할머니에게 물었다.

"할머니 딸이 정말 전신 마비 장애인이에요?"

할머니의 눈썹이 살짝 치켜 올라갔다.

"누가 그런 소릴 해?"

할머니의 입꼬리가 미세하게 떨렸다. 그녀는 바닥에 떨어진 비닐장갑을 주워 쓰레기통에 담으며 말했다.

"전신 마비는 아니야. 왼손은 스스로 움직이니까. 왼쪽 상체는 스스로 일으킬 수 있다고."

나는 퇴근하는 버스 안에서 줄곧 멍한 상태로 있다가 차에서 내려 내리막길을 걸으며 예은에게 그 이야기를 했다. 예은이 한숨을 내쉬며 말했다.

"천만다행이네. 한 손이라도 움직인다면 책도 볼 수 있고 리모컨을 누를 수도 있을 거 아니야. 전신 마비인데 종일 엄마만 기다리고 있다면…… 어휴, 난 상상도 못하겠어."

"복지관에서 사람이 나와서 돌봐주고 할머니 여동생이 가끔 들여다봐준대. 근데 그거 아냐? 왼손을 움직일 수 있어서 자살 시도를 두 번이나 했대."

할머니가 죽으면 누가 딸을 돌봐줄까. 죽을 수도 살 수도 없는 상황에 처한 것이다. 나는 그녀의 불행이 어떤 깊이인지 가늠조차 할 수 없었다.

사람들의 숙덕임과 상관없이 할머니는 대체로 웃는 얼굴이었다. 남들보다 공장에 일찍 도착해서 성실히 일했고, 일하는 동안 꾀부리지 않았다. 나는 일하는 중에도 할머니와 말을 섞고 싶지 않아서 가급적 눈을 맞추지 않으려 했지만 할머니는 여전히 우리를 의식하는 듯 우리 옆에서 우리보다 더 많은 일을 했다. 그러거나 말거나 우리는 이를 악물고 버텼다. 한 달 동안 빠짐없이 연장 근무를 견뎠을 때는 곧 우리가 목표로 하는 액수를 벌 수 있을 거라는 자신감이 생겼다.

그날도 에어 샤워기 문이 닫히려는 찰나, 할머니가 뛰어들어왔다. 할머니는 양손을 든 채로 춤을 췄다. 그야말로 막춤이었다. 예은은 할머니를 보며 웃었지만 나는 웃을 수 없었다. 할머니의 눈에서 눈물이 쏟아져나와 갈색 점과 주름진 얼굴을 적시고 있었다.

할머니가 슬픔에 잠긴 이유는 애쓰지 않아도 알게 되었다. 점심시간, 위생복을 벗은 할머니가 탈의실에서 나가자마자 아줌마들은 기다렸다는 듯이 숙덕거렸다. 며칠 전에 할머니 딸이 병원에 실려갔고 이번에는 소생하기 힘든 모양이었다. 아줌마들이 탈의실 밖으로 나간 뒤 예은은 순간접착제를 꺼내 운동화 밑창에 바르며 말했다.

"정말 안됐어. 하지만 그게 꼭 할머니에게 나쁜 일일까. 먹여 살릴 사람이 없다면 더이상 이렇게 고된 일은 안 해도 될 거 아니야."

나는 자리에서 일어나 창문을 열며 말했다.

"그 짓 좀 그만하면 안 돼? 냄새만 맡아도 어지럽단 말이야."

예은이 자리에서 일어나 신발을 발로 밟으며 말했다.

"이거라도 있어서 얼마나 다행인지 몰라. 삼사일은 멀쩡하거든. 오 일째에 살짝 벌어지고 칠 일째엔 떨어져. 떨어지면 또 붙이면 되고."

하지만 예은은 다음 휴식시간에 반쯤 떨어진 운동화 밑창을 붙이다가 손가락에 순간접착제가 붙는 바람에 한바탕 소동을 일으켰다. 당황한 예은이 소리를 지르자 아줌마들이 모여들었다. 응급실 가야 하는 거 아니야? 누군가의 말에 할머니는 태연한 얼굴로 소금과 물을 가져오라고 했다. 할머니가 손가락 틈에 소금을 뿌리더니 예은의 손을 잡아끌어 물에 적셨다. 예은이 손가락을 조금씩 움직이자 순간접착제가 쉽게 떨어졌다. 휴식시간 종료를 알리는 벨이 울렸고 할머니는 아무 일 없었다는 듯 작업대 앞으로 다가가 비닐장갑을 꼈다.

그날 저녁, 얼굴이 새파랗게 질린 반장이 할머니에게 다가와 어깨를 잡아끌었다. 할머니는 소를 올리지 못한 밥들이 다음 공정으로 넘어가는 것을 보며 말했다.

"왜 이래? 못 올렸잖아. 아이고, 아까워라."

반장이 할머니의 손을 붙들고 말했다.

"언니, 방금 동생이 회사로 전화했어. 언니가 전화를 안 받는다고 말 전해달래. 혜영이가 위급하대. 지금 안 오면 못 볼 수도 있대."

할머니는 아무 소리 못 들었다는 듯 밥에 소를 올렸다. 반장이 큰 소리로 말했다.

"소순 언니, 병원에 안 갈 거야?

할머니는 태연한 표정으로 목을 돌리며 말했다.

"이거 마저 마치고. 내가 갈 때까지 버텨줄 거야. 괜찮아, 괜찮을 거라고."

할머니는 구부정한 자세로 밥에 스팸을 올리는 일을 한 시간 동안 반복한 뒤 퇴근했다.

이튿날 할머니는 공장에 나오지 않았다. 그다음날도 나오지 않자 코로나에 걸린 게 아니냐는 소문이 돌았다. 할머니와 가장 접촉이 많았던 사람은 바로 옆에서 일한 나였으므로 덜컥 겁이 났다. 반장은 공장에 확진자가 나오면 문을 닫을지도 모른다면서 재수없는 소리 하지 말라고 했다.

할머니 자리에는 낯선 사람이 서 있었다. 속도가 느린 오십대 아줌마는 계속 불량을 냈다. 사람이 바뀔 때마다 나는 할머니가 돌아올 때까지 그들이 잠시 자리를 지키고 있는 거라고 생각했지만 여섯 명의 아줌마들이 배턴을 주고받듯 하루, 이틀 만에 그만둬버릴 때까지 할머니는 소식이 없었다. 불량이 속출했고 반장의 신경질은 늘어갔다. 반장은 할머니와 연락이 되지 않아서 할머니 딸이 죽었는지 살았는지 알 길이 없다고 했다. 할머니가 무사한지 역시 알 길이 없는 건 마찬가지였다.

나는 온갖 양념이 묻은 비닐 손들을 멍하니 쳐다보다가 장갑을 갈아 꼈다. 비닐 손들은 무언가를 잡으려는 듯이 하늘을 향해 손을 뻗고 있었다. 쓰레기통에 버린 비닐장갑을 수거해 가는 아저씨가 오지 않았다. 하늘을 향해 내뻗은 비닐 손들은 층층이 쌓이다가 맥없이 무너져내렸다. 그 순간 목구멍이 따끔거리더니 기분 나쁜 통증이 밀려왔다. 나는 새로 온 아줌마에게 시범을 보이기 위해 잠깐 비키라고 말한 뒤 할머니의 자리에 발을 딛고 섰다. 할머니처럼 구부정한 자세로 일을 시작했지만 소를 올리지 못한 밥이 서서히 멀어졌다. 정신 안 차려? 정신 바짝 차리고 올려! 반장의 날카로운 목소리에 정신을 다잡으며 밥에 소를 올리던 나는 헛기침을 하며 자세를 바로잡았다. 또다시 소를 밥에 올리는 순간 목구멍에 따끔한 통증이 느껴지면서 몸에 열이 오르기 시작했다.

밤의 벤치

서
유
미

○
서유미
2007년 『판타스틱 개미지옥』으로 문학수첩작가상을, 『쿨하게 한걸음』으로 창비장편소설상을 수상하며 작품활동을 시작했다. 소설집 『당분간 인간』 『모두가 헤어지는 하루』 『이 밤은 괜찮아, 내일은 모르겠지만』, 장편소설 『당신의 몬스터』 『끝의 시작』 『틈』 『홀딩, 턴』, 산문집 『한 몸의 시간』이 있다. 김승옥문학상을 수상했다.

다른 집의 수업을 마치고 온 선생님의 이마와 콧등에는 땀이 맺혀 있었다. 선생님이 신발을 벗고 거실로 들어오자 은솔도 까치발을 들고 폴짝거리며 따라갔다. 경진은 에어컨의 희망 온도를 1도 내렸다. 은솔이 거실의 테이블 앞에 앉아 숙제한 걸 자랑하는 동안 선생님은 가방에서 한글 교재를 꺼내 펼쳤다.

선생님이 얼음물 마시는 모습을 본 뒤 경진은 방으로 들어갔다. 6월 중순인데도 한여름 날씨가 이어졌다. 경진은 침대에 걸터앉아 선풍기를 작동시켰다. 후끈한 공기 속에 은솔이 대답하고 웃는 소리가 청량하게 번졌다. 받침이 있는 글자를 배운 지 몇 달 지났지만 은솔은 여전히 ㄷ과 ㅅ 받침을 제대로 구분하지 못했다. 한글을 배우는 것보다 십오 분 동안 자신에게 온전히 집중해주는 선생님과 함께 있는 게 더 즐거운 듯했다. 경진이 한글 선생님 좋아?
라고 물으면 선생님이 매일 오면 좋겠어, 라고 대답했다.

수업을 마친 선생님이 운동화를 신으며 은솔이 받침 글자는 잘
읽는데 쓰는 게 아직 서툴다고 했다.

—쓰는 힘 자체도 약하고요.

—운필력이 부족하죠.

경진의 말에 선생님이 맞아요, 운필력, 하며 웃었다. 땀이 흘렀
다 마른 콧등에 파운데이션이 얼룩져 있었다.

—요즘 잘 안 쓰는 말인데 아시네요, 어머님.

경진은 자신이 가르친 운필력이 부족했던 아이들과 그 아이들이
흐릿한 글씨로 써주었던 스승의날 카드를 떠올렸다. 이제 대학생
이 되었을 그 아이들의 크고 단단해졌을 손도 잠시 상상해보았다.

선생님은 은솔이 숙제를 다 못해도 괜찮으니 천천히 또박또박
쓰게 해달라고 했다. 일주일에 한 번, 수요일마다 방문해서 십오
분 동안 수업하고 갈 뿐인데 선생님이 은솔에 대해 잘 알고 있을
때 신기했다. 경진은 자신보다 열다섯 살쯤 젊은 선생님의 얘기를
귀담아들었고 고개 숙여 인사했다.

현관문을 열고 나가려던 선생님이 어머님, 혹시 다음주부터 수
업시간을 조금 앞당길 수 있을까요, 하고 조심스럽게 물었다.

—앞에 수업하던 친구가 이사가서 시간이 좀 비어서요.

아이를 하원시킨 뒤 옷이라도 갈아입혀서 책상에 앉히려면 수업

시간인 네시 삼십분을 지키기도 빠듯했다. 어려울 것 같다고 말하려는데 선생님의 블라우스 겨드랑이 부분에 땀이 마른 자국이 보였다. 한번 생각해봐주세요. 선생님이 경진을 향해 고개를 숙였다.

정우가 은솔을 재우는 동안 경진은 운동화를 신고 밖으로 나갔다. 여름밤은 아직 선선하고 지은 지 사십 년 된 아파트 단지에는 나무들의 냄새가 떠다녔다. 주차 공간이 부족하고 수도관이 낡았고 엘리베이터도 자주 고장나지만 산자락이 감싸고 있어 단지 안은 공기가 깨끗하고 계절의 변화도 선명하게 느껴졌다. 경진은 103동에서 101동으로 이어지는 앞쪽 길을 빠르게 걸었다. 늦게 퇴근하는 사람들, 경진처럼 운동 삼아 걷거나 뛰는 사람들이 옆으로 지나갔다. 빠르게 세 바퀴 도는 동안 경진은 하늘과 단지 안의 나무들을 유심히 보았다. 산책하듯 아파트 뒷길로 걷는 동안에는 불이 켜진 일층의 창문들과 그 안의 사람들 옆을 지나갔다. 머리 전체에 굵은 헤어롤을 만 중년 여자는 소파에 앉아 티브이를 보았고 러닝셔츠를 입은 남자는 거실 테이블에 앉아 혼자 라면을 먹었다. 걷는 경진과 앉아 있는 사람들 사이의 거리는 멀지 않았다.

여섯 바퀴를 돈 뒤 경진은 아파트 앞 편의점에 들렀다. 음료와 주류 냉장고를 지나 빙과류가 들어 있는 냉동고 앞에 섰다. 걷고 난 뒤에 단것을 먹는 습관을 버려야 하는데 결심은 느슨하고 산책 후의 아이스크림은 달콤했다. 경진은 냉동고 안을 살펴보다가 자주 먹는 바닐라 아이스크림콘을 골랐다.

놀이터 옆의 등나무 벤치는 어둠 속에 잠겨 있었다. 벤치 주변에 키가 훤칠하고 가지가 무성하게 뻗어나간 나무들이 서 있어서 뒤편의 가로등 불빛이 등나무 그늘 아래까지 쏟아지지 않았다. 네 개의 벤치가 모두 비어 있는 걸 확인한 뒤 경진은 안쪽에 앉았다. 정우는 밤에 혼자 산책하는 걸 걱정했지만 경진은 술 취한 사람들이 오가는 번화한 거리보다 아파트 단지와 벤치의 고요함과 어둑함이 더 마음에 들었다.

경진은 차분하게 가라앉은 공기 속에서 아이스크림을 한입 베어물었다. 차고 단 맛이 입안으로 번졌다. 땀이 천천히 마르면서 몸안의 온도가 내려갔다. 뒤쪽의 산에서 이름 모를 새들이 울었고 흰색과 노란색 털이 섞인 고양이가 벤치 근처를 어슬렁거리다가 나무 아래 자리를 잡았다. 색이 다른 고양이 두 마리도 간격을 두고 앉았다. 벤치에서는 101동의 작은방 창문들과 102동의 베란다, 103동의 복도가 보였다. 불 꺼진 창문과 불을 밝힌 창문들이 기하학적인 무늬를 만들었다. 한 시간 전까지 경진도 멀리 손바닥만하게 보이는 창문 안에 있었다. 경진은 아파트 단지를 가볍게 돈 뒤 혼자 벤치에 앉아 한숨 돌리는 시간을 하루종일 기다렸다. 밤에 벤치에 가만히 앉아 있으면 하루의 피로가 발밑으로 천천히 빠져나갔다.

학원 차량에서 내린 여학생 둘이 두런두런 얘기를 나누며 걸어갔다. 벤치 앞을 지나가다가 갑자기 폭죽을 터뜨리듯 웃음을 쏟아냈다. 둘은 벤치에 앉아 손뼉을 치며 웃다가 배를 잡고 꺽꺽거렸다. 단발머리와 하나로 묶은 머리가 모두 앞쪽으로 쏟아져내렸다. 그 얘기 한 번만 더 해봐. 진짜 그렇게 말했어? 진짜? 두 사람은 벤치에 앉아서 한참 동안 진짜?를 연발하며 웃었다. 경진은 아이스크림콘의 윗부분을 다 먹은 뒤 과자와 아이스크림을 같이 씹었다. 웃음의 내용은 몰라도 웃음의 기운이 공기 중에 퍼졌다. 한 명이 일어나서 웃으며 뛰어가자 다른 한 명이 소리를 지르며 뒤따라갔다. 탁탁탁, 바닥을 구르는 운동화 소리와 야, 왜, 하는 목소리가 멀어져갔다.

학생들이 가고 나자 벤치 주변에는 부드러운 고요와 어둠만 남았다. 경진의 얼굴에 번지던 웃음도 슬그머니 사라졌다. 경진은 한글 선생님에게 시간을 조금 앞당겨도 괜찮다고 말하지 못한 것이 마음에 걸렸다. 경진이 학습지 교사 일을 했을 때도 동선과 시간표를 짜는 게 가장 어려웠다. 이 집의 수업이 끝나고 저 집으로 가기 전에 십오 분이나 이십 분 정도 시간이 비면 여유롭다기보다는 어리둥절해졌다. 비는 시간을 주로 근린공원이나 오래된 아파트의 벤치에 앉아서 보냈다. 편안히 쉬거나 주변 풍경을 감상하는 것이 아니라 잠시 멈춰 있을 뿐이었다. 그 시간들은 자투리천처럼 잘려나갔다. 그럴 때면 수업을 몰아서 해버리고 조금 일찍 퇴근할 수 있다면 좋겠다는 생각이 들었다.

과자 안에 든 아이스크림까지 다 먹고 나자 면 원피스를 입은 101동 여자가 검은 비닐봉지를 들고 걸어왔다. 대각선 방향의 벤치에 앉으며 경진을 보고 살짝 고개를 숙였다. 경진도 눈인사를 하며 의자에서 몸을 살짝 일으켰다. 열시에 나온 걸 보면 아이가 평소보다 일찍 잠든 것 같았다.

경진은 101동 여자를 볼 때마다 베란다에 내놓은 상자가 떠올랐다. 그 안에 은솔이 서너 살 때 입었던 옷과 장난감, 신발을 모아두었는데 양이 꽤 많았다. 버리기는 아깝고 팔자니 가격을 매기고 사진을 올리는 일이 번거로워 상자에 넣어두었는데 여자에게 주면 도움이 되지 않을까 싶었다. 필요하냐고 물어보고 싶은데 아직 그 정도로 가까운 사이는 아닌 것 같아 자꾸 미루었다.

—일찍 자나봐요.

—네. 오늘은 낮잠을 한 번 건너뛰었어요.

101동 여자는 비닐봉지에서 캔맥주를 꺼내 뚜껑을 땄다. 벙벙한 면 원피스의 어깨 부분에 웃고 있는 뽀로로 스티커가 붙어 있었다. 여러 번 빨아 약간 납작해진 뽀로로 인형이 경진의 베란다 상자 안에도 들어 있었다. 여자는 기다란 초록색 캔을 들어 맥주를 천천히 마셨다.

밤의 벤치에서 여자를 처음 본 게 석 달 전이었다. 3월 중순, 긴 후드 원피스에 얇은 패딩을 걸친 여자가 경진의 맞은편에 와서 앉았다. 그 자리에서는 아파트의 전경이 아니라 벤치 옆의 커다란 나무와 나뭇잎 사이의 어둠만 보였다. 여자는 주위를 둘러보고 경진을 살피더니 검은 비닐봉지에서 캔맥주를 꺼냈다. 비닐이 구겨지는 소리가 나고 캔 따는 소리가 들렸다. 여자는 갈증이 심한 사람처럼 맥주를 벌컥벌컥 마셨다. 어둠 속에서 휴대폰 화면이 조명처럼 얼굴을 비췄다. 긴 단발머리에 뺨이 통통한 여자는 이십대 후반이나 서른 정도로 보였는데도 눈가에 피로가 진하게 묻어 있었다. 봄이 이어지는 동안 두 사람은 밤의 벤치에서 여러 번 마주쳤다. 그때마다 경진은 아이스크림을 먹고 있었고 여자는 비닐봉지에 든 맥주를 꺼내 마셨다. 서로의 존재가 신경쓰였지만 혼자 무언가 먹는 모습이 경계심을 누그러뜨렸다. 여름이 가까워질수록 여자는 맥주를 차분히 즐기게 되었다.

한 달 전 경진은 여자가 벤치에 놓고 간 휴대폰을 챙겨주었고 그 일을 계기로 두 사람은 인사를 나누게 되었다. 경진은 여자가 101동에 살고 두 돌이 조금 안 된 딸을 키우고 있다는 것과 아이를 재운 뒤 벤치에 나와서 맥주를 마시는 밤의 시간을 몹시 기다린다는 것을 알게 되었다.

─집에 있으면 쉬는 느낌이 들지 않아요.

여자는 아파트 주민들에게 자신의 모습을 보이기 싫어서 등을 지고 앉으면서도 벤치를 찾아와 캔맥주 마시는 일은 멈추지 않았다. 경진도 다 먹은 아이스크림 포장지를 버릴 때면 입안에 남아 있는 단맛 때문에 희미한 죄책감이 들었지만 달콤한 휴식을 포기하고 싶지는 않았다.

경진은 아이스크림 포장지를 손에 든 채로 여름밤에 번지는 나무 냄새를 맡았다. 앉아 있던 고양이 한 마리가 놀이터 쪽으로 갔고 여자는 휴대폰을 보며 빈 캔을 만지작거렸다. 캔이 조금씩 우그러지는 소리가 새가 우는 소리처럼 들렸다. 경진과 여자는 그렇게 잠시 앉아 있다가 일어났다. 서로를 향해 가볍게 고개를 숙인 뒤 여자는 101동으로, 경진은 103동으로 걸어갔다.

엘리베이터를 기다리다가 경진은 게시판에 붙어 있는 공고문을 보았다.

이번 입주자 대표회의에서 중앙 주차장 쪽 오래된 벤치와 그 옆의 대형 전나무 네 그루를 제거하고자 입주민 투표를 실시하기로 의결하였습니다. 주민들은 동의하시면 경비실 앞에 있는 연명부에 서명하여주시기 바랍니다.

   1. 태풍시 지반이 약하여 쓰러질 수 있어 위험함

   2. 주차 공간을 확보할 수 있음

   3. 벤치에서 소란을 피운다는 민원이 많음

과반수 동의시 집행 예정이며 작업 일정은 별도 안내하겠습니다.

경진은 공고문을 한참 바라보았다. 내용의 순서가 묘했다. 2번의 주차 공간 확보를 위해 1번과 3번을 가져와 만든 것 같았다. 경진은 공고문을 보고 있다가 휴대폰으로 찍었다. 1번의 쓰러질 수 있는 것이 나무라는 건 알겠는데 누가 위험해진다는 것인지는 모호했다. 지은 지 사십 년이 된 아파트에는 지하 주차장이 없어서 늘 주차 공간이 부족하고 이중 주차가 빈번했다. 정우도 늦게 퇴근하면 주차할 곳을 찾지 못해 아파트 단지를 여러 바퀴 돌았다. 그래도 주차 문제 때문에 나무와 벤치가 사라질 수 있다고 생각해 본 적은 없었다.

3번의 내용은 사실이 아니었다. 경진이 이사온 뒤로 민원이 발생한 건 딱 한 번이었다. 작년 여름에 근처 고등학교의 학생 둘이 벤치에서 술을 마시며 떠들어서 누군가 관리실에 신고했다. 학생들은 아파트 주민이 아니었고 경비원들이 제지하는데도 계속 소란을 피워서 인근 지구대에서 경찰이 출동했다. 그때를 제외하고 벤치 주변은 작고 오래된 연못 같았다. 낮에는 나이드신 분들이 앉아서 햇볕을 쬐고 저녁에는 운동하는 사람들이 잠깐 숨을 돌린 뒤 일어났다. 바닥에 앉아 볕을 쬐던 고양이들이 사람들의 다리 사이를 지나가기도 했다. 봄이면 흙으로 된 바닥에 꽃잎이 떨어지고 비가 내린 뒤에는 벤치 아래 하얗고 노란 꽃가루들이 녹아 있었다. 여름에는 크고 진한 그늘이 생기고 가을이 되면 그 자리에 낙엽이 굴러다니거나 쌓였다. 경진은 오래된 벤치에 앉아 그런 것들을 보았다.

공고문 덕분에 벤치 옆을 지키는 크고 위엄 있는 나무들이 전나무라는 것을 알게 되었는데 그 나무들은 주차 공간 확보 문제 때문에 사라질 위기에 놓였다. 엘리베이터를 타고 십이층까지 가는 동안 몸에 열이 올랐다. 차고 달콤한 아이스크림을 한입 베어물고 싶었다.

다음날 경진은 엘리베이터의 하강 버튼을 누른 뒤 십이층 복도 창문을 통해 밖을 내다보았다. 오후 네시에도 여름의 햇빛은 아파트 단지를 향해 뜨겁게 쏟아졌다. 주차된 자동차들 옆으로 짧고 진한 그림자가 드리워졌고 군데군데 주차 자리가 비어 있었다. 개를 데리고 산책하는 사람과 유아차를 밀고 가는 사람이 보였고 그들 옆으로 그림자가 천천히 따라갔다. 그 모든 것들이 초록색 나무들에 둘러싸여 있었다. 은솔을 데리러 가려고 기다릴 때마다 경진은 그 공존의 풍경을 보았다. 경진은 등나무 벤치 쪽으로 시선을 돌렸다. 벤치 주변의 나무들은 꼿꼿하고 그 옆의 벤치는 6월의 햇빛 속에서도 시원해 보였다. 경진이 자주 앉던 자리에 누군가 앉아 있었다. 자세히 보니 은솔의 한글 선생님이었다.

아침에 어린이집에 가면서도 은솔은 오늘 선생님 오는 날이야? 하고 물었다. 한글 선생님은 수, 목 이틀 동안 아파트 단지에 수업하러 왔다. 목요일에 하원한 은솔이 놀이터에서 노는 동안 경진은 선생님이 101동에서 나와 102동으로 이동하는 것과 102동의 수업이 끝난 뒤 놀이터 옆을 지나 103동으로 가는 것을 여러 번 보왔다. 숄더백을 메고 한 손에 휴대폰을 든 채 빠르게 걸었고 다리보다 상체가 앞서서 누군가 앞에서 잡아당기는 것 같았다. 수요일에는 수업이 아파트 단지에서 끝나는 것 같고 목요일에는 오후에 몇 타임만 이곳에서 하고 다른 곳으로 이동하는 것 같았다.

엘리베이터에서 내리면서 경진은 공고문을 한번 더 확인했다. 현관을 출입하는 주민들은 공고문의 내용이 아니라 이르게 찾아와 오래 지속된다는 더위에 대해 얘기했다. 장바구니를 들고 경비실 앞에 서 있던 나이 지긋한 할머니들도 다음주부터 장마라는데 103동 옥상 샌다고 하지 않았어요? 라고 묻거나 아파트가 오래돼놔서 다 시원찮아, 같은 말을 주고받았다. 경진은 아파트 정문으로 걸어가면서 등나무 벤치 쪽을 보았다. 공기가 뜨거워서 밖에 나온 지 몇 분밖에 안 됐는데 땀이 나기 시작했다. 선생님은 학습지 홍보용 팸플릿으로 부채질을 하고 있었다. 검은색 긴바지와 흰 운동화를 신은 모습이었고 벌어진 가방 사이로 교재 뭉치가 튀어나와 있었다. 경진은 십오 년 전 여름, 폭염과 장마 때 땀과 비로 축축해진 운동화를 신고 수업하러 다니던 자신을 떠올렸다. 덥고 쉽게 젖어도 발과 다리의 피로를 줄이기 위해서는 운동화를 신고 걷는 편이 나았다.

은솔을 데리고 아파트 안으로 들어왔을 때 등나무 벤치에는 할머니 한 분만 있었다. 굽은 어깨에 두 손으로 지팡이를 잡고 앉아 있는 모습이 작고 오래된 나무 같았다. 놀이터에서 아이들 노는 소리를 듣고 은솔이 경진의 손을 잡아끌었다. 해가 쨍한데도 아이들은 미끄럼틀 위를 뛰어다녔고 엄마들은 미니 선풍기를 든 채 그늘 쪽 벤치에 앉아 있었다. 예닐곱 살 된 아이들은 땀이 나서 앞머리가 이마에 찰싹 달라붙었는데도 웃음소리가 청량했다. 은솔이 얘들아, 하면서 미끄럼틀 위로 뛰어올라갔다. 경진은 엄마들과 조금 떨어져 앉았다.

이 아파트에 이사온 지 몇 년 되었고 놀이터에서 은솔이 자주 뛰어노는데도 큰 소리로 웃는 아이들과 모여앉아 이야기를 나누고 있는 엄마들을 보면 오래전의 마음이 불쑥 올라왔다. 학습지 교사 일을 하던 시절에 일주일에 한 번씩 학생들의 집에 들어가서 수업을 하고 나올 때면 자신은 떠도는 사람이고 영원히 저기에 속하지 못하리라는 느낌을 받았다. 그건 너무 당연한 건데도 경진을 쓸쓸하게 만들었다. 그만둔 지 십오 년이 지났는데도 자신은 안정적인 세계에 속해 있지 않고 바쁘게 걸으며 어딘가에 도달하려 애쓴다는 기분이 몰려오는 순간이 있었다. 그런 마음이 드는 것에 대해 경진은 누구에게도 말하지 않았다.

학습지 교사는 졸업 후 세번째 하게 된 일이었다. 경진은 구직 사이트에 쓰여 있는, 출퇴근이 자유롭고 일하는 시간을 조절할 수 있다는 설명에 끌려서 지원했다. 교사들은 수업 전에 사무실에 나와서 영업이나 수업에 관련된 교육을 받은 뒤 교재를 챙겨서 각자의 수업 지역으로 이동했다. 수업은 대체로 점심시간 이후에 시작되었고 경진은 수업 나가는 길에 사무실 근처의 편의점에 들렀다. 대로변에 위치해 유동인구가 많고 규모가 큰 곳이었다. 안에는 온수기와 전자레인지가 있고, 앞에는 음료 회사의 로고가 찍힌 파라솔 두 개와 플라스틱 의자 여덟 개가 놓여 있었다. 경진은 그 초록색 플라스틱 의자에 앉아 삼각김밥과 생수를 먹었다. 가장 싸고 간단하게 끼니를 때울 수 있는 음식이었다. 한 개를 덤으로 얹어주는 행사가 있으면 두 개를 먹었고 그렇지 않을 때는 하나만 먹었다.

점심식사를 마친 회사원들이 음료수를 사가거나 옆의 파라솔에 앉아서 커피를 마시며 이야기를 나눴다. 일행이 많을 때는 경진에게 양해를 구한 뒤 의자를 끌고 가기도 해서 경진은 가장 바깥쪽의 의자에 앉아 약간 차갑고 심심한 맛의 삼각김밥을 먹었다. 일정한 간격으로 서 있는 가로수나 그 나무의 가지에 앉아 있다 날아가는 새들을 보며 밥알을 씹었다. 체하지 않게 꼭꼭 씹었고 수업에 늦을까봐 서둘러 삼켰다. 서로의 이름을 부르며 유쾌하게 웃던 회사원들도 중간중간 시간을 확인했고 점심시간이 끝나는 걸 아쉬워하며 일어섰다.

점심을 해결하고 나면 경진은 편의점 건물의 공용 화장실에 들렀다. 여자 칸은 세면대와 화장실 문 사이가 좁아서 문을 여닫을 때마다 세면대 앞의 사람이 옆으로 비켜서야 했다. 거울의 오른쪽

윗부분은 칼로 벤 듯 깨져 있고 세면대에는 가느다란 금이 가서 틈마다 검은 곰팡이가 피어 있었다. 둘러보면 벽과 바닥의 타일에도 자잘한 균열이 많을 것 같았다. 경진은 왼손으로 숄더백의 끈을 붙잡은 채 거울과 세면대의 멀쩡한 부분을 보며 이를 닦고 입안을 헹구었다. 상가에서 나온 뒤에는 수업하는 지역으로 이동하기 위해 빠르게 걸었다. 팔다리가 앞섰고 마음이 마지못해 따라나섰다.

봄과 여름 내내 경진은 편의점의 파라솔 아래 앉아 삼각김밥과 생수를 먹고 공용 화장실에서 이를 닦았다. 비 오는 날에는 편의점 안의 창가에 서서 접혀진 파라솔과 한쪽에 쌓아둔 플라스틱 의자가 비에 젖는 걸 보며 삼각김밥을 먹었다. 수업을 하러 학생들의 집으로 이동하면서 경진은 평일 낮에 거리를 걷는 사람들이 다 자유로운 게 아니라는 걸 알게 되었다. 세상에는 많은 직업과 다양한 형태의 노동이 있고 이름만 들었을 때는 짐작하기 어려운 고충이 존재했다. 학습지 교사도 그런 일 중 하나였다. 어떤 일인지 대충 알고 있다고 생각했지만 교육을 받고 직접 수업을 하는 동안 이 직업에 대해 잘 모르고 오해하고 있었다는 걸 깨달았다.

학생들의 집 앞에서 벨을 누른 뒤 문이 열리기를 기다리는 동안 경진은 매번 가벼운 긴장감을 느꼈다. 신발을 벗고 집안으로 들어갈 때면 어깨가 경직된 상태로 살짝 숨을 참았다. 모든 집에는 고유한 냄새가 있었고 아파트처럼 구조가 같은 집들도 사는 모습은 제각각이었다. 아무것도 보지 못하고 모르는 것처럼 거실이나 방에 앉아 아이들에게 공부를 가르치면서 경진은 자신이 하는 일이 무엇일까 생각했다. 수업시간 십오 분은 짧은데도 아이들은 그사이에 정답을 맞히기도 하고 이해를 못해 고개를 갸웃거리거나 지루해하며 딴청을 피우기도 했다. 버거운 마음과 희미하게 보람이 느껴지는 순간이 같이 지나갔다. 이 집에서 나와 저 집으로 바쁘게 걸어간 뒤 앉아서 교재를 펴고 내용을 설명하다가 자신이 깜빡 졸았다는 걸 깨닫기도 했다.

여름에 경진의 가방은 무거워졌다. 교재 외에도 챙이 넓은 모자와 손수건을 챙겼고 선크림과 부채도 들고 다녔다. 땀이 많이 흘러 냄새가 신경쓰였고 장마철에는 신발과 양말, 바짓단까지 다 젖어서 학생들의 집에 들어가기 민망했다. 신발을 벗고 축축한 발로 현관을 지나 방이나 거실로 들어갈 때마다 경진은 교재가 든 가방을 내려놓고 그 자리에 엎드려 자신이 남긴 흔적들을 문질러 닦고 싶었다. 그러나 아무렇지 않은 척 가방을 메고 들어가 수업을 하며 그 물자국들이 빨리 마르기를 간절히 바랐다.

가을이 되어 교재가 든 숄더백을 메고 편의점에 도착했을 때 경진은 파라솔과 의자가 사라진 것을 보았다. 원래 아무것도 없었던 것처럼 편의점 앞은 말끔하게 치워져 있었다. 경진은 그 자리에 서서 파라솔이 있던 곳을 바라보았다. 그리고 한 블록을 걸어가 버스 정류장 앞의 분식집에 들어갔다. 창가에 앉아 김밥 한 줄을 주문했다. 인도로 사람들이 오가고 차도로 버스와 트럭과 승용차들이 지나다니는 게 보였다. 비닐을 씌운 플라스틱 접시 위에 김밥 한 줄과 마른 파 두어 조각이 뜬 어묵 국물이 같이 나왔다. 김밥을 먹는 동안 손님들이 들어와 김밥을 한 줄 두 줄 포장해 갔다. 사무실 근처에 편하게 앉아 쉴 곳이 있었다면 경진도 포장해 갔을 것이다. 학습지 교사 일을 그만둘 때까지 경진은 그 분식집의 창가에 앉아 어묵 국물과 김밥 한 줄을 먹고 수업을 하러 갔다. 그뒤로 분식집이나 야외 벤치에 혼자 앉아 끼니를 때우는 사람들이 있으면 쳐다보지 않으려 애썼다.

벤치에 앉아서 아이스크림 포장지를 뜯으며 경진은 발목을 긁적거렸다. 모기 물린 곳이 금세 부풀어올랐다. 여름밤은 걷기 좋은데 모기 때문에 성가셨다. 지난밤과 달리 공기 중에 습기가 많았다. 경진은 가로등 아래 모여 있는 날벌레들과 그 옆에 늠름하게 서 있는 네 그루의 전나무, 오래되어 페인트칠이 벗겨지고 나무가 갈라진 벤치를 보았다. 전나무 옆으로 차들이 빽빽하게 주차되어 있었다.

지난밤에 정우와 식탁에 마주앉았을 때 경진은 공고문을 봤는지 물어봤다.

— 엘리베이터 타면서 본 거 같은데.

정우는 잘라놓은 수박을 포크로 찍었다. 입에 넣더니 달다, 어디서 샀어? 은솔이 많이 먹었지? 하고 웃었다. 경진은 수박을 먹는 동안 빵빵해졌던 은솔의 볼과 과즙이 흐르던 입과 턱을 떠올렸다. 수박의 가장 달고 잘 익은 부분을 골라 은솔에게 주었고 정우의 몫으로도 남겨두었다. 은솔은 수박을 먹다가 손으로 입가를 쓱 닦더니 갑자기 수박을 한글로 어떻게 쓰는 건지 보여주겠다며 일어났다. 끈끈한 손으로 식탁과 의자와 탁자를 만졌고 종합장을 펴 색연필로 끄적거렸다. 엄마, 수박 이렇게 쓰는 거 맞지? 아닌가? 수밖인가? 하고는 받침이 어렵다고 했다. 경진은 어떻게 설명해줘야 할지 알 수 없었다. 많은 아이들을 찾아다니며 한글을 공부시켰지만 은솔을 가르치는 건 어려웠다.

─회사 동료가 얼마 전에 새 아파트로 이사갔는데 살기 좋은가봐.

정우는 새 아파트 단지 내 피트니스 센터 얘기를 하며 경진이 밤에 그런 데서 운동하면 좋겠다고 했다. 경진은 산자락에 둘러싸인 아파트와 오래된 나무와 흙의 냄새를 맡으며 단지 안을 걷는 일에 대해 생각했다. 공고문의 문장들이 자꾸 끼어들었다.

─누가 그런 생각을 했을까.

무슨 생각? 하며 정우가 포크로 수박씨를 파냈다.

─아파트의 나무랑 벤치 없애는 거 말이야.

주차 문제를 해결하려면 나무와 벤치를 없앨 게 아니라 주차 시스템을 정비하고 외부 차량과 방치된 차들을 관리하는 게 순서일 것 같았다. 정우가 수박을 입에 넣으며 고개를 끄덕거렸다.

―차 댈 데가 없어서 몇 바퀴 돌다보면 아무 생각도 안 나.

정우는 입을 오물거리다 휴지에 씨를 뱉었다. 경진은 자신이 밤
마다 그 나무 옆 벤치에 앉아 있다가 온다는 얘기는 하지 않았다.

아이스크림을 먹으며 경진은 101동 쪽으로 고개를 돌렸다. 일
과를 마치고 101동으로 들어가는 사람들과 그 앞을 지나가는 사
람들이 보였다. 같은 단지에 살지만 처음 보거나 모르는 얼굴들이
었다. 101동 여자가 늦는 건지 하루 쉬는지는 알 수 없었다. 경진
은 아이스크림을 다 먹은 뒤 속으로 열까지 센 다음 일어섰다.

금요일 밤에 경진은 편의점에 들르지 않고 벤치에 앉아 땀을 식
혔다. 주머니에서 모기약을 꺼내 팔뚝과 발목에 발랐다. 노란색 털
이 섞인 고양이 한 마리가 벤치와 나무 사이에 앉아 있었다. 101동
여자는 평소보다 늦게 벤치 쪽으로 걸어왔다. 눈인사를 건네더니
벤치에 앉았다. 검은 비닐봉지도 휴대폰도 없는 빈손이었다. 엊
그제 입었던 것과 비슷한 벙벙한 면 원피스 차림인데 어깨 부분에
붙어 있던 스티커는 보이지 않았다. 어둠 속에서 여자의 얼굴은
좀 불퉁해 보였다. 한쪽 발에는 브랜드 로고가 새겨진 흰색 슬리
퍼를 신고 다른 쪽 발에는 손가락 한 마디 정도 큰 남색 줄무늬 슬
리퍼를 신은 채였다. 여자는 짝이 맞지 않는 슬리퍼 같은 건 상관
없다는 표정으로 어둠 속 어딘가를 응시했다.

―오늘은 늦었네요.

경진의 말에 여자가 네, 하며 손으로 얼굴을 문질렀다. 벤치 옆을 천천히 지나가는 노란 털 고양이의 배가 불룩했다. 경진은 배가 처진 고양이를 가만히 보다가 여자에게 잠깐만 기다리라고 한 뒤 편의점으로 갔다. 미니 펫숍 코너에서 캔에 든 고양이 사료를 하나 고르고 여자가 자주 마시던 초록색의 기다란 캔맥주와 자기 몫의 바닐라 아이스크림을 집어 계산대에 올려놓았다. 편의점 로고가 인쇄된 비닐봉지를 들고 벤치 쪽으로 걸어갔다. 멀찍이 보이는 풍경이 커다란 워터볼 속 모형 같았다. 등나무 벤치는 장식된 의자 같고 거기 앉아 있는 여자는 가지치기를 많이 한 나무 같았다.

경진이 캔맥주를 건네자 여자가 고개를 들어 맥주와 경진을 번갈아 쳐다보았다. 가로등 불빛이 여자의 얼굴 위로 흐릿하게 내려앉았다. 캔을 내미는데도 여자가 보고만 있어서 경진이 손에 쥐여주었다. 여자는 고개를 꾸벅 숙인 뒤 캔 뚜껑을 땄다. 목이 말랐던 것인지 빠르게 몇 모금 마셨다. 경진은 비닐봉지를 반으로 접은 뒤 그 위에 캔에 든 흰 살 참치와 닭가슴살을 부었다. 그것을 가로등 옆의 전나무 아래 두었다.

—고양이가 있었는데 어디 갔나봐요.

경진은 벤치에 앉아 표면이 살짝 녹은 바닐라 아이스크림을 베어 물었다.

—낮에 보니까 사람들이 경비실 앞에서 서명하더라고요.

여자가 팔을 뻗어 103동 쪽을 가리켰다. 경진도 공동 현관문을 지날 때 경비실 앞에 사람들이 서 있으면 신경쓰였다.

　—나도 봤어요.

　경진은 공고문의 내용을 여러 번 읽어서 외울 지경이었다.

　—전나무는 크리스마스트리로 쓰는 건데.

　여자는 오랜 세월 자란 나무가 아깝다고 했다. 경진은 고개를 돌려 나무를 보았다. 키가 크고 잎이 푸른 나무들은 상황이나 사정과 상관없이 굳건하게 서 있었다. 여자도 네 그루의 나무를 둘러보았다. 사십 년 동안 자리를 지킨 나무와 벤치가 없어질 수 있다는 게 실감나지 않았다. 노란 털 고양이가 다가와서 사료의 냄새를 신중하게 맡았다. 네 그루의 나무를 보며 경진은 아이스크림을 먹고 여자는 맥주를 마시고 고양이는 사료를 먹었다.

　여자가 손을 내저어 모기를 쫓았고 사료를 먹는 고양이는 두 마리로 늘었다.

　—맥주 잘 마셨어요. 고마워요.

　여자가 일어서며 고개를 살짝 숙였다. 짝이 맞지 않는 슬리퍼를 신고 101동 쪽으로 걸어갔다. 경진은 여자의 뒷모습이 어둠 속에서 점점 작아지는 것을 보았다. 옷과 장난감 얘기 꺼내는 걸 또 잊었다. 열한시가 되니 운동하는 사람이나 귀가하는 사람이 없어 벤치 주변은 더 고요해졌다. 경진은 103동으로 걸어가며 뒤를 돌아보았다. 나무와 벤치가 같이 있는 워터볼 속의 풍경이 거기 그대로 있었으면 했다.

학습지 일을 그만둘 때 경진은 지국장에게 건강이 안 좋아져서 쉬겠다고 했다. 먼저 퇴사한 교사들이 그렇게 말해야 그만둘 수 있다고 알려주었다. 영업이 힘들다거나 수업하는 지역이 넓어서 이동하는 게 힘들다고 얘기하면 대안을 제시한 뒤 붙잡는다고 했다. 구체적인 불만은 일을 계속할 때 말하는 거라고 했다.

지국장은 점심시간 전에 경진을 데리고 사무실 근처의 카페로 갔다. 새로운 기수의 교사들이 발령받은 시점이라 지국 안의 분위기가 활기찼고 지국장은 그런 곳에서 퇴사에 대해 얘기하는 게 신경쓰이는 듯했다. 카페는 경진이 삼각김밥을 먹던 편의점과 김밥을 먹는 분식집 사이에 있었는데 사무실에 출근하거나 수업하러 갈 때마다 지나기만 하던 곳이었다. 점심시간 전에도 사람이 많아 실내에 빈자리가 없었다. 두 사람은 야외 테이블에 자리를 잡았다. 초여름의 햇볕이 내려앉아 탁자와 의자가 따뜻했다. 지국장이 아포가토가 맛있는 곳이라고 해서 경진도 그걸 주문했다. 아이스크림과 에스프레소가 나오자 지국장이 에스프레소를 바닐라 아이스크림 위에 부었다. 경진도 그대로 따라 한 뒤 스푼으로 떠먹었다. 달콤하고 쌉쌀하고 따뜻하면서 차가운 맛이 났다.

지국장은 경진이 그만두는 걸 아쉬워하면서도 퇴사를 만류하지는 않았다. 인수인계가 끝날 때까지 다른 선생님들에게 퇴사한다고 알리지 말고 잘 마무리해달라고 부탁했다. 지국장 앞에 놓인 유리그릇 안에서 아이스크림이 커피 속으로 천천히 녹아내렸다. 지국장은 티스푼으로 커피만 몇 번 떠먹었다.

지국장이 먼저 사무실로 돌아간 뒤 경진은 야외 테이블에 앉아서 약간 녹은 아이스크림과 커피를 떠먹었다. 맛의 조합이 완벽했다. 학습지 교사를 하며 네 개의 계절을 보내는 동안 야외에서 무언가 먹는 일이 편안한 건 처음이었다. 새로운 장소에서 만나는 메뉴, 계절과 시간, 상황이 색다른 감흥을 만들어냈다. 그만두겠다고 말한 뒤에야 경진은 차분히 자신이 했던 일을 돌아보았다. 잘 모르고 가본 적이 없는 동네를 걸어다니며 학생들의 집을 방문했고 수업시간을 맞추기 위해 빠르게 걷거나 뛰었다. 교육에 대해 잘 모르면서 한글이나 수학을 가르쳤고 학습에 대한 상담도 했다. 새로운 수업을 권유했고 수업을 그만두겠다는, 돈이 아깝다는 얘기도 들었다. 선생님이지만 집까지 학습지를 배달하는 사람이었고 영업을 못해서 수업이 줄어들면 눈치가 보이고 월급이 줄었다. 보람과 모욕이 하나의 그릇 안에서 녹아내렸다.

일을 그만둔 뒤에도 경진은 걸으면서 나무를 보고 공기 중에 섞인 비의 냄새를 맡던 예전의 자신으로 돌아가지 못했다. 정해진 시간 안에 어딘가에 도착해서 무언가 해야 할 것 같은 강박에 시달렸다. 나무 하나를 찬찬히 보며 걷게 되기까지 시간이 오래 걸렸다.

놀이터에서 놀고 들어오면 은솔은 샤워를 하자마자 머리가 젖은 상태로 앉아 한글 교재를 펼쳤다. 빈칸을 다 채우지 않아도 된다고 말해주어도 고개를 저으며 연필을 쥐고 받침 글자를 써넣었다. 선생님이 괜찮다고 하셨어. 하자 종합장 뒷면을 펴서 색연필로 그린 강아지와 고양이, 곰, 만화 캐릭터를 보여주었다. 우리 선생님 너무 잘 그리지? 숙제를 다 하면 선생님이 캐릭터를 하나씩 그려준다고 했다. 은솔은 자신이 좋아하는 그림이 무엇인지 순서대로 짚었다. 민지가 선생님을 좋아해요. 선생님 오는 날만 기다려요. 예전에 학부모에게 그런 말을 들었을 때 경진은 예의상 하는 얘기라고 생각했다.

금요일쯤 시작된다던 장마가 수요일 오전부터 시작되었다. 집에 오는 길에 은솔은 우산을 쓰고 장화를 신은 발로 물속에서 폴짝거렸다. 발이 젖지 않는다는 걸 아는 아이는 겁없이 움직였고 일부러 빗물이 고인 웅덩이 쪽으로 걸었다. 맨발에 슬리퍼를 신은 경진도 비를 신경쓰지 않고 걸었다. 장마는 이제 시작이었고 아직은 습기 때문에 고통스럽지 않았다. 아파트 안으로 들어가는데 벤치에 한글 선생님이 우산을 쓰고 앉아 있는 게 보였다. 긴바지에 운동화 차림이었고 손에 든 음료를 마시고 있었다.

은솔은 글씨 쓰기에 부쩍 재미를 느꼈다. 하고 싶은 말을 색종이에 써서 방문과 냉장고, 거울, 신발장에 테이프와 풀로 붙여두었다. 기여운 은솔이 방. 조금만 먹어요. 문 조심. 어린이집에서 가져온 활동지 문항 중 '여름에 일어나는 일' 1번에 비가 내린다, 라고 썼다가 내렷다, 라고 고쳤다. 다시 한번 생각해보자는 경진의 말에 ㅅ을 하나 더 붙인 뒤 맞아? 하고 물었다. 그리고 2번에 수박은 맜있다, 라고 썼다. 경진은 '맜'을 쳐다보다가 더 생각해보자고 하지 않고 그대로 두었다.

경진은 거실 에어컨을 제습으로 해놓은 뒤 탁자 위에 얼음물과 수건을 올려놓았다. 현관을 살펴보다가 발 매트와 스펀지 소재의 실내화를 놓았다. 선생님은 늘 방문하는 시간에 벨을 눌렀고 들어오면서 빗물이 떨어지는 우산을 현관 구석에 세워두었다. 운동화를 벗으며 잠시 머뭇거리는 것 같았다. 경진은 선생님, 잘 부탁드려요, 라고 인사한 뒤 서둘러 방으로 들어왔다. 침대에 앉아 있으니 거실에서 선생님과 은솔의 말소리, 웃음소리가 났다. 팔의 접힌 부분에 금세 땀이 찼다.

장마는 일주일 넘게 이어졌고 습기는 생활을 눅눅하게 만들었다. 뉴스에서는 태풍의 위력이 강하지 않을 거라고 했지만 바람을 동반한 비가 내릴 때마다 경진은 공고문의 문구처럼 나무들의 지반이 약해질까봐 걱정되었다. 은솔을 어린이집에 데려다주고 오는 길과 데리러 가는 길에 우산을 쓰고 거리를 천천히 걸었다. 아파트와 상가 건물, 차도의 아스팔트 위로 내리는 비와 가지마다 초록색 잎이 무성한 나무들 위로 내리는 비는 다르게 보였다. 도시의 구조물들은 젖을수록 칙칙해 보이는데 나무들은 싱그러운 색감과 냄새를 더했다.

집에 돌아와 소파에서 밖을 내다보면 베란다 창문에 세상이 어룽거렸다. 경진은 온습도계의 숫자들을 확인하며 에어컨과 제습기를 껐다 켰고, 세탁이 끝난 빨래를 건조기에 돌린 다음 꺼내서 바싹 마른 옷들의 냄새를 맡았다. 양말의 짝을 맞추다가 이런 날씨에도 수업을 하러 다닐 한글 선생님의 운동화와 양말을 잠시 떠올렸다. 저녁에는 부침개를 노릇노릇하게 구웠고 마트 주문을 최대한 미뤘다. 산책을 나가지 못하는 밤이 길어졌다. 경진은 우비를 입고 나가서 걸을까 하다가 거실에 요가 매트를 깔고 그 위에서 스트레칭을 했다. 샤워를 하고 난 뒤에는 소파에 앉아 창밖을 쳐다보며 은솔과 아이스크림을 하나씩 먹었다. 은솔은 활동지에 '비가 또 내렸다'라고 썼다.

장마가 끝난 뒤 경진의 가족은 여름휴가를 떠났고 휴가에서 돌아온 경진이 밤의 산책길에 마주한 건 벤치와 나무가 아니라 자동차들이었다. 원래 주차장이었던 것처럼 자연스럽게 세 대의 자동차가 주차되어 있었다. 경진은 그 자리에 가만히 서 있었다. 뿌리를 내리고 오랫동안 살아온 전나무 네 그루가 어디로 갔는지, 모였다 흩어지던 고양이들의 집회는 어떻게 됐는지 알 수 없었다.

101동 여자의 맥주 마시던 밤과 자신의 차갑고 달콤한 휴식에 대해서도 생각했다. 벤치와 나무가 아니라 다른 것이 사라진 것 같았다.

한낮에 번화한 거리를 걸을 때면 아직도 오래전 그 편의점의 파라솔과 분식점의 창가 자리가 떠오르고 거기 앉아 밥을 먹고 숨을 돌리던 자신이 생각났다. 어떤 시기의 자신을 거기에 두고 온 것 같은 기분이 들었다. 경진은 밤의 벤치에도 자신의 일부를 두고 왔고 그것이 영영 사라져버렸음을 깨달았다. 그리고 그것에 대해 누구에게도 말하지 못하리라는 걸 알았다.

혁명의 온도

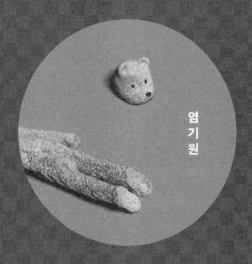

염
기
원

염기원

2015년 문학의봄 신인상을 수상하며 작품활동을 시작했다. 장편소설 『구디 얀다르크』 『인생 마치 비트코인』 『오빠 새끼 잡으러 간다』가 있다. 융합스토리 단편소설 공모전 최우수상, 황산 벌청년문학상을 수상했다.

월요일 아침은 불법 추심 업자처럼 염치없이 찾아온다. 빌라 앞 버스 정류장에는 광역버스와 시내버스가 모두 선다. 등교하는 학생, 서울이나 신도시로 출근하는 직장인 무리가 종종걸음으로 모여드는 이유다. 나는 연어처럼 인파를 거슬러 출근한다. 브랜드 아파트에 살겠다는 욕망을 채우기 위해 이 외진 곳까지 이사오는 수고를 감수한 그들의 출퇴근 분투기에는 관심이 없다.

아파트와 빌라 사이에 난 도로 폭보다 훨씬 큰 간극이 그들과 우리 사이에 있다. 나는 그들을 못마땅하게 여긴다. '서울 출퇴근 쌉가능' '신도시를 품은 특례시' 같은 문구가 자존감을 지탱해주는지는 몰라도, 봄부터 가을까지 퇴비 냄새가 진동하고, 장마 때마다 하천이 넘쳐 똥물에 신발이 젖는 엄연한 촌구석까지 밀려왔으면서, 길 건너 빌라촌 사람을 향한 시선에 담긴 은근한 교만이 재수없다. 내 자격지심인가?

안개가 잔뜩 낀 혁명의 아침. 눅눅한 북서풍을 가르며 전진하는 내 발걸음에 비장함은 없다. 혁명은 공권력을 대상으로 하기 마련. 우리가 투쟁 대상으로 삼은 곳은 국민의 세금으로 돌아가는 합법적 폭력 조직인 대한민국 군대, 그러니까 국방부다. 그렇다고 위병소 앞 바리케이드를 차량으로 돌파하거나 부대 울타리 위에 설치한 윤형 철조망을 뚫고 침투하는 방식은 아니다. 오히려 그 반대다.

정문에 들어서자 이웃 부대에 근무하는 박주사가 담배를 피우는 모습이 보인다. 혁명에 참여하지 않았다는 뜻이다. 그는 8사단 알보병 출신이다. 당직 근무를 섰으니 고단할 것이 분명함에도 활짝 웃고 있는 이유를 나는 어렵지 않게 짐작할 수 있다. 그토록 차보고 싶었다는 권총집을 허리에 둘렀기 때문이다. 비록 권총 없는 빈 총집이지만 그의 욕망을 채우기에는 충분했으리라.

수상하리만큼 반갑게 인사를 건네는 박주사에게 눈인사한 뒤 우리 부대가 있는 왼쪽으로 방향을 튼다. 점호를 마치고 분주하게 움직이던 병사('용사'라는 단어가 나는 아직 낯설다) 몇이 나를 발견하고 거수경례를 올린다. 흡연장에서 여유롭게 담배를 피우던 말년 무리 중 나와 눈이 마주친 석병장이 자판기를 가리키며 커피 드시겠느냐고 묻는다. 억지웃음과 함께 고개를 저어 사양한 뒤 담뱃재가 내려앉은 나무 벤치에 털썩 몸을 맡긴다.

멀리서 나를 향한 시선이 느껴진다. 발목까지 내려오는 회색 스커트를 입은 여자. 이런, 급양대 양서기다. 그녀의 묘한 표정이 무엇을 말하는지 가늠하기 힘들다. '혁명은 무슨. 네놈이 그러면 그렇지'라는 표정 같기도 하다. 자격지심 때문일까? 그녀의 침대에서 하룻밤을 보낸 게 벌써 한 달 전이다. 곧바로 이어진 재물조사와 동원훈련 때문에 제대로 얘기도 못해 어색해져버렸다. 게다가 그끄제는…… 빌어먹을.

연병장 끝자락에 있는 독신자 숙소에서 나온 초급 간부들이 눈을 비비며 출근한다. 내일이 휴일이니 오늘만 버티면 된다는 생각으로 밤늦게까지 놀았을 것이다. 나도 예전에 그랬으니까. 눈이 마주친 성중위가 소리 없이 거수경례를 한다. 이어서 모자를 무릎에 털며 걷던 김중사가 고개를 숙여 인사한다. 나도 고개를 끄덕이며 인사를 받아준다.

평소와 다른 게 하나도 없는 아침이다. 혁명은 실패했다.

*

지난 금요일, 중대장이 함께 저녁을 먹자며 데려간 곳은 차로 십오 분 거리에 있는 계곡 근처 식당이었다. 대대장이 예하 중대장과 참모들을 불러모아 회식하는 곳, 그러니까 대대 간부들에게는 가장 고급인 식당인데, 그런 곳을 일개 중대장이 따로 찾는다는 게 불경스러운 일처럼 느껴졌다. 나 때는 상상도 못한 일이다. 그렇다고 해서 뭐 그렇게 대단한 곳이냐, 그건 아니다. 군부대가 있는 지역에서 흔히 볼 수 있는, 퇴역한 고급장교의 부인이 운영하는 식당이다. 음식이 조금 비싸다는 것, 룸이 몇 개 있다는 것, 통째로 예약하면 노래방 기계를 쓸 수 있다는 것, 소주를 시키면 사기 주전자에 담아서 내온다는 것 정도다.

군 간부 회식 자리가 으레 그렇듯, 음식이 나오기도 전에 소주 한 병씩을 비웠다. 중대장과 나, 그리고 소대장인 성중위가 함께한 자리였다. 굳이 명분을 찾자면 이 주 전 발생한 사고를 수습하느라 고생한 사람끼리 위로하자는 취지라고나 할까. 하지만 대화를 주도해야 할 중대장은 '꼴뚜기젓갈을 보니 밥 생각이 난다'는 말을 마지막으로 입을 열지 않았다.

"주무관님, 제가 한잔 드리겠습니다."

중대장 옆에서 쭈뼛거리고 있던 성중위가 내 쪽으로 주전자를 내밀었다. 소대장이 무릎까지 꿇은 것을 보고 나 역시 반쯤 꿇은 채 엉거주춤한 자세로 술을 받았다. 초급장교와 군무원의 술자리에서 흔히 벌어지는 어색한 풍경이다.

"에이, 편하게 받으십쇼."

성중위가 허리를 숙이며 어쩔 줄 몰라하는 표정을 지었다.

단기 복무자로 이제 전역을 코앞에 둔 말년 장교에게는 이번 사고가 천재지변 같았으리라. 똥 밟았다고 생각할 수도 있다.

그가 굳이 있어야 할 술자리는 아니었다. 중대장은 내게 할말이 있었을 터. 하지만 군 조직에서는 남녀 둘이 식당에 들어가는 걸 위험한 일로 간주한다. 요즘 들어 군사령부에서 연일 강조하는 사항이기도 하다. 그것도 군인들이나 찾는, 이렇게 외딴곳에 있는, 네이버플레이스에 등록도 되지 않은 식당이라면. 그러니 곁다리로 소대장을 대동한 것이다.

미닫이문이 열리고 종업원이 음식을 들여왔다. 김이 모락모락 피어오르는 아귀수육이 상 위로 올라왔다. 대대장이 그렇게 좋아한다던. 한 점 집어먹으려다가 중대장이 입을 여는 바람에 동작을 멈추었다.

"자, 안주 나왔으니까 제가 한잔 말겠습니다."

중대장은 맥주잔 세 개를 자기 앞에 갖다놓고 능숙하게 폭탄주를 제조했다. 마지막 잔에 남은 맥주를 털어넣을 때였다. 빠르게 차오르던 거품이 기어이 잔을 넘어 탈출을 시도했다. 중대장은 얼른 입술을 대어 단숨에 진압했다. 사실 폭탄주라면 지긋지긋하다. 역한 저질 소주에 국산 맥주 중에서도 유독 밍밍한 것을 섞어놓다니. 그 맛을 진지하게 품평까지 하는 사람들을 나는 이해할 수 없다. 오로지 빨리 취하는 게 목적이라면 소주를 글라스로 마시는 게 낫지 않나.

중대장이 잔을 내밀었고 셋이 잔을 부딪쳤다. 먼저 만드는 바람에 그새 거품이 모두 사라진 폭탄주를 벌컥벌컥 들이켰다. 술을 마시면서도 집 냉장고에 있는 하이네켄 케그가 사무치게 그리웠다. 나는 맥주를 좋아한다. 아무것도 섞지 않은 순수한 맥주, 거품이 풍성한 4도의 차가운 맥주를.

맥주의 생명은 거품이다. 나는 거품을 좋아한다. 바위에 부서지는 파도 거품도 좋다. 부모님 세대는 찬란한 거품의 시대를 관통했다. 택시를 모는 게 처음이자 마지막 직업이었던 우리 아버지가 아파트를 살 수 있던 것도 거품 덕분이었다. 거품에 열광하는 이유는 그것이 곧 소멸하는 운명임을 알기 때문이리라.

아버지의 끝은 거품이 사라지기도 전이었다. 입주를 며칠 앞둔 날, 그는 기어이 아파트에 발도 들이지 못하고 생을 마감했다. 중앙선을 넘어온 차량과 정면충돌한 사고였다. 술을 마시고 핸들을 잡았던 상대 차량 운전자, 우리 가족을 풍비박산으로 추락시킨 살인마는 골절상에 그쳤다. 음주운전에 관대했던 야만의 시대가 21세기에도 이어질 줄 몰랐다.

"성중아. 너 그만 마셔야겠다. 일요일에 토익도 본다면서."

중대장이 성중위를 자리에서 물리는 과정은 썩 자연스럽지 않았다. 내가 봐도 성중위는 아직 자기 주량의 반도 마시지 않았다. 하지만 중위 정도가 되면, 아무리 둔한 장교라고 해도, 지휘관의 말에 어떤 의도가 있는지 반사적으로 되새김하는 능력 정도는 가지게 된다.

일부러 비틀거리며 방에서 나간 성중위는 식당 종업원이 불러 준 택시를 타고 독신자 숙소로 향했다. 아니, 그와 친한 군수과 황 중사를 만나러 대대 근처로 갔거나, 휴일을 앞두고 한창 술을 마 시고 있을 대학 동창들을 만나러 서울로 향했을지 모른다.

둘만 남게 되며 잠시 흐르던 침묵을 깬 건 옆방 손님들이었다. 군단 마크를 단 장교들이었는데, 요란하게 건배를 외치더니 자리 를 정리하느라 소란스러웠다. 마당에 주차되어 있던 군용차량 여 러 대가 일제히 시동을 걸었다. 삼사십대 나이에 기사 딸린 차를 받는 직장이 어디 흔하랴. 군대 참 좋다.

*

포털의 군무원 카페에 가입한 건 올해 초였다. 인증 과정을 거 쳐 정회원 등급이 되었다. 며칠 뒤 단체 채팅방에 초대받았다. 간 단하게 내 소개를 하자 누군가 물었다.

장교 경채? 그래서, 어느 편인가요?

현역 군인들 편인지, 아니면 군무원, 그중에서도 간부 출신이 아닌 이들의 편인지를 검증하기 위한 질문이었다. 많은 질문이 쏟 아졌는데, 그건 제법 참여 인원이 많던 그 채팅방에서 대위로 전 역한 장교 출신은 내가 유일해서였다.

솔직히 말하자면 오 년 계약직 군무원이 되는 과정은 그다지 어렵지 않았으나, 여기에 이르기까지 많은 시간이 필요했다. 처음으로 제대로 된 직업을 갖게 된 건 가족들 덕분—적절한 표현인지는 모르겠어도—이었다고 할 수 있는데, 병상에 누워 있던 어머니와 태어날 때부터 장애가 있던 형이 의사가 말했던 것보다 빠르게 하늘나라로 갔기 때문이다.

임관 후 칠 년 동안 복무했다. 지금 근무하는 부대 근처에서 소대장을 했고, 남쪽으로 내려가 중대장을, 다시 전방으로 올라와 2차 중대장과 참모직을 마쳤다. 전역 후에는 보험회사에 들어갔다가 지인들에게 폐만 끼치고 그만두었다. 신용불량자인데다 툭하면 병원으로 뛰어가는 일이 잦았던 나는 평범한 회사원이 될 수 없었다.

이제 가족 중 나만 살아남았지만 외로움을 견딜 수 있는 건 지금이 내 인생의 황금기여서다. 나만 잘 챙기면 되고, 불안 요소 없는, 수입을 오롯이 나를 위해 쓸 수 있는 삶이 오다니. 쥐꼬리 같은 월급—장교 경력이 호봉에 반영되어 다른 군무원에 비하면 훨씬 많이 받지만—이라도 퇴근길에 수입 맥주와 닭강정을 사고, 넷플릭스와 로켓와우클럽 회비를 내는 것에 부담이 없으니 족하다.

군무원은 노조를 만들 수가 없어요. 직장협의회도 마찬가지고요.

단톡방에서 이 글을 봤을 때 나는 와퍼와 바삭킹을 안주로 하이네켄 케그 한 통을 거의 다 비우고 있었다. 브랜드 아파트가 들어서고 딱 하나 좋아진 건 이 시골 동네에 버거킹 매장이 생긴 것이다.

군무원 처우에 불만을 쏟아내는 단톡방 사람들에게 처음에는 반박하고 싶었던 게 사실이다. 아니, 군무원이라는 게 국군조직법을 근거로 생긴 직업인데, 이게 무슨 배부른 소리인가. 군무원 하라고 누가 칼 들고 협박했나? 본인들이 원해서 선택한 직업 아닌가? 그들의 성토를 보다 짜증이 나서 휴대폰을 내려놓고 넷플릭스를 틀었다. 두둥. 퇴근한 독신 군무원을 위로하는 짧고 강렬한 소리.

호기심 때문이었을 것이다. 아니면 외로워서였나. 단톡방에서 나온 오프라인 모임 얘기에 금쪽같은 휴일을 바쳐 참여했다. 온라인에서 아무리 뜨거워도 정작 오프 모임에 참석하는 사람은 한 줌에 불과한 게 '국룰'인데, 그날은 꽤 많은 사람이 모였다. 전날이 10일, 그러니까 월급날이었던 것과 상관이 있었을까? 첫 번개에 마흔 명이 넘는 군무원이 모였다.

"우리 없으면 군대가 돌아갈 거 같애? 씨발, 현역들? 전세규*내용도 몰라서 나한테 물어보는 주제에 말이야!"

3차를 마치고 종로 길바닥에서 누군가 외친 소리가 혁명의 시발점이었을지 모른다. 군무원에게 총기와 군복을 지급한다는 뉴스가 나온 후 일 년 동안 가열된 분노가 폭발하는 소리였다.

이후의 일을 빠르게 정리하자면, 그 모임을 계기로 본격적인 조

---

* '전투세부시행규칙'의 약자로 작전계획에 따라 전시에 해야 할 임무를 구체적으로 명기한 문서.

직화가 이루어졌다. 오프라인 모임은 육군 중심이었지만, 해군과 공군, 해병대와 국방부 소속 군무원까지 커뮤니티에 잇달아 합류하며 세력이 커졌다.

모임이 커지면 집행부가 필요하게 되고, 그 구성을 놓고 잡음이 생기기 마련. 우리도 그랬다. 집행부 구성을 놓고 갈등이 벌어지는 건 민주주의 사회에서 어쩔 수 없는 일이기도 했다. 군무원 신분이라는 공통점 하나만으로 모였으니, 작은 차이를 놓고 편을 가르는 일이 빈번했다. 현역 간부 출신과 무시험 경채는 배제하자는 얘기도 나왔다. 둘 다인 나는 침묵했다.

제대로 판이 벌어진 건 집행부 후보들의 정치 성향이 여권이냐 야권이냐를 놓고 벌인 논쟁이었다. 키보드 워리어들은 사상 검증부터 시작해 후보들의 학력과 출신 지역을 문제삼아 꽹과리를 울리며 난장을 쳤다. 여권 지지자들은 대통령 지지 여부를 놓고, 야권 지지자들은 운동권이냐 비운동권이냐를 놓고 다퉜다.

지루하고 소모적인 다툼을 정리한 건 의외로 운동권 출신 후보들이었다. 그들은 단일한 목소리를 내는 정도가 아니라 아싸리 혁명이 필요하다고 주장하더니 자신들의 유능함을 실제로 증명해보였다. 포털 카페, 텔레그램, 카카오톡 단톡방으로 흩어져 있던 수많은 조직을 한곳에 모으는, 실로 놀라운 성과를 거둔 것이다.

커뮤니티에 가입해 신분증 사진만 올리면 정회원이 되어 채팅방에 참여할 수 있었던 기존 방식도 바뀌었다. 운동권 출신 진영에서는 프락치 예방이 가장 중요하다면서 이미 활동하고 있을지 모르는 프락치부터 걸러내자고 했다. 이를 위해 모든 회원의 군용 전화번호 제출을 의무화시켰다. 유선전화로 이름과 소속 확인을 마친 군무원만 활동할 수 있도록 한 획기적인 아이디어였다.

압도적 지지를 얻어 구성된 집행부가 처음 잡은 디데이는 가을이었다. 갈수록 현역 간부 숫자가 줄어들면서 그 자리를 군무원 채용 인원 확대로 채우겠다는 정부 방침은 우리를 전투 요원처럼 다루겠다는 의도가 다분하여 공분을 샀다. 여기에 유격을 비롯한 온갖 훈련이 몰리는 가을 시즌에 현역의 일까지 떠맡게 되면 군무원들의 불만이 극에 달하는 건 불 보듯 뻔한 일. 그 순간이 혁명의 모멘텀이 될 것이라고 판단해 잡은 일정이었다.

하지만 혁명은 의외의 사건을 통해 피어오른 분노가 들불처럼 삽시간에 번지며 일어나기 마련이다. 사건이 발생한 건 여타 부대보다 먼저 유격 훈련에 들어간 한 전방 사단에서였다. 지휘관 명령으로 입소 행군에 참여했던 군무원이 이튿날 당직 근무까지 서다가 순직한 것이다.

평소에는 군무원에 관심도 없던 언론이 정부를 공격하기 시작했다. 지상파 저녁 뉴스에서도 군무원의 처우와 복지를 연속 보도로 다루기에 이르렀다. 지지율이 바닥으로 떨어지자 대통령실은 악화된 여론을 수습하기 위해 이벤트를 벌였다.

저녁 황금시간대에 대통령이 직접 티브이에 나와 특별 기자회견을 했다. 그는 비장한 표정으로, 이제 국민 통합이 일순위 정책이라고 선언했다. 그전까지 중점을 두겠다던 경제, 외교, 국방 분야는 어떻게 복구할 것이냐고 묻는 기자는 없었다.

"대통령님, 사회적 갈등을 해결하기 위한 구체적인 방안이 궁금합니다."

김빠진 맥주처럼 싱거운 질문이 나오자 대통령은 기다렸다는 듯이 답변했다. 양극화가 심각하니 이를 해결하기 위해 자유시장 경제 원칙에 따라 기업의 자유를 최대한 보장하겠다는 둥, 통합을 해치는 종북 좌파 세력에 단호히 대처하겠다는 둥, 지루한 내용이 이어졌다.

여야 갈등을 해결하기 위해 야당의 협조가 중요하고, 이념 갈등을 해소하려면 이념에 집착하지 말아야 하고, 노사 갈등 해결을 위해서는 부패한 노조를 개혁해야 하고, 남녀 갈등을 봉합하려면 페미니즘을 정치적으로 악용하려는 세력을 경계해야 하고…… 이곳저곳에 침을 바르던 그의 입에서 '최근 사망 사건이 발생한 군무원 조직'에 대한 얘기가 기어이 흘러나왔다.

"안타까운 사건이 다시는 재발하지 않도록 모두가 만전을 기해 주시기 바랍니다. 현대전은 인력이 아니라 기술로 싸우는 겁니다. 전군에 최첨단 장비를 도입하고, 민간인 전문가를 아웃소싱하여, 싸우면 반드시 이기는 강군을 만들겠습니다."

그의 말은 대부분 모호하였으나, 다음날 뉴스에서는 구체적인 정책이 쏟아졌다. 군무원에 관한 건 오직 하나. 현충일을 앞두고 대통령이 직접 우수 군무원을 표창한다는 내용이었다. 욕 대신 실소가 터져나왔다. 우는 애한테 사탕 하나 물려주며 달래는 꼴이었다. 군무원들의 분노는 더욱 커졌고, 집행부는 때를 앞당겨야겠다고 판단했다.

혁명을 위한 작전계획은 대통령 표창을 전원 거부하는 것과 동시에 그날 '집단 출근 거부'를 한다는, 급진적인 방법이었다. 여기에 한술 더 떠 당국에서 이를 문제삼으면 곧바로 현직 군무원 모두가 면직 신청을 하기로 했다. 대한민국 역사상 초유의 사태를 일으키자는 것이었다.

도둑이 제 발 저리다고, 혁명을 사흘 앞둔 금요일에 저녁식사를 함께하자는 중대장의 말에 가슴이 뜨끔했던 건 우리의 계획이 새어나갔나 하는 생각 때문이었다. 아귀수육이 문제가 아니었다.

*

우리 중대장은 보이지도 않는 기수의 후배 장교다. 선후배를 떠나 군무원 관점으로만 보자면 그녀는 개혁 대상이다. 반말과 존댓말을 교묘히 섞어가며 군무원을 자기 휘하처럼 다룬다. 내가 중대장 할 때는 안 그랬던 거 같은데. 아, 전술훈련 때 군무원에게 방독면 착용을 지시하기는 했다. 단톡방에서는 그것도 무개념으로 꼽더라. 아니, 남한에서 살려면 그 정도는 해야지.

현역 시절, 수많은 군무원을 보며 꽤 괜찮은 직업이라고 생각했다. 되고 나서도 크게 다르지 않았다. 하지만 커뮤니티를 통해 군무원의 현실을 돌이켜보자 생각이 달라졌다. 그들의 불만에 동의하며 혁명에 동참하기로 했지만, 내 혁명 의지를 온도로 따지자면 섭씨 50도? 찜질방 정도였다. 군무원 커뮤니티의 온도는 99도, 곧 끓는점에 도달할 기세였다.

성중위가 떠난 뒤로 나와 중대장은 조용히 아귀수육을 입에 넣을 뿐이었다. 혁명에 대해 언제부터 알게 된 것일까? 어떻게, 어디까지 알고 있을까? 머릿속에 온갖 생각이 맴돌았다.

"선배님! 그동안 몰랐습니다."

그녀가 높은 톤으로 침묵을 깼다.

"장교 선배, 그것도 병과 선배셨다니요. 죄송합니다."

이곳까지 와서, 오래도록 뜸을 들였던 게, 겨우 이 말을 하기 위해서였다고? 뭐라고 할 말이 없었다. 가만있어보자. 중대 간부의 인사 기록 카드는 대대에서 보관했던가? 얘가 정말 내 이력을 몰랐던 걸까? 성중위가 자기 중대장에게 귀뜸도 안 해줬다고?

작년 여름, 소령 하나가 업무차 우리 부대에 들렀다가 나를 보고 깍듯하게 경례했다. 내 밑에서 소대장을 했던 녀석이었다. 반가운 마음에 독신자 숙소에 있는 휴게실로 데려가 잠시 얘기를 나누다가 근무 취침을 마치고 컵라면을 먹으러 나온 성중위와 마주치면서 내 출신이 탄로났다.

"선배님! 제가 술 한잔 올리겠습니다."

중대장이 자기 앞에 있던 소주를 단번에 비운 뒤 잔을 거꾸로 들어 물컵에 입구만 살짝 담가 휘휘 돌렸다. 그녀가 무엇을 하려는 것인지 나는 잘 알고 있었다. 예전에는 전체 간부를 상대로 몇 순배나 잔을 돌렸는지가 장교의 그릇을 판단하는 잣대였다. 야만의 상징이 되어버린 잔 돌리기가 아직도 남아 있다니.

그녀는 냅킨으로 물기를 닦은 잔을 내게 내밀었고, 그때부터 주거니 받거니 술잔을 돌렸다.

"제가 왜 장교가 되겠다고 했는지 아십니까?"

왜냐고 되물었던 건 분명한데, 반말이었는지 존대였는지는 가물가물하다.

"집이 필요했습니다. 방 말고요. 온기가 있는 곳 말입니다."

그녀가 하는 말이 뭔지 바로 이해할 수 있었다. 나도 그랬으니까. 집이 필요했다. 방 말고. 사람은 잘 곳이 있어야 하며, 그곳은 안온해야 한다.

어릴 때부터 나의 울타리는 늘 허술했다. 우리집은 그냥, 방이었다. 현관을 열면 곧바로 주방이 나오고, 맞은편에 작은 화장실이 있고, 장롱 대신 커다란 행거가 있는, 원룸이었다. 해맑은 악의로 병든 어머니를 괴롭히던 모자란 형. 그런 형을 돌보느라 매일 뼈마디가 녹아내리던 어머니. 둘과 분리된 공간이 간절했다.

내신 성적은 엉망이었지만 수능을 잘 본 덕에 이름만 들어도 누구나 알 만한 대학에 들어갔다. 동기들과 어울릴 수 있는 날은 한 달에 몇 번 되지 않았다. 과외와 학원 강사를 하며 생활비며 병원비를 벌어야 했기 때문이었다. 그러니 모처럼 학교 앞 술집에서 학과 동기들을 만나는 날이 내게는 소중한 일탈이었다.

그러나 동기들은 대개 늦게까지 마시지 않아서 초저녁에 자리를 파하곤 했다. 아쉬움을 안고 쓸쓸히 버스 정류장으로 향하는 경우가 많았다. 징그러운 집구석이 싫었던 나는 동네 편의점에서 소주를 더 마시다 잔뜩 취해 들어갔다. 엄마의 끙끙 앓는 신음과 형의 코고는 소리 속에서 잠들기 위해서는 지독한 피곤 혹은 취기의 도움이 필요했다.

참다못해 고시원에 들어간 건 이기적인 선택이었다. 방학이 되어 커다란 가방 두 개를 들고 돌아왔을 때는 초겨울이었다. 집에는 약간의 온기도 남아 있지 않았다. 병세가 악화된 어머니는 드러누워 앓고 있었고, 두꺼운 패딩을 입은 채 티브이를 보던 형은 나를 보고 반갑다며 괴성을 질렀다. 배설물로 바지가 축축이 젖은 채였다.

가족들은 내 졸업식에도 올 수 없었다. 학사 장교로 입대하던 날도 그랬다. 대신 고등학교 동창 둘이 동행해주었다. 사관후보생이 된 나는 걱정과 달리 군대에 잘 적응했다. 작고 낡긴 했지만 드디어 침대를 갖게 됐고, 짬밥도 생각보다 맛있어서 끼니때마다 행복했다. 가장 좋았던 건 외부와 완전히 단절된 환경이었다.

임관식 때 어머니가 오실 줄은 꿈에도 몰랐다. 외삼촌의 차를 타고 온 어머니가 소위 계급장을 달아주었고 우리는 오래도록 끌어안은 채 뜨거운 눈물을 흘렸다. 하지만 정복 입은 신임 장교 사이를 누비며 꽥꽥 소리를 지르던 형을 발견하자마자 내 마음은 차갑게 식어버렸다. 왜 쟤까지 데려왔느냐고 어머니에게 짜증을 부렸던 순간은 지금도 후회막심하다.

겨울만 되면 보일러가 고장나던 전방 부대의 독신자 숙소, 곰팡이와 벌레가 들끓는 것도 부족해 툭하면 하수구가 막히던 후방 부대의 군인 아파트를 거쳤다. 군무원이 되면서 지금의 빌라로 이사올 수 있었고, 드디어, 짜잔. 신축 빌라 입주를 앞두고 있다.

아귀수육은 조리가 다 된 채 나온다. 시간이 지날수록 풍미가 떨어진다는 뜻이다. 한 점씩 맛보고 남긴 아귀간으로 자꾸만 시선이 돌아갔다. 그녀가 따라주는 대로 마시다가 취해버렸다.

"선배님. 부탁 좀 드리겠습니다. 예?"

그녀가 갑자기 무릎을 꿇었다. 어질어질했다.

*

우리 부대를 왈칵 뒤집어놓은 사고가 발생한 건 이 주 전 금요일 오후였다. 주간 정신교육은 부대 특성상 흐지부지되는 경우가 많았는데, 그날은 사령부 지시로 예하 부대 전체가 'MZ세대 장병의 대적관 제고를 위한 지휘관 특별 정신교육'을 해야 했다. 열외 없이 실시하라는 지침 때문에 창고병과 출납병, 중대 본부 계원까지 모두 교육에 참여했다.

간부들도 같은 울타리에 있는 부대인 급양대 강당에 모여 '성폭력 예방 교육'을 받아야 했다. 얼마 전에 발생한 두 건의 성폭력 사건 때문에 외부 강사를 초빙한 것이었다. 하나는 장군이, 하나는 영관급 장교가 저지른 범죄였다.

급양대 군무원들과 인사를 나누고 맨 뒷자리에 자리를 잡았다. 고등학교 때 수학 선생님과 비슷하게 생긴 강사였는데, 프레젠테이션 폰트가 깨졌다며 미간을 잔뜩 찌푸린 채 급양대 행정병을 닦달했다. 잠시 어수선한 사이 손에 텀블러를 든 양서기가 들어와 앞쪽에 앉았다.

예상대로 강사는 뻔한 얘기만 했고, 가끔 구사하는 유머는 군대에서도 통하지 않는 수준이었다. 폰트와 상관없이, 그녀의 20세기 스타일 프레젠테이션은 촌스러움의 극치였다. 자꾸 하품이 나와서 휴대폰을 들여다보고 싶었지만 세 칸 옆에 앉은 군무원단 최선임과 내 뒤에 서서 뒷짐을 진 채 강의를 듣는 급양대 원사의 눈치가 보였다.

"보급 중대! 다 나오세요!"

강당 문을 벌컥 열고 들어온 건 우리 중대 행정보급관이었다.

그의 갑작스러운 외침에 교육이 중단됐다.

"행보관님, 무슨 일이십니까?"

중사 하나가 얼굴이 하얗게 질린 행정보급관에게 물었다.

"씨발, 애가 다쳤어. 아, 성중위님! 소대장네 신병이에요!"

성중위는 행정보급관의 말이 끝나기도 전에 중대 연병장으로 달려갔다. 나도 곧장 뒤를 따랐다. 성중위 소대의 신병이라면, 나와 함께 근무하는 진이병일 터.

진이병은 피를 흘리며 연병장 구석에 쓰러져 있었다. 성중위가 그를 레토나에 태워 근처 국군병원으로 후송했다. 꽤 심각한 부상이었다. 곧 기무부대 수사관이 다녀갔고, 헌병, 군수, 감찰의 합동 조사가 이어졌다. 부대 분위기는 침통해졌다.

사고는 이랬다. 예고 없이 찾아온 사단 보수대 때문에 창고 수불 업무가 생겼다. 정신교육을 진행하고 있던 중대장은 짜증을 내며 해당 창고를 담당하는 분대장에게 빨리 처리하고 와서 다시 교육에 참여하라고 지시했다. 물량이 많지는 않아서 작업은 금방 끝났다. 짐을 다 실은 보수대 트럭이 부대를 빠져나가자 분대장인 석병장은 창고 문을 잠그고 오라며 막내에게 열쇠를 넘긴 뒤 나머지 분대원과 담배를 피우러 갔다. 창고를 닫고 분대원이 있는 흡연장을 향해 걸어가던 진이병의 전투화가 연병장에 쳐놓은 이십사 인용 천막의 끈에 걸렸다.

여기까지는 흔한 일이지만, 곧 근무를 나가야 했던 진이병이 소총을 미리 받아 휴대하고 있던 게 문제였다. 한 손에 들린 소총, 다른 한 손에 들린 창고 열쇠, 둘 다 땅에 떨어뜨릴 수 없던 그는 그대로 쓰러지고야 말았다. 천막을 고정하느라 박아놓은 쇠말뚝 위로.

안구 파열. 스물한 살 청년에게 벌어진 날벼락 같은 부상이었다. 언뜻 생각하기에는 진이병의 행동이 바보 같아 보이겠지만, 군필자는 안다. 훈련소 수료식을 마치고 이등병 계급장을 달면 제법 군인답게 보여도, 자대에 오는 순간 미취학 아동 수준으로 퇴화하기 마련이다.

아무리 작은 사고라고 해도 피해자가 있으면 반드시 가해자가, 가해자가 불명이면 책임자가 나와야 하는 게 군대다. 큰 사고였던 만큼 사고 처리 절차도 복잡했다. 합동 조사를 받는 동안 장교들은 병 인사관리와 사고 예방 교육 시행 여부를 증빙해야 했고, 부사관과 군무원 역시 전군 재물조사 수준으로 달달 볶였다.

군 조직에서는 어느 선까지 책임을 묻느냐가 중요하다. 일과 시간에 정상적인 창고 업무로 발생한 일이라면 실무인 내 책임이다. 하지만 상급 부대 지시로 지휘관이 직접 교육하던 중에, 그것도 담당 주무관이 없는 동안 발생한 일이었다. 병력을 관리하는 중대장의 책임인 게 상식이다. 하지만 군대는 상식으로만 돌아가는 조직이 아니다.

*

무릎을 꿇은 채 고개까지 숙인 중대장을 보니 가슴이 착잡했다.

낡은 군인 아파트, 군인공제회, 청약, 소령 진급 같은 단어가 이어졌지만, 그녀의 결론은 단일했다. 기무부대 수사관인 박상사에게 좋게 말해달라는 것이었다. 그러니까, 내가 창고 업무를 지시한 걸로 해서 책임을 분산하자는 얘기였다. 박상사가 나와 친분이 있는 것을 용케도 알아낸 것이다.

내가 현역에 있을 때 박상사는 아직 중사였고, 나를 비롯한 인근 부대 지휘관을 감시했다. 그의 존재를 알게 된 건 우리 부대에서 발생했던, 5부 합동 조사를 받을 정도로 큰 사망 사고 때문이었다. 글자 그대로 불의의 사고였고, 부대 관리도 완벽에 가까워서 트집잡히지 않고 넘어갔다. 담당 수사관이었던 그가 내게 호의적인 태도를 보이면서 가끔 함께 차를 마시는 사이까지 됐다.

"대령 진급 앞두고 벌어진 사고라 대대장님도 신경을 많이 쓰고 계세요."

이어지는 중대장의 말을 듣다보니 대대장도 내 책임을 얘기했다며 은근히 몰아가는 분위기였다. 가만, 이건 부탁이 아니라 협박 아닌가? 나는 신축 빌라 입주를 위해 대출을 받았다. 그걸 갚으려면 진급이 필수다. 그런데 군무원의 평정, 그러니까 인사 평가를 하는 건 대개 장교들. 밉보이면 끝장이다.

입주가 코앞인 신축 빌라의 거실 벽에 금이 가고 있는데 혁명은 무슨. 장교는 장교 편일 테고, 내 편이 되어 증언할 사람은 아무도 없을 테고. 실존적 문제 앞에서 혁명 같은 건 사치다.

"선배님, 이거 좀 드십쇼."

주말 동안 생각해보겠다고 말했던가? 내 대답을 들은 중대장이 조금은 밝아진 표정으로 아귀간을 권했다. 이미 식어버린 생선 내장은 맛이 없었다. 여덟시나 되었을까. 취기가 꽤 오른 상태였다. 시원한 생맥주를 마시러 가자기에 귀가 솔깃했지만 참았다. 같이 택시 타고 가자는 말에도 좀 쉬다가 술이 깨면 가겠다고 답하며 그녀를 먼저 보냈다. 자갈이 깔린 식당 앞마당 겸 주차장의 플라스틱 의자에 앉으니 거짓말처럼 정말 술이 깼다. 택시를 불러 타고 집으로 향했다.

현관문을 닫는 것과 동시에 냉장고에 붙여두었던 자석 고리가 야구모자와 함께 바닥으로 떨어지는 소리가 들렸다. 씨발, 벽에 못질도 못하는 게 집이냐! 욕지기를 뱉으며 신발을 벗고 욕실로 향했다.

생각해보니 혁명의 날에도 당직사령 근무를 서야 했다. 그동안은 현역 시절 생각을 하며 별 불만 없이 근무를 서곤 했다. 하지만 군무원은 민간인 아닌가! 총 한번 안 만져본 사람도 있잖아! 이제와 생각해보니 군무원이 당직 근무를 설 수 있느냐 없느냐를 놓고 논쟁하게 만든 것 자체가 말이 안 된다. 군무원은 당직 근무를 서면 안 된다. 당직 근무자는 야간에 지휘관을 대리하는 사람이다. 경계근무 태세를 점검하고, 사고를 예방하고, 적의 도발에 대응하는 중차대한 임무를 맡기에 그만큼 책임도 크다. 부대 관리 교범이나 작전계획을 구경도 한 적 없는 민간인에게 총 든 병력을 맡기고 전투 준비 태세를 지휘하게 한다? 난센스다. 이건 당위 차원의 문제다. 그래, 혁명이 필요하다!

면세 주며 달팽이크림 따위 싸게 살 수 있으면 뭐하나? 외딴 시골에 던져놓고는 홍가 같은 관사조차 주지 않고. 하룻밤 꼬박 새워 근무 서야 고작 만원 한 장 받고. 줘도 안 먹을 전투식량을 야외훈련 때마다 돈 주고 사 먹어야 하고. 점심 먹고 쉴 곳이 없어 차에서 시간 때우는 처량한 신세. 군무원단 회식 때마다 귀가 닳도록 듣던 말들이다. 그때는 반박하고 싶은 마음이 들곤 했는데, 이제 알겠다. 이건 아니다. 내 불만의 온도가 70도 정도로 상승했다.

씻고 나와서 냉장고 문을 열어 하이네켄 케그를 꺼냈다. 그리고, 로켓배송으로 산 노래방 새우깡을 뜯었다. 그리고, 넷플릭스를 틀었다. 그리고, 맥주, 그리고…… 기억이 나지 않는다.

토요일 점심 무렵에나 일어난 나는 휴대폰 통화 목록을 보고 비명을 질렀다. 두 건의 발신 기록이 보였다. 모두 이불을 걷어차고 또 차기에 충분한 상대들이었다.

*

흡연장 벤치에 앉아 출근하는 간부들을 지켜보았다. 우리 부대와 급양대 군무원 모두가 출근을 마쳤다. 혁명은 끝났다. 그래, 각자의 사정—나에게 신축 빌라 같은—이 있겠지. 냉정하게 생각해보면 말도 안 되는 거다. 집단 출근 거부는 개뿔.

"충! 서엉!"

위병소에서 경례 소리가 들렸다. 급양대장에게 하는 것보다는 조금 작아도, 제법 기합이 들어간 목소리로 보아 우리 중대장이다. 역시나 그녀가 시야에 들어왔다. 사고 발생 후 늘 죽상으로 출근하더니 오늘은 제법 밝은 낯빛으로 걸어와 중대장실로 들어갔다.

간부회의 직전, 휴대폰을 꺼내 군무원 커뮤니티에 들어갔다. 예상과 달리 새로 올라온 게시물은 거의 없었다. 눈에 띄는 건 집행부가 올린 공지 사항이었다. 일부 성과는 있었으나 미흡했다, 장기적인 투쟁으로 선회하겠다, 이를 위해 후원금이 필요하다는 내용이었다. 찻잔 속의 태풍이었는지, 간부회의에서도 혁명에 관한 얘기는 없었다.

중대장실에서 나와 자판기 커피를 마시며 다시 커뮤니티에 들어가 새로고침을 하다 알게 됐다. 새 글이 안 올라오는 게 아니었다. 누군가 글을 지우고 있었다. '개새끼들아 글 지우지 마!' '집행부 이 씨발놈들이 쁘락치였어?'라는 제목의 글이 실시간으로 삭

제되는 걸 목격했다. 함께 회의했던 중대 간부들이 각자 업무처로 흩어졌다. 그들이 멀어지기를 기다린 나는 면담을 하기 위해, 내 빌라를 지키기 위해, 중대장실로 들어가려고 했다.

그때였다. 근처에서 담배를 피우고 있던 군무원단 최선임이 손짓으로 나를 불렀다. 늘 그렇듯 가르마를 타서 곱게 빗은 은발에 말끔한 차림인 그에게 다가가니 흐릿한 술냄새가 났다. 아침부터……?

"이게 필요할 거라고 하던데."

그가 내게 건넨 건 A4 용지 여러 장이었다. 그제야 나는 아침 출근길에 보았던 그들의 표정이 의미심장한 것이었음을 자각했다.

장하다, 술에 잔뜩 취했던 금요일 밤의 나여! 잠깐, 그렇다면 아직 한 발 더 남았는데?

희미한 미소와 함께 내 손을 꼭 잡아주며 그가 말했다.

"현역들 때문에 짜친다며? 혼자 끙끙대지 말고 진작 얘기하지 그랬어."

"저……"

"고맙다고 말할 거면 급양대 양서기한테나 해."

그제야 그에게서 풍겼던 게 혁명의 냄새였다는 걸 깨달았다.

그가 사무실로 발걸음을 옮길 무렵, 승용차 한 대가 요란한 먼지를 일으키며 빠르게 연병장에 진입하더니 흡연장 바로 앞에 멈췄다. 사복 차림으로 운전석에서 내린 남자는 기무부대 박상사였다.

곧장 내게 다가온 그가 얼굴을 들이밀며 다짜고짜 물었다.

"하실 말씀 있으시다면서?"

"아, 그게……"

"이거예요? 아, 진짜. 무슨 금요일 밤에 전화를 다 하고 그래? 애인도 아니고."

박상사가 내 손에 들린 A4 용지를 가볍게 채갔다.

"그래, 이럴 줄 알았다니까. 가재는 게 편이라고, 대대장도 구라쳤구만."

기무부대 수사관은 역시 달랐다. 우리 부대와 급양대에 근무하는 군무원들이 자필로 작성한, 진이병 사고 당일의 경위서를 잠깐 훑는 것만으로도 판단을 마치기에 충분하다니.

"아! 맞다. 군무원들 집단행동한다더니, 망했나봐? 그런 데 끼지 마요. 아시잖아. 중대장, 안에 있죠?"

그는 거침이 없었다. 내가 뭐라 말하기도 전에 뒤로 돌아 성큼성큼 걸어가더니 중대장실 문을 벌컥 열었다. 영관급 장교가 아니면 중대 행정반을 거쳐 들어가는 게 보통인데.

남동풍이 불어오며 안개가 걷혔다. 내 손에는 아직 군무원 선배의 온기가 남아 있다. 그의 따뜻했던 손은 아마도 섭씨 36.5도. 혁명의 온도였다.

광합성 런치

이서수

○
이서수
2014년 동아일보 신춘문예를 통해 작품활동을 시작했다. 소설집 『엄마를 절에 버리러』 『젊은
근희의 행진』, 장편소설 『당신의 4분 33초』 『헬프 미 시스터』, 중편소설 『몸과 여자들』이 있다.
황산벌청년문학상, 이효석문학상, 젊은작가상을 수상했다.

정오부터 시작되는 한숨 릴레이.

차진혜는 그 소리를 짐짓 못 들은 체하며 마른 수건으로 고무나무 잎을 닦아내는 데 집중했다. 두 달 전 이케아에 들렀다가 충동적으로 사온 식물인데, 극진한 보살핌 덕분인지 그새 한 뼘이나 자랐다. 고무나무는 햇볕과 물만 있으면 살 수 있지만, 인간은 당연히 그 이상의 것들이 충족되어야 생명과 활기를 유지할 수 있다. 그러므로 7천원으론 먹을 수 있는 게 너무 없다고 말하는 직원들의 얼굴에 비참한 표정이 스치는 것도 당연했다. 런치플레이션 탓에 회사 건물 안에는 갈 수 있는 식당이 없다는 걸 차진혜도 알고 있었다. 그러나 재무팀장이라는 자신의 직책을 의식하곤 결국 이렇게 말했다.

"잘 찾아보면 있어."

동해식당에선 아직도 대구탕을 7천원에 팔고 있다. 회사에서 도보로 십 분 남짓 걸리고 언덕길을 한참 걸어올라가야 하며, 위생을 그리 신경쓰지 않는 식당이라는 단점이 있지만. 물론 동해식당에서 파는 생대구탕은 만 천원이다. 그러나 그걸 주문하는 손님은 거의 없었다. 다들 고만고만한 규모의 인근 IT 회사에 다니는 직장인들이었다. 차진혜는 종종 인사팀 홍차장과 동해식당에서 점심을 먹었다. 지난달엔 신입 사원 박이재가 처음 동행했는데, 그때 홍차장은 이런 말을 했다.

"예전에 이 근처에서 산 적이 있었는데, 동네가 얼마나 지저분했는지 몰라요. 사람들이 쓰레기를 아무데나 막 버렸어요. 벌금을 부과하겠다는 안내문이 걸려도 달라진 게 전혀 없었고. 근데 어느 날 이런 현수막이 걸렸어요. 쓰레기를 불법으로 투기하면 출입국 관리사무소에 신고하겠다고. 그다음에 무슨 일이 일어났는지 알아요? 거리가 기막히게 깨끗해졌어. 휴짓조각 하나 없었다니까."

홍차장은 그렇게 말하며 크게 웃었고, 차진혜 역시 웃음을 터뜨렸다. 그러나 박이재는 웃지 않았다. 차진혜는 박이재가 사전 지식이 부족한 것이라 판단하고 이렇게 말했다.

"여긴 동포분들이 많이 사시니까요. 벌금보다 강제 추방이 더 무서운 거죠."

박이재는 그제야 이해했다는 듯 고개를 끄덕였지만 웃지는 않았다. 오히려 심기가 불편한 듯 미간을 살짝 찡그리다 입술을 꾹 다물어버렸다. 그들은 다시 대구 살을 발라먹는 일에 집중했지만, 차진혜는 홍차장의 말과 자신의 웃음이 차별적인 언행이었는지 극심하게 고민했다. 아무래도 그런 것 같았다. 회사가 입주해 있는 건물에 드나드는 사람만 보더라도 중국 동포와 한국인의 비율이 엇비슷했다.

화제를 전환하기 위해 고심하던 차진혜는 회사 인근 부동산의 지가 상승에 대해 말했다. 홍차장은 얼른 맞장구를 쳐주었고, 얼마 전 신속통합기획 구역으로 선정된 곳을 알려주었다. 거기에 집을 샀냤으면 지금쯤 얼마나 마음이 편했겠느냐고 후회막심한 기색을 드러내면서.

"이재씨는 집 살 생각 안 하죠? 요즘 MZ세대는 그렇다고 하던데."

홍차장의 말에 박이재는 눈을 동그랗게 뜨며 "MZ요?"라고 되묻더니, 숟가락 위에 한 줄기의 쑥갓과 함께 정갈히 올려놓은 대구 살을 내려다보며 말했다.

"MZ가 아니라 Z겠죠."

확신이 담긴 어조에 차진혜는 그들 사이에 뚜렷한 경계선이 그어진 기분을 느꼈다. M세대 팀장과 Z세대 신입 사원 사이엔 자산 규모의 공통점을 찾기 어렵다는 의미라는 걸 알았으나 그럼에도 차진혜는 약간 서운했다.

"저도 아파트가 아니라 빌라 샀잖아요, 썩빌."

박이재는 썩빌이 뭐냐고 조심스레 묻더니, 차진혜가 '썩은 빌라'의 줄임말이라고 알려주자 입을 가리고 큰 소리로 웃었다. 차진혜는 그 모습에 용기를 얻어 자신이 매수한 빌라가 얼마나 썩었는지 자세히 설명했다. 천장에선 빗물이 똑똑 떨어지고, 창문 틈새론 황소바람이 불어들어오고, 바닥은 군데군데 꺼졌고, 주차 전쟁을 치르기 싫어서 회사에 차를 두고 간 적도 수두룩하다고. 박이재는 공감하는 눈빛으로 고개를 끄덕였다. 차진혜는 그런 박이재를 보며 덧붙이려던 말을 삼켰다. 작년부터 재개발사업 동의서를 걷기 시작했으니 결론적으로 그 집을 매수한 건 큰 행운이었다는 말을.

그날 이후로 박이재는 그들과 함께 점심을 먹지 않았다. 아마도 동해식당보다 깨끗한 다른 식당에 가는 모양이라고 차진혜는 짐작했고, 어느 곳일까 궁금해했다. 그러나 그걸 알아내기도 전에 런치플레이션이 시작되면서 직원들 사이에서 불만이 터져나왔다. 식대 7천원으론 먹을 수 있는 게 정말이지 없다면서. 너무나 당연한 말이었지만 차진혜는 식대 인상에 관해선 말을 아꼈다.

재무관리를 총괄하는 팀장으로서 차진혜는 대표의 의중을 누구보다 빠르게 파악하고 회사의 곳간을 지켜야 하는 의무가 있었다. 하지만 한주원 대리로부터 낮은 식대 때문에 박이재가 퇴사를 고민하고 있다는 말을 전해들은 후, 대표의 의중이고 뭐고 간에 이렇게 떠나보낼 수 없다는 마음에 자다가도 벌떡 일어나곤 했다.

불혹의 나이에 짝사랑을 시작하다니 어처구니가 없다고 생각했지만, 차진혜는 박이재를 향한 마음의 불꽃을 꺼뜨리지 못했다. 불혹은 '미혹되지 아니함'이라는 뜻임에도 박이재 앞에선 그러지 못했다. 이렇게 쉽게 흔들리는 불혹이 있을까. 자신의 마음이었지만 스스로 인정하지 못할 정도로 당혹스러웠다.

박이재를 볼 수 있는 양지 같은 하루와 볼 수 없는 음지의 날은 극히 달랐다. 이룰 수 없는 사랑이라는 것을 알면서도 차진혜는 박이재의 손길을 받는 관상용 식물에 준하는 존재가 되고 싶었다. 박이재의 인스타그램 프로필에서 '식집사'라는 단어를 본 뒤로 차진혜는 기이한 꿈을 종종 꿨다. 식물이 되어 박이재의 다정한 보살핌을 받는 꿈이었다. 꿈속에서 차진혜는 종을 뛰어넘는 사랑이 뭔지 절감했지만, 눈을 뜨면 허망함이 밀려와 밤새 뒤척였다.

식대 만원으로 인상.

그것이 모든 직원들의 마음이었고, 거스를 수 없는 시류였으며, 박이재를 계속 볼 수 있는 방법이었다.

그렇다면 해내야지.

차진혜는 굳게 결심한 뒤 이른새벽에 자리를 박차고 일어나 냉수 목욕을 했다.

*

　대표실로 들어간 차진혜는 열중쉬어 자세로 고개를 숙이고 있는 홍차장과 맞닥뜨렸다. 대표에게 결재 서류를 올린 뒤 또 꾸중을 듣고 있는 것 같았다.

　홍차장은 엑셀을 거의 다룰 줄 몰랐다. 수식과 도표로 정리할 사안도 한글 문서에 줄줄이 문장으로 나열했다. 21세기에 그런 사람이 인사팀장이라는 것이 차진혜는 믿기지 않았다. 대표는 끊임없이 홍차장을 질책했다.

　"데이터를 문장으로만 쓰시면 어떻게 분석하라는 거예요?"

　"문장이 이해하기 더 쉬울 것 같아서……"

　"그걸 말이라고 해요? 엑셀을 할 줄 몰라서 이렇게 하신 거잖아요."

　홍차장은 붉어진 얼굴로 연신 고개를 조아리며 사과했고, 대표는 한숨을 길게 내쉬었다. 홍차장이 월급 루팡이라는 건 모두가 알고 있었다. 홍차장의 예스러운 언행도 직원들이 그에게 거리를 두는 이유였고, 차진혜 역시 한때는 그랬다. 그러나 이젠 홍차장을 어느 정도 알 것 같았다. 몇 년간 함께 일해보니 그에게도 나름의 섬세함이 있다는 걸 알게 되었다. 홍차장의 취미는 레고 조립이었고, 연애는 꿈도 꾸지 않았다. 어디선가 공짜로 얻은 물건이 다소 부드러운 감수성을 풍긴다면 회사 여직원들에게 선뜻 나뉘주었다. 차진혜도 꽃무늬 마스크와 토끼가 그려진 마우스 패드, '베스트컬렉션'이라는 80년대 브랜드 같은 이름이 로고로 박힌 장미향 핸드크림을 선물 받은 적이 있었다. 그때마다 자신의 취향이 아님에도 거절하지 못하고 집으로 가져와 쓰레기통에 버렸지만, 홍차장의 마음까지 버린 것은 아니었다.

"차장님은 참 변함이 없으세요."

대표의 비꼬는 말을 홍차장은 질책의 마무리로 받아들인 것 같았다. 갑자기 표정이 밝아지더니 열중쉬어 자세를 풀며 말했다.

"내일 회식은 주꾸미 집 예약했습니다."

"저 주꾸미 안 먹는 거 모르세요?"

대표는 황당하다는 얼굴로 홍차장을 쳐다보았다. 연체동물을 먹지 않는 대표의 특이한 식성은 직원들 모두 알고 있었다. 홍차장은 허리를 더욱 꼿꼿하게 펴더니 말했다.

"대표님은 다른 걸 드시면 되죠."

"주꾸미 집이라면서요?"

"다른 것도 팝니다."

대표의 표정이 구겨졌다. 회식 장소 예약은 홍차장의 고유 권한이었는데, 당황스럽게도 그는 대표의 식성을 전혀 반영하지 않고 늘 자신이 가고 싶은 식당을 예약했다. 처음엔 그의 행동에 모두가 깜짝 놀랐지만 이젠 몇 년간 반복된 기행에 익숙해진 상태였다. 섬세하면서도 한편으로는 무례한 홍차장은 식도락가였고, 누가 뭐래도 먹고 싶은 건 꼭 먹어야 하는 사람이었다. 홍차장은 대표의 반응은 살피지도 않고 묵례를 하더니 대표실 밖으로 나갔다.

대표는 기분 잡쳤다는 표정으로 허공만 쳐다보았다. 차진혜는 회의용 탁자 앞에 조심스럽게 앉았다. 하필 이런 순간에 식대 얘기를 꺼내야 하는 게 불편했지만 시급한 사안이었기에 더는 미룰 수가 없었다.

"대표님, 식대 문제로 드릴 말씀이 있는데요."

"말씀하세요."

대표의 목소리에 날이 서 있었다. 차진혜는 크게 심호흡한 뒤 입을 열었다.

"물가가 너무 많이 올랐어요. 런치플레이션이라고 요즘 기사도 많이 나오는데, 보셨죠?"

"못 봤어요. 그렇게 많이 올랐어요?"

차진혜는 시침을 뚝 떼는 대표가 얄미웠지만 어쩌면 정말로 모르는 것일 수도 있다고 생각하려 노력했다.

"지난번에 참치김밥 세 줄만 사다 달라고 하셨을 때, 제가 영수증 드렸더니 깜짝 놀라셨죠? 김밥 세 줄이 왜 이리 비싸냐고. 저희 회사 식대가 7천원인데, 이젠 오므라이스도 8천원이에요. 식대 만원으로 올려야 합니다. 그러지 않으면 직원들이 줄줄이 퇴사할지도 몰라요."

"이미 그러고 있잖아요."

과도한 업무량 때문인지 아니면 업계 특성인지 지난달에만 세 명의 퇴사자가 나왔다. 대표는 이런 일이 왜 발생하는지 인사 담당 홍차장에게 물었고, 자기도 모르겠다는 뻔뻔한 대답을 내놓는 홍차장 대신 차진혜가 짐작 가는 이유를 알려주었다. 단순했다. 동종 업계 타 회사의 연봉이 더 높다. 대표는 그 말을 듣고도 반성의 기미를 내비치지 않았는데, 코로나 특수로 매출이 상승세를 그리다가 이젠 하락세로 반전된 상황을 떠올렸는지 아무 말도 듣고 싶지 않다는 얼굴로 그만 나가라고 손짓했었다.

"꼭 올려야 하는 거예요?"

"꼭 올려야 합니다, 대표님."

대표는 그걸 말이라고 하느냐는 표정으로 차진혜를 빤히 쳐다보았다. 차진혜는 준비한 묘안을 제시했다.

"현재는 팀마다 법카를 주고 각자 7천원 내에서 자유롭게 사 먹으라는 시스템이잖아요. 그런데 식대 관리 앱을 이용하면, 만원으로 올리더라도 식대를 아낄 수 있을 것 같아요."

"그게 절감이 돼요? 앱 사용료만 더 나가는 거 아닌가?"

"결제 횟수를 제한하면 가능할지도요."

대표는 눈빛을 번뜩이더니, 결제 횟수를 하루에 한 번으로 제한하는 시스템이 가능한지 물었다. 차진혜는 그 말의 의미를 곧바로 알아들었다. 만원을 줄 수는 있어. 근데 그걸 매번 꽉 채워 써야겠대?

대표는 자신만 손해보는 일이라고 생각하면 선뜻 결정을 내리려 하지 않았다. 차진혜는 되도록 윈윈 전략을 짜기 위해 노력했다.

"다음주에 강남에서 소프트웨어 박람회가 열리는데 식대 관리 업체들도 참여하더라고요. 주중에 방문해서 자세히 알아보고 오 겠습니다."

"이런 건 원래 홍차장이 해야 하는데 워낙에 일을 못하니……미안해요."

대표는 차진혜에게 곧잘 사과했는데, 그건 사실 고맙다는 의미 였다. 내 마음 알아줘서 고마워. 차진혜는 대표의 기분을 더욱 좋 게 해주려고 미리 준비한 정보를 알려주었다.

"해외 매출로 발생한 달러를 지금 환전하시는 게 좋을 것 같아 요. 많이 올랐습니다."

대표는 반색하더니 당장 환전해야겠다고 대꾸했다.

대표실 밖으로 나온 차진혜는 재무팀장의 자리로 돌아왔다. 허 리 통증을 줄여보려고 자비로 장만한 90만원짜리 의자에 앉아 가 만히 등받이에 몸을 기댔다. 평소보다 책상이 널찍하게 보였다. 회 사에서 자신의 입지가 더욱 확장된 기분이 들어서일 것이다. 대표 를 설득해 직원의 복지를 향상시키려면 아첨과 잔머리는 필수였 다. 차진혜는 자신이 관리직에 잘 맞는 체질이라는 걸 알았다. 그 래서 가끔 슬픔이 밀려온다는 걸 과연 누가 이해해줄까. 그런 생각을 하며 그녀는 업무에 몰두해 있는 박이재를 힐끗 쳐다보았다.

*

1990년도에 지어진 재송빌라 201호. 차진혜는 김순화의 집을 자신의 명의로 계약했고, 월세도 주인에게 직접 송금했다. 김순화는 차진혜가 놀러갈 때마다 김치볶음밥을 만들어주었다. 차진혜가 그것만 잘 먹었다. 다른 음식을 해주면 간이 짜다는 둥 싱겁다는 둥 덜 익었다는 둥 너무 익혔다는 둥 말이 많았다. 그러나 김치볶음밥을 해주면 아무 소리 안 하고 한 그릇을 다 비웠다.

일요일 오후, 차진혜는 무릎이 불거져 나온 추리닝 바지와 보풀이 인 맨투맨 티셔츠를 입고 김순화의 집 작은방에 앉아 김치볶음밥을 먹었다. 그 방엔 다양한 크기의 김치통과 건조중인 산나물이 널려 있었다. 대충 접은 모기장과 버리지 않고 모아둔 빈 생수병이 차진혜의 정리벽을 자극했지만 아무 소리 안 하고 밥만 먹었다.

"생생마트 참 좋더라."

김순화가 차진혜의 맞은편 자리에 앉으며 말했다. 생생마트는 인근에서 가장 큰 마트였고, 김순화의 단골 가게였다.

"뭐가 좋은데?"

"리어카를 끌고 저녁마다 오는 할머니가 있어. 그러면 마트 아저씨가 모아놓은 채소를 리어카에 실어줘. 안 팔려서 시든 채소

있잖아. 그걸 다 줘. 착한 사람이야."

김순화는 틈을 두었다가 다시 말했다.

"나도 좀 줬으면 좋겠어."

차진혜는 숟가락질을 멈추고 김순화의 얼굴을 쳐다보았다.

"요즘 물가가 얼마나 많이 올랐는지 몰라."

차진혜는 아무런 대꾸도 하지 않고 숟가락을 내려놓았다. 더 먹으면 체할 것 같았다. 차진혜의 눈치를 살피던 김순화는 뜬금없이 전날 티브이에서 본 다큐멘터리 얘기를 했다.

"평생 소금을 실어나르는 야크가 있대. 차마고도를 걷다가 힘들어서 쓰러지거나 발을 헛디뎌 벼랑으로 떨어질 수도 있는데, 그러면 신에게 간 거라고 아무도 슬퍼하지 않는대. 너무하지 않니? 야크가 불쌍해. 정말로 신이 있으면 야크한테 평생 소금만 나르라고 하겠니."

"사람도 평생 노동해야 하는 건 똑같아."

"맞아. 사람도 그래. 가난한 사람들은 그러지. 부자들은 안 그러고."

우우우웅. 차진혜의 등뒤에서 벽체가 진동했다. 가끔 그 방에선 정체 모를 기계음이 들려왔다. 위층의 오래된 냉장고에서 나는 모터 소음이거나 아래층 보일러가 힘겹게 작동되는 소리일지도 모르겠으나, 김순화는 원인을 알아내려 노력하지 않았다. 어차피 김치통과 나물이 잠드는 방이니까. 차진혜 역시 그렇게 생각하며 소음을 방치했다.

김순화가 방 두 개짜리 집을 구했으면 좋겠다고 말했을 때, 차진혜는 방이 왜 두 개나 필요하냐고 묻지 않았다. 혼자 살더라도 두 개가 필요할 수도 있지. 그렇게 이해했다. 김순화는 차진혜의 친모가 아니었지만 그런 이유로 두 사람이 함께 살지 않는 건 아니었다. 그들에겐 서로가 유일한 가족이었다. 하지만 함께 살며 일상을 공유하는 것보다 거리를 두고 서로의 집을 오가는 것이 서로를 더 가깝게 느끼게 해주었다.

"그래도 너는 집을 잘 샀어. 아파트가 들어오면 집값이 뛸 거 아니야."

차진혜는 묵묵히 고개를 끄덕였다. 며칠 전 재개발추진위원회가 운영하는 인터넷 카페에 들어가봤는데 아무런 공지 사항 없이 잠잠하기만 하고, 건설 경기가 좋지 않아 재개발 추진이 쉽지 않은 분위기인 것 같다는 말은 하지 않았다. 그들에게 그 집은 유일한 희망이었으니까.

김순화를 만나고 나면 늘 그랬듯 차진혜는 노동의 당위성을 되찾았다. 주말마다 의식처럼 김순화의 집에 들르며 그녀는 마음을 단련시켰다. 은퇴할 때까지 회사에서 버티는 것이 유일한 목표임을 상기하면서.

버스 정류장으로 걸어가던 차진혜는 문득 박이재의 얼굴을 떠올렸고, 어쩐지 김순화에게 미안한 마음이 들었지만 이내 그런 자신이 싫어졌다. 이 나이에 엄마 눈치를 보며 사랑하고 싶진 않아.
차진혜는 그렇게 생각했지만 엄마의 눈치뿐 아니라 모두의 눈치
가 보이는 현실 앞에선 한숨이 나왔다.

*

"이런 데 와본 적 있어요?"

박이재는 고개를 젓다 말고 다시 끄덕이더니, '써코'에 한 번 가
본 적은 있다고 답했다. 차진혜는 써코가 뭔지 궁금했지만 묻지
못했다. 나이든 사람처럼 보일까봐 아는 척 고개를 끄덕였다. 박
이재가 부스를 휘둘러보는 사이 차진혜는 얼른 휴대폰을 꺼내 써
코를 검색했다. 써코, 아니 '서코'는 서울코믹월드의 줄임말이었
다. 만화 대잔치 같은 건가? 코스프레 복장을 한 청년들의 사진이
이미지 검색 페이지에 떠올랐다. 그걸 보는 동안 차진혜는 박이재
와 한층 더 멀어진 것 같은 기분이 들었다.

그들은 넓은 박람회장을 어떤 순서로 관람할 것인지 의논했다.
왼쪽 끝부터 차례대로. 그렇게 쉽게 합의를 보고 왼편 가장자리
부스로 이동했다. 소프트웨어대전은 온갖 IT 기술이 총집합한 장
이었는데, 대부분 AI를 기반으로 한 것들이었다. 차진혜는 박이재
에게 그들이 알아볼 것은 식대 관리 앱이라고 미리 말했지만, 그
들의 발걸음이 오래 머문 곳은 스트레스 경감 앱을 만든 업체의

부스였다. 많은 방문객이 그곳으로 홀린 듯 걸어갔다. 다들 똑같은 마음인 거지. 일하러 왔지만 스트레스에 시달리는 삶이 더욱 골치인 것은. 차진혜 역시 부스 안쪽으로 들어가보고 싶었지만 방문객이 워낙 많아서 결국 뒤로 밀려났다. 박이재는 입구에서 받은 명찰을 목에 걸고서 무표정한 얼굴로 가만히 서 있었고, 그 공간의 모든 것에 무관심해 보였다. 차진혜는 마음이 다급해졌다. 빨리 임무를 해치우고 박이재에게 커피와 에클레르를 사주고 싶었다. 새벽같이 일어나 미리 검색해놓은 디저트 카페가 있었다.

금요일은 원래 퇴근 시각이 빨랐다. 오후 다섯시만 되면 직원들 모두 자리에서 일어나 칼같이 퇴근을 준비했다. 그러므로 박람회를 두 시간 정도 돌아본 후 곧바로 퇴근하면 되었지만, 차진혜는 한 시간만 관람한 뒤 티타임을 가질 계획이었다. 서둘러 걸음을 옮기며 그녀는 원격 면접과 자소서 관리 프로그램에 잠깐 관심을 보이다가 RPA, 협업 툴, 그룹웨어를 홍보하는 부스에 들렀고, 마침내 그들의 목표였던 식대 관리 앱 부스에 도착했다. 직원은 태블릿에 설치된 앱을 보여주며 여러 가지 장점을 알려주었다. 차진혜는 궁금했던 것을 물었다.

"공휴일 사용은 막을 수 있는 거죠?"

"그럼요. 물론입니다."

"하루에 한 번만 결제할 수 있게 만드는 것도 가능한가요?"

"원하는 결제 횟수, 요일, 시간, 금액 모두 설정 가능합니다."

직원은 재무팀장이라고 쓰여 있는 차진혜의 명찰을 흘깃 보더니 더욱 열의를 담아 설명해주었다. 차진혜는 홍보 책자를 가방 안에 넣으며 사용료와 할인 프로모션에 대해 물었고, 대답을 듣고 나선 머릿속으로 계산기를 두드렸다. 사용료에 대한 부담은 있었다. 하지만 직원들이 매일 만원짜리 메뉴만 먹을 가능성은 작기에 하루에 한 번만 결제할 수 있게 설정한다면 결국 평균 식대가 만원 이하로 나올 거라는 게 차진혜와 대표의 생각이었다. 그러나 만원을 몇 차례로 나누어 결제할 수 있게 한다면, 되도록 저렴한 식당에서 밥을 먹고 남은 돈으로 메가커피에서 크림이 잔뜩 올라간 커피를 사 마시는 직원도 있을 것이다. 어떻게든 만원을 쓰기 위해 총력을 기울이는 자가 있을 것이기에 결제 횟수를 제한하는 것이 중요했다. 물론 박람회 이벤트로 제공되는 할인 프로모션을 놓치지 않는 것도.

차진혜의 질문을 들은 박이재는 회사의 계략을 알아챘을 것이고, 어쩌면 치사하고 쪼잔하다고 생각할지도 몰랐다. 하지만 이게 그들이 하는 업무의 일부라는 걸 알려주고 싶었다.

박이재의 업무 능력은 뛰어난 편이었다. 차진혜는 실수가 잦고 짜증을 자주 내는 한주원 대리 대신 박이재를 후임으로 정해놓은 상태였다. 한대리는 베이킹 유튜버로 성공한 언니 이야기를 들먹이며 툭하면 다른 일을 하는 편이 낫겠다고 투덜거렸다. 야근을 시킬 때마다 그랬다. 차진혜는 한대리의 짜증을 받아주느라 힘들었지만, 한대리는 도리어 차진혜의 업무 스타일을 버거워했다. 어느 날은 대놓고 이렇게 말하기도 했다. 마이크로 매니징 타입의 팀장을 두면 팀원들이 돌아버린다고. 차진혜는 자신이 마이크로 하다는 생각을 전혀 하지 않았기에 깜짝 놀랐고, 한대리는 차진혜의 반응에 더욱 놀랐다.

"모르셨어요? 팀장님은 완전히 마이크로 컨트롤 타입이시잖아요."

차진혜는 한대리가 자신을 꼰대로 생각하는 건 이해할 수 있었지만, 재무관리팀을 회사 내에서 유능한 팀으로 위치시키려는 노력을 고작 '마이크로'라는 단어로 설명하는 게 마음에 들지 않았다. 한대리는 진정한 마이크로가 뭔지 모르는 것 같았다. 나 따위는 어림도 없지. 건설회사에 다닐 때 만난 상사야말로 마이크로의 화신이었다. 그는 접대 자리에서 새벽까지 술을 마셔도 다음날 헬스클럽에 들러서 한 시간 동안 러닝한 뒤 출근하는 괴물이었는데, 어떻게 그럴 수 있는지 묻자 이런 대답이 돌아왔다. "술 안 마시고 일 잘하는 게 잘하는 거냐? 당연한 거지." 그는 그런 식으로 차진혜를 가스라이팅했다. 부하 직원이 만든 문서는 페이지마다 트집을 잡았고, 사소한 것까지 일일이 지시했고, 일의 결과가 좋아야 하는 것은 당연하며, 과정 역시 자신의 방식을 무조건 따르라고 강요했다. 부하 직원들이 자신처럼 되길 바랐던, 나르시시즘이 과잉되다못해 끓어넘쳤던 인간. 마이크로는 그런 사람에게나 어울린다. 차진혜는 정반대였다. 개개인의 컨디션을 배려해주었고, 마음에 들지 않는 걸 발견해도 농담으로 넘기려 노력했다. 심지어 얼마 전엔 결산 자료의 숫자를 왕창 틀리게 기입한 한대리에게 이렇게 말하기도 했다. "주원씨, 요즘 조용한 퇴사가 유행이라던데 지금 그거 한 거지?" 차진혜는 그렇게 말하며 큰 소리로 웃었지만, 한대리는 웃지 않았다.

X세대 대표와 Z세대 부하 직원 사이에 끼인 M세대 팀장인 차진혜의 고충은 아무도 헤아려주지 않았다. 차진혜는 대표에게 야근하지 않으면 도저히 소화할 수 없는 업무량 때문에 직원들의 사기가 떨어지고 있다고 수차례 말했지만, 대표는 늘 딴생각에 빠진 척하며 선을 그었다. 포괄임금제를 시행하고 있는 회사이기에 야근은 통상적인 업무 범위에 속한다는 게 대표의 생각이었다. 그러나 워라밸을 당연하게 생각하는 부하 직원들의 마음은 달랐다. 야근이 있을 때마다 차진혜는 부하 직원들의 눈치를 살피며 전전긍긍하다가 자비로 커피 기프티콘을 보내줬지만 고맙다는 말은 한 번도 듣지 못했다. 하긴, 바보가 아닌 이상 알 것이다. 고작 기프티콘으로 잦은 야근에 대한 노고를 퉁치겠다는 고약한 심보를. 그러나 차진혜 역시 혹사당하고 있는 상황이었기에 부하 직원들이 자신을 미워할 때마다 마음이 아팠다. 그래도 나는 재택근무 할 때 보스웨어를 깔아놓고 감시하는 상사는 아닌데, 어째서 내가 마이크로 컨트롤러라는 걸까……

계획대로 한 시간 동안 박람회장을 둘러본 뒤 차진혜는 박이재와 함께 로비로 나왔다. 박이재가 휴대폰을 들여다보더니 말했다.

"팀장님, 오늘은 일찍 퇴근해도 될까요?"

"그럼요. 들어가서 쉬어요."

차진혜는 실망한 마음을 감추며 흔쾌히 답했고, 박이재는 머뭇거림 없이 돌아섰다. 차진혜는 박이재를 붙잡으며 커피 마실 시간도 없는지 묻고 싶었지만 당연히 그런 행동은 할 수 없었다.

추잡하게 이게 무슨 마음이야…… 에스컬레이터를 타고 지하층으로 내려가며 차진혜는 기분이 한없이 가라앉는 걸 느꼈다.

지하철을 기다리던 차진혜는 반대편 플랫폼에 서 있는 박이재를 발견했다. 휴대폰을 보느라 차진혜가 자신을 바라보는 줄도 몰랐다. 박이재의 표정이 어두워 회사에 질린 것은 아닐까 염려되었다. 그렇지만 관리직은 이런 역할을 잘해내야 하는 거야. 이재씨도 이런 걸 할 줄 알아야 안정적으로 벌어 먹고살지. 차진혜는 그런 생각을 하다가 서글퍼졌고, 박이재의 모습이 열차에 가려지자마자 시선을 아래로 내려뜨렸다.

바닥에 껌 종이가 떨어져 있었다. 그걸 보니 알루미늄 수출 회사에 다니던 시절이 떠올랐다. 껌을 포장하는 데 알루미늄포일만큼 좋은 것도 없다. 껌의 수분을 적절하게 보존해주고, 여름엔 열을 밖으로 내보내 껌이 녹는 것을 방지해준다. 버릴 땐 작게 뭉쳐서 버릴 수 있으니 편리하기까지 하다. 얇은 종이에 그렇게 많은 기능이 있다는 것을 사람들은 알까…… 우리 회사에선 내가 껌 종이 같은 사람이라는 걸 이재씨는 알까. 식대 인상을 제안하며 대표를 설득하기 위해 얼마나 잔머리를 굴렸는지 알까. 대표가 너무 까칠해지지 않도록 마음의 수분을 적절하게 보존해주고, 직원들의 열을 밖으로 내보내 녹는 것을 방지해주는 사람. 그러나 버려질 땐 껌 종이처럼 꼬깃하게 뭉쳐져 가차없이 던져지는 존재, 그게 나라는 걸.

알루미늄 수출 회사에 다닐 때 만났던 상사는 심각한 알코올중독자였다. 매주 회식 자리에서 그가 제조한 폭탄주를 열 잔 가까이 마셔야 했는데, 거부하면 일거리를 주지 않고 온종일 책상만 바라보게 하는 악질이었다. 그러나 지나고 보니 그런 경험도 다 득이 되었다. 적어도 우리 회사엔 그런 상사가 없잖아. 그것만으로도 훌륭한 회사라는 걸 모든 직원들이 알아야 하는데…… 물론 이런 마인드를 두 글자로 압축하여 표현할 수 있다는 건 알았다. 알파벳으로 나열하면 일곱 자. KKONDAE. 꼰대.

*

차진혜의 친구 신오연은 지난해에 이혼했다. 배우자에게 오피스 와이프가 생겼기 때문인데, 그들은 회사에서만 지저분한 애정을 나누고 밖에선 일절 만나지 않았다. 톡이나 이메일로 사적인 대화를 나눈 기록도 없었다. 만일 신오연의 배우자가 느닷없이 이실직고하지 않았다면 신오연은 영원히 그 사실을 몰랐을 것이다. 이혼 후 신오연은 직장을 옮겼고, 괴상하게도 얼마 지나지 않아 오피스 와이프가 되었다. 상대는 배우자가 있는 사람이었다. 차진혜는 닳고 닳은 불륜 스토리는 듣고 싶지 않아 신오연을 만날 때마다 연애 이야기를 기피했지만, 오늘은 그녀가 먼저 얘기를 꺼낼 수밖에 없었다. 신입 사원 이재씨를 좋아하고 있다고. 신오연은 그럴 수도 있지, 하고 말하더니 짝사랑을 누가 뭐라 하겠느냐며 그냥 혼자 계속 좋아하라고 무심하게 대꾸했다. 짝사랑하며 늙어가는 삶도 나쁘지 않다며. 차진혜는 그 말을 듣다가 점점 슬퍼졌고, 결국 소주 한 병을 마시고 눈물을 조르륵 흘렸다. 신오연은 인상을 쓰더니 냅킨을 툭 던지며 말했다.

"짝사랑이 뭐가 나빠. 네 나이엔 오히려 그게 나아."

"그건 너무 폭력적인 말 아니니?"

"쟁취하라는 게 더 폭력이지."

"차라리 식대 인상은 없던 일로 하고 이재씨가 자기 발로 회사를 나가게 할까? 만에 하나 이재씨도 나를 좋아한다면 비밀 사내 연애를 시작해야 하는데, 그건 자신 없어."

신오연은 코웃음을 쳤다.

"걱정 마. 이재씨는 결국 널 싫어하게 될 거야."

"왜 그렇게 단정지어?"

"원래 대다수의 부하 직원은 상사한테 갖는 감정이 하나로 귀결돼. 경멸."

차진혜는 얼굴에 떠오른 복잡한 표정을 숨기지 못했다. 신오연은 술잔을 비우고 연이어 말했다.

"우리 회사는 팀마다 법카를 주면서 식대를 해결하라고 하거든. 그러면 상식적으로 한 식당에서 다 함께 먹고 결제해야 옳잖아? 근데 우리 팀 직원들은 법카를 계주하듯이 전달해. 먹고 싶은 게 다 달라서 그것밖에 방법이 없어."

신오연은 90년대생들의 경이로움에 대해 말했고, 그 말을 들으며 차진혜는 박이재에게서 점점 더 멀어지는 기분이 들었다. 박이재도 자신의 의견을 명확하게 표현하고 싶을 텐데 차진혜에겐 한 번도 그렇게 한 적이 없었다. 재무팀은 타 부서에 비해 회의가 많지 않았고, 자료 정리가 주된 업무였다. 계획을 세우고 시스템을 짜는 일은 차진혜가 도맡고 있었다. 그러니 모든 업무가 하향식으로 이루어질 수밖에 없었다. 내가 이재씨에 대해 아는 게 거의 없는 건 그 때문인지도 몰라. 차진혜는 그렇게 결론 내렸다.

차진혜는 신오연의 술잔을 채워준 뒤 박이재의 인스타그램에 접속해 피드를 살폈다. 자신에 대한 언급이 있을지도 모른다고 기대했지만 '유능한 팀장님과 함께'라는 말은커녕 새로운 피드 자체가 없었다. 이틀 전엔 관음죽 사진, 그전엔 스파티필룸, 스킨답서

스, 개운죽 사진이 올라왔다. 죄다 수경 재배로 키우고 있었다. 벌레가 안 생겨서 좋다나. 차진혜는 박이재가 남긴 짧은 글을 통해 성격을 유추했다. 매일 보는 회사에선 업무 얘기만 나누었고, 사적인 건 박이재의 인스타를 통해 알아갔다. 이걸 알아간다고 표현해도 되는지 모르겠지만…… 대학 시절 싸이월드에 접속해 전 애인의 미니홈피를 염탐했던 것처럼 이젠 인스타에 접속해 짝사랑하는 사람의 일상을 엿보았다.

신오연이 오피스 와이프와 통화하는 동안 차진혜는 와이프들끼리 나누는 애틋한 사랑의 밀어를 못마땅한 표정으로 듣고 있었다. 짝사랑중인 사람에게 열렬히 불타오르는 커플의 모습은 심히 얄미웠다. 생맥주를 한 잔 더 주문한 뒤 깔끔하게 잔을 비우고 자리에서 일어나려는 차진혜를 신오연이 다급히 붙잡았다.

"절대로 고백할 생각 하지 마."

"안 해."

"그래, 하지 마. 그거 구애 갑질이야. 너는 팀장이고 걔는 신입인데, 마음이 얼마나 불편하겠니? 그냥 짝사랑만 해. 알았지?"

술집을 나온 차진혜는 작은 콘크리트 조각을 발로 툭툭 차며 집으로 걸어가다가 박이재의 인스타그램에 다시 접속했다. 일 분 전에 올라온 피드가 있었다. 카페 유리창에 반사된 자신의 모습을 찍은 사진 아래 평소와 달리 긴 글이 쓰여 있었다. 차진혜는 걸음을 멈추고 찬찬히 읽어보았다.

점심의 다른 말은 뭘까? 중식, 런치, 주찬, 진지, 끼니, 요기 등등
다양하다. 하지만 나는 오늘 '사료'라는 단어를 떠올렸다. 런치플레
이션이 불러일으킨 비극일까, 자본주의의 본성일까. 나는 런치, 때로
는 진지를 먹고 싶지만 회사는 나의 밥상에 사료를 올려주고 싶은 눈
치다. 저는 사료가 아니라 런치가 먹고 싶습니다. 제가 식물이면 광
합성 런치라도 할 수 있지만, 이건 뭐 사료를 보고도 런치인 척해야
합니까?

차진혜는 사진 속 박이재의 얼굴을 물끄러미 보았다.
안다, 나도…… 그 치사한 마음을.
한 명당 일 년에 230만원 남짓. 그 돈 때문에 대표는 심통을 부
리고, 직원들은 쩨쩨하게 구는 회사를 미워하며, 자신은 어떻게든
중재안을 내보려고 발을 동동거린다. 끼여도 제대로 끼였다.
차진혜는 집으로 천천히 걸어가다 갑자기 걸음을 멈췄다. 마침
호프집 야장 앞이었다. 차진혜는 호프집 야외 의자에 털썩 앉아버
렸다. 왜 이재씨를 박람회에 데려갔을까. 혼자 슬쩍 가서 알아보
고 와도 됐을 텐데……
신오연의 말이 맞다. 상사는 결국 부하 직원에게 경멸받을 짓을
하게 된다. 조직에 충성하려는 태도가 그런 결과를 낳고 만다. 동

료들의 식탁에 무얼 차려낼지가 자신의 손에 달린 것처럼 기고만
장하다가도 그들의 입에 들어가는 걸 낚아채 회사 곳간으로 다시
가져다놓는 그악스러움에 스스로 치를 떨었다. 그래서 박이재를
박람회에 데려갔나. 함께 그악스러워지면 마음이 조금 덜 무거우
니까…… 박이재는 모를 것이다. 차진혜 팀장은 곳간 열쇠를 빼
앗기면 껌 종이처럼 힘껏 구겨져 버려질지도 모른다는 두려움에
떨고 있는 한심한 겁쟁이라는 걸.

차진혜는 호프집 야외 테이블에 엎드려 비관적인 생각을 잔뜩
했다. 이마에 열이 나고, 목덜미에 끈적거리는 땀이 흐를 때까지.
주인과 산책하던 푸들이 목줄이 팽팽하게 당겨져도 아랑곳않고
그녀를 향해 자꾸만 몸을 일으키며 하이파이브를 하려 들었지만,
차진혜는 끝까지 알은체하지 않았다. 얼마 후 호프집 주인이 나타
나 탁자 위에 엎드려 있는 그녀에게 뭘 주문할 거냐고 물었다. 차
진혜는 그제야 상체를 서서히 일으켜세운 뒤 테라랑 노가리요, 라
고 대꾸했다.

*

벽면에 붙어 있는 가격표를 본 차진혜는 기함하며 두 눈을 크게
떴다. 대구탕 가격이 만 3천원으로 올라 있었다.

늘 동행하던 홍차장은 어디로 갔는지 보이지 않았다. 여기까지

함께 걸어왔던가? 곰곰이 생각해봤지만 떠오르지 않았다. 처음부터 혼자서 동해식당까지 걸어왔던 것도 같았다. 기억이 흐릿했다.

만원이 넘는 대구탕을 먹을 수는 없었기에 결국 식당 밖으로 나온 차진혜는 회사 주변의 모든 식당이 문을 닫았다는 걸 뒤늦게 깨달았다. 배가 고팠지만 들어갈 수 있는 곳이 없었다. 힘없이 회사로 걸어가던 그녀는 정수리에 따뜻한 기운이 감도는 걸 문득 느끼고 걸음을 멈추었다. 햇빛이 그녀를 집요하게 비추고 있었다. 마치 페트리접시 위에 놓인 미미한 생명체를 비추는 것처럼 태양은 차진혜의 몸을 해부하듯 들여다보았다. 차진혜는 광합성하는 식물처럼 두 팔을 쫙 펼쳤다. 그러자 차진혜의 정수리에 연녹색의 작은 잎이 삐죽 돋아났다. 곧이어 누군가 이파리를 부드럽게 어루만졌다.

그 다정한 손길의 주인일 수 있는 사람은 한 명밖에 없었다. 차진혜는 잠에서 깨지 않고 오래오래 그 순간에 머물고 싶었다.

*

차진혜가 대표실 문을 노크하자, 들어오시라는 대표의 나긋한 음성이 들려왔다. 차진혜는 기대에 찬 표정으로 자신을 바라보는 대표에게 식대 관리 앱의 장점을 설명했다. 다른 건 차치하고서라도 하루에 한 번만 결제할 수 있게 해놓으면 매일 만원을 쓰진 않

을 것이고, 결국 제한 없이 만원으로 인상하는 경우보다 식대 절
감 효과가 있을 거라고 주장했다. 대표는 그녀의 말에 수긍했다.
나중엔 앱 사용료를 두고 불만을 표했지만 박람회 할인 프로모션
에 대해 말해주자 이내 잠잠해졌다. 보고를 마치고 자리에서 일어
나려는 차진혜를 대표가 다시 불러앉히더니 은밀한 목소리로 물
었다.

"홍차장을 저렇게 내버려둘 수는 없지 않겠어요?"

"엑셀 학원에 보내시려고요?"

"홍차장에게 더이상 기대를 하면 안 될 거 같아요. 나는 지쳤어."

대표는 정말이지 지쳤다는 표정이었다. 숱 없는 정수리를 드러
내며 마른세수를 하던 대표는 다시 고개를 들고 차진혜를 빤히 쳐
다보았다.

"차팀장이 식대 문제를 깔끔하게 해결하는 걸 보고 내가 많은
걸 느꼈어요."

대표의 눈빛에 형광등처럼 밝고 서늘한 기운이 감돌았다. 차진
혜는 이어질 말이 두려웠다.

"내가 인사관리에 대해서 고민해봤는데, 그것도 프로그램을 쓰
면 어떨까? 그걸 쓰면 엑셀도 필요 없고, 항목만 입력하면 자동으
로 다 된대요. 개인, 팀 단위로 목표를 관리할 수 있어서 히스토리
가 한눈에 쫙 보이고. 법이 변경되면 그것도 즉각 반영되는 구조
라서 따로 알아볼 필요도 없고. 사용료가 좀 드는데, 그거야 연봉

만 하겠어?"

대표의 말은 누군가를 자르자는 의미였다. 길게 생각해보지 않아도 홍차장을 가리키는 말이라는 걸 알 수 있었다. 그러나 정직원을 해고하기는 어려운 세상이었다. 대표에게 그런 말을 흘리면서 홍차장을 설득해 엑셀 학원에 보내겠다고 말했지만, 대표는 그녀의 말을 귀담아듣지 않았고 나중엔 의외라는 표정을 지었다.

"차팀장도 나처럼 효율성을 중요하게 생각하는 사람 아니었나?"

차진혜가 아무런 대답도 하지 않자 대표는 지난번에 환전했던 달러가 지금 더 올랐다고 말하며 그녀를 은근히 질책했다. 차진혜는 입이 열 개라도 할말이 없었다.

"우리 회사 전망이 밝지가 않아요. 알잖아, 차팀장도. 매출 계속 줄고 있는 거."

대표실을 나온 차진혜는 자리로 힘없이 돌아왔다. 의자에 앉으니 평소보다 책상이 더욱 작게 보였다. 대표의 의견에 반박한다는 건 그녀의 입지를 좁히는 것이나 다름없었다. 대표의 의견을 끝내 따르지 않으면 그녀의 책상은 점점 더 줄어들어 밤톨만해질지도 몰랐다.

90만원짜리 의자도 야근을 밥 먹듯 하는 노동자의 허리를 보호해주진 못했다. 차진혜는 서랍에서 에어 파스를 꺼내 셔츠를 살짝 걷고 허리에 골고루 뿌렸다. 차갑고 시원한 입자가 피부에 들러붙어 잠시나마 열을 내려주는 것 같았다. 그녀는 뒷목에도 에어 파스를 뿌린 뒤 눈을 감고 의자 등받이에 기댔다.

대표의 의중이 뭔지는 잘 알았다. 홍차장을 자르고, 인사관리 프로그램을 구매한 뒤 그녀에게 모든 일을 떠맡기려는 심산이었다. 홍차장의 업무 능력 부족으로 재무팀은 재무'관리'팀이 되었는데, 이젠 재무관리'인사'팀이 될 판국이었다. 홍차장과 그의 부하 직원들은 잘리거나 일 잘하는 직원 한 명만 그녀의 팀으로 옮겨올 것이다. 그러면 연봉 절감 효과가 상당하다. 프로그램 사용료를 내고도 많은 돈이 남는다. 회사의 수익은 상승할 것이고, 그녀의 장래도 조금 더 밝아질 것이다. 그러나 사람이 하던 일을 프로그램에게 하나씩 떠맡기며 일자리를 줄여가면, 재무관리인사팀도 언젠가 달랑 한 사람만 남게 되지 않을까.

문이 열리며 홍차장이 슬그머니 들어오더니, 차진혜의 자리로 걸어와 몸을 기울이며 물었다.

"팀장님, 우리 회사에 비혼 축의금이 있나요?"

"갑자기 그게 무슨 소리예요?"

"직원들이 물어서요. 그런 게 있는지."

차진혜는 황당한 표정으로 우리 회사엔 없다고 잘라 말했다. 식대 인상이 이제 막 결정된 참인데 대표에게 그것까지 건의할 자신이 없었다. 그러나 홍차장은 쉽게 물러나지 않았다.

"그거…… 저도 받고 싶어서요."

"차장님 비혼주의였어요? 하고 싶은데 못하신 게 아니고?"

차진혜는 실례라는 걸 알면서도 그렇게 퉁을 놓았다. 박이재와 한대리가 그들 대화에 귀기울이고 있다는 걸 알아챘지만, 홍차장에게 화가 치미는 건 어쩔 수 없었다. 지금 비혼 축의금 챙기실 때가 아니에요. 퇴직금 챙기시게 생겼어요. 그러나 이런 상황을 꿈에도 모르는 홍차장은 차진혜에게 종이 한 장을 내밀며 말했다.

"제가 비혼식을 올리긴 좀 면구스럽고, 비혼을 맹세하는 글을 써봤는데 이걸로 축의금을 받을 수 있나 해서요."

차진혜는 이게 무슨 해괴한 짓이냐고 물을 힘도 없었다. 그저 홍차장이 쓴 글을 순순히 읽기만 했다.

홍차장은 이십 세에 첫사랑에 실패한 뒤 곧바로 입대했다. 그 뒤론 한 번도 누군가를 사랑해본 적이 없었다. 대학에서도, 직장에서도, 레고 동아리 활동을 하면서도 늘 남자하고만 어울렸고, 여자 앞에만 서면 마음이 편치 않아 맞선 한번 보지 않았다. 그렇게 살아간 세월이 서른 해가 넘어간다. 이젠 사랑이 뭔지 모르겠고, 부하 직원들이 추천해준 〈환승연애〉 시리즈를 봐도 아무런 감흥이 없다. 혼자 눈을 뜨는 아침이나 잠드는 밤에도 외로움은 느껴지지 않고 사방이 고요하니 좋기만 하다. 살아 있음에 감사하는 마음까진 아니지만 이렇게 사는 것도 퍽 행복하다. 노년의 삶 역시 혼자서 담담한 마음으로 살아갈 예정이다. 명백히 혼자서.

차진혜는 마지막 문장까지 읽고 나서 탄식을 흘렸다. 나는 짝사랑이라도 하고 있지, 홍차장의 삶엔 사랑의 시옷 자도 없어. 차진혜는 마음이 쓰라렸지만 내색하지 않았다.

"차장님, 이런 걸 주셔도 축의금은 못 받으세요."

"왜요?"

"차장님은 이미 결혼하셨잖아요."

"제가요? 누구랑요?"

"……레고랑요."

홍차장은 차진혜의 농담에 와하하 웃더니 잘 좀 부탁드린다고 말하며 자신의 자리로 돌아갔다. 차진혜는 비혼 선언문을 내려놓고 무심결에 고개를 들다가 박이재와 눈이 마주쳤다. 박이재는 시선을 피하지 않고 그녀를 가만히 보다가 다시 모니터로 고개를 돌렸다.

이재씨도 비혼 축의금이 받고 싶을까.

차진혜는 궁금했지만 묻지 못했다.

*

모든 직원이 서둘러 집으로 돌아간 금요일 오후 다섯시 삼십분. 박이재의 한 손엔 두유 세 팩이, 다른 손엔 가방이 들려 있었다.

박이재는 휴게실에서 두유를 훔치려다 상사에게 들키고서 민망한 표정을 지었다. 차진혜는 그럴 필요 없다는 의미를 전달하기 위해 두 손 들어 안심하라는 몸짓을 했다. 그리고 원두를 그라인 더에 넣고 버튼을 꾹 눌렀다. 오늘까지 마쳐야 하는 업무가 있어서 또다시 야근을 해야만 했다. 그라인더와 가정용 에스프레소 머신은 그녀가 자비로 휴게실에 들여놓은 것이었다. 커피를 내리며 그때까지도 휴게실에 머물고 있는 박이재에게 그녀가 말했다.

"다른 간식도 챙겨요. 과자 같은 거. 주말에 넷플릭스 볼 때 입이 심심하잖아."

박이재는 그제야 손에 들고 있던 두유를 가방 안에 넣었지만 선뜻 휴게실을 나가진 않았다.

"먼저 가도 돼요."

머뭇거리던 박이재는 가방을 의자 위에 올려놓더니 그녀 옆으로 다가왔다. 차진혜는 주춤거리며 한 걸음 떨어져 섰다. 요즘 들어 박이재가 곁으로 다가올 때마다 차진혜는 일부러 거리를 두었다. 마음이 기우는 것은 견딜 수 있어도 몸이 가까워지는 것은 곤란했다. 호흡이며 표정, 손끝의 떨림 같은 것을 절대로 들키고 싶지 않았다.

박이재는 창가에 놓인 화분으로 손을 뻗었다. 누가 가져다놨는지도 모르는 식물이었다. 잎끝은 노랗게 말랐고, 흙은 회색빛이 돌고 푸석했다. 박이재는 그걸 안아 들더니 가방을 어깨에 둘러멨다. 차진혜는 아무런 말도 하지 않았다. 다 죽어가는 화분쯤이야.

두유 몇 개쯤이야. 물론 대표가 알면 난리겠지만 휴게실엔 감시카
메라가 없었다.

출입문으로 걸어가던 박이재가 문득 걸음을 멈추더니 차진혜를
돌아보며 말했다.

"팀장님, 요즘도 동해식당 가세요?"

"안 간 지 좀 됐는데, 왜요?"

"거기 생대구탕이요."

"가격이 올랐죠?"

"아니요. 만원으로 내렸어요."

박이재는 그렇게 말하더니 차진혜에게 꾸벅 인사하고 휴게실
밖으로 나갔다.

값이 내렸다니…… 이제 냉동 대구탕 대신 생대구탕을 먹을 수
있겠구나, 하는 기쁨은 의외로 옅었다. 오히려 의구심이 들었다.
동해식당 사장님은 어떻게든 우리에게 생대구탕을 먹이고 싶었던
걸까. 냉동 대구탕을 먹는 우리가 그렇게나 가여웠던 걸까. 아니
면 생대구탕이 많이 팔리길 원한 걸까. 그렇지만 식대가 만원으로
오른 회사가 이 구역에서 몇 개나 된다고. 더 깊고 큰 의문도 있었
다. 이재씨는 동해식당에 발길을 끊은 것 같은데 가격이 내렸다는
걸 어떻게 알았을까. 내가 대구탕을 좋아하는 걸 알고서 일부러
알려준 것이겠지. 설마, 같이 가서 먹자는 걸까…… 간지러운 생
각들이 어지럽게 날아올랐다가 마음을 묵직하게 눌렀다.

휴게실 창으로 내려다본 오피스 밀집 거리는 퇴근하는 사람들과 커피를 사 들고 회사로 돌아가는 사람들이 뒤엉켜 묘한 활기가 흘러넘쳤다. 차진혜는 박이재를 찾기 위해 거리 이쪽저쪽을 살폈지만 끝내 발견하지 못했다.

군집한 오피스 건물 사이로 협곡에 부는 바람처럼 사납고 기세 좋은 바람이 통과했다. 곧이어 직장인들의 머리칼과 옷자락이 깃발처럼 나부꼈다. 횡단보도 앞에 붙은 노동 실태 조사 알림 현수막도 둥글게 부풀어올랐다.

당신의 회사에 휴게실은 마련되어 있습니까?

차진혜는 현수막에 커다랗게 쓰여 있는 문장을 읽다가 희미하게 고개를 끄덕였다. 네, 마련되어 있습니다. 그러므로 우리 회사는 좋은 회사일 것입니다…… 속으로 마침표 대신 말줄임표를 붙여놓으며 차진혜는 뜨거운 커피를 한 모금 마셨다. 쌉쌀한 뒷맛이 혀 위에 오래 머물렀다.

기초를 닦습니다

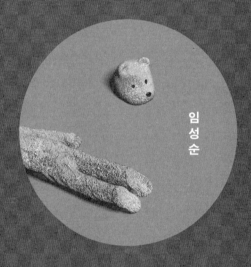

임
성
순

○
임성순
2010년 『컨설턴트』로 세계문학상을 수상하며 작품활동을 시작했다. 소설집 『회랑을 배회하는 양떼와 그 포식자들』 『환영의 방주』, 장편소설 『문근영은 위험해』 『오히려 다정한 사람들이 살고 있다』 『극해』 『자기 개발의 정석』 『우로보로스』, 산문집 『잉여롭게, 쓸데없게』가 있다. SF어워드 대상, 젊은작가상을 수상했다.

"씨발 진짜 좆같네."

건축사가 탄 택시가 미등을 밝힌 채 멀어졌다. 그 뒷모습을 보며 대뜸 튀어나온 것은 욕지거리였다. 사수가 등을 툭 쳤다. 윤소장은 사수를 돌아봤다. 사수는 손을 내밀고 있었다. 두 사람은 악수를 했다. 사수가 윤소장에게 악동 같은 미소를 지었다.

"현장에 온 걸 환영해."

그러니까 이 모든 일의 원인을 군이 찾자면 대략 팔 개월 전쯤으로 거슬러올라간다. 아직 윤소장이 건축사 일을 하던 때였다.

"미쳤어? 왜?"

"꿈이라서요."

"현장 소장이?"

"아니요. 제 손으로 집을 짓는 거요. 그러려면 현장 경험을 어느 정도 쌓아야 할 거 같아서."

흡연실 역할을 하는 사층 화단에서 선배에게 이렇게 말했을 때 그는 낮은 톤으로 대뜸 이렇게 대꾸했다.

"포기해라."

"커리어에 안 좋다는 건 알지만……"

"아니. 니가 살 집 짓는 거."

"네?"

"그거 사람이 할 만한 일 못 된다."

반대의 이유가 뜻밖이라 말문이 막혔다. 심호흡을 하고 말을 이어갔다.

"어릴 때부터 꿈이었습니다. 건축으로 전공을 정한 것도 그 때문이고요."

"꿈은 꿈일 때가 아름답지. 경력을 위해 현장을 알아두는 것도 좋고, 니 나이 때 한 번쯤 다른 회사로 이직해서 몸값 높이기를 하는 것도 좋아. 현장을 아는 건축사랑 모르는 건축사는 하늘과 땅 차이니까. 다 좋은데 니가 살 집만은 네 손으로 짓지 마. 브랜드 아파트들 있잖아. 좋은 집이라고는 못하겠다만 돈값은 해. 대한민국 건축 시장에서 돈값만 하면 충분하지. 그러니까 열심히 돈 모으고 대출받아서 그냥 신축 아파트 하나 분양받아."

"아니, 그래도 명색이 건축사 일을 하면서……"

"아니까, 아니까 말리는 거지. 내가 여기서 일하면서 너 같은 사람 처음 보는 줄 알아? 레퍼토리도 똑같아. 집을 직접 짓는 게 꿈입니다! 꿈이 현실이 되면 어떻게 되는지 알아? 집 짓는다고 십 년은 폭삭 늙어서 오 년도 못 살고 팔고서 아파트 전세 들어가. 대출만 잔뜩 껴안고서."

애써 대꾸하지 않았다. 굳이 설명할 필요가 없다고 생각했으니까. 선배가 왜 그런 말을 하는지 알고 있다 믿었고, 현장 일을 배우려는 것도 그런 시행착오를 막기 위해서였으니까.

다음달, 결국 윤소장은 퇴사했다. 집 짓는 것만은 반대라던 선배는 이직에는 찬성이라는 본인의 말을 증명이라도 하듯 수도권의 중견 건설회사 하나를 소개해줬다. 물론 윤소장의 경력이라면 대기업에 취업하는 것도 어렵지 않았다. 그러나 현장에 가려 했던 이유가 자신의 집을 짓기 전 현장 상황을 알아보기 위해서였기에 아파트 위주의 대형 건설사들은 자연스럽게 걸러졌다.

"기왕에 현장 가는 거 그래도 사짜는 피해야 할 거 아니야."

선배는 회사를 소개하며 이렇게 덧붙였다.

"좋은 회사라곤 못하겠다만. 그래도 집이라고 부를 수 있는 꼴을 하고 있는 걸 만들기는 하는 데야. 나름 책임감도 있고."

이직한 회사에서 첫 반년은 현장직 출신이라는 과장의 부사수로 따라다녔다. 빌라가 만들어지는 과정을 처음부터 끝까지 현장에서 지켜보기도 했고, 하자 보수 과정을 따라다니며 어떻게 그런 일이 생기는지 뒷사정을 듣기도 했다. 설계만 할 땐 알 수 없었던, 책상머리에선 배울 수 없었던 현실이란 이름의 많은 것들을 배웠다. 물론 배웠다는 게 이해를 의미하진 않았다. 어떤 것은 납득할 수 있었지만, 어떤 것들은 끝끝내 이해할 수 없었다.

그런 것들 중 하나가 세부 도면의 부재였다. 처음 간 현장에서 받아든 시행 도면은 놀랍게도 너무 얇았다. 창호는 어떻게 마감해야 할지, 인방은 어떻게 할지, 날개벽과 맞닿은 덧문을 어떻게 배치해야 할지, 세부 도면이 필요한 곳이 많았지만 도면은 정작 단한 장도 없었다.

"이게 다인가요?"

사수인 과장은 뭐가 문제냐는 듯 되물었다.

"왜? 뭐? 뭐가 더 필요해?"

"아니, 여기 이런 부분은 건축사가 세부 도면을 줘야……"

"내가 빌라랑 주택 일만 이십 년 넘게 했는데 그런 건 한 번도 받아본 적 없는데."

"세부 도면 없이 어떻게 짓습니까?"

"그런 게 왜 필요해. 단면도만 있으면 그까짓 거 대충 감으로 가는 거지. 창이 거기서 거기고, 문이 거기서 거기지."

"아……"

윤소장은 다음 말이 떠오르지 않았다. 그가 설계 일을 배울 때 처음 배웠던 것 중 하나는 세상에 같은 집은 없다는 것이었다. 이유는 간단하다. 사는 사람이 다르고, 지어질 대지가 다르고, 건물의 역할이 다르니까. 하지만 이곳에서는 그 근본이 부정되고 있었다.

왜 세부 도면이 없는지는 알고 있었다. 건축주가 설계비를 형식만 갖추는 수준으로 후려쳤을 테니까. 한국에서 주택 설계비는 건축주에게 일종의 그림이 첨부된 견적 정도로 받아들여지는 경향이 있다. 그렇기에 건축허가를 위해 설계만을 그려주고 시공은 알아서 하는 허가방이 존재하는 것이다. 이렇게 형식적인 설계로 만들어지는 집에 문제가 없을 리 없다. 하지만 문제가 있다고 문제가 되진 않는다. 빌라의 경우 건축주와 입주자가 동일하지 않으니까 재산상의 손실이 아닌 거주자의 불편은 감수할 수 있는 정도의 문제인 것이다. 중요한 것은 건축법을 어기지 않는 선에서 가장 싸게 가장 빨리 짓는 것뿐이다. 그동안에도 은행 이자는 착실히 붙고 있으니까.

윤소장은 설계를 배우고 스스로 집을 짓는 꿈을 꾸는 동안 벽돌 하나, 창문 위치와 각도 같은 사소한 것에도 소홀해선 안 된다고 믿었고, 그것이 건축이라는 철학을 가지고 있었다. 물론 실제로 그랬던가 건축사 시절을 돌이켜보면 부끄러운 점이 없지 않았다. 그가 일하던 1군으로 분류되는 사무소의 서버에는 지금까지 사용한 세부 도면들이 데이터베이스 형태로 저장되어 있었고, 사실 적지 않은 세부 도면이 그 데이터베이스를 재활용했다. 아무것도 모르던 초짜 시절에 그걸 가지고 선배를 들이받았던 적도 있었다. 그러자 오히려 선배가 되물었다. 너는 어떤 대단한 인방을 만들려고 매번 개별 설계를 해야 한다고 주장하는 거냐. 그렇게 미덥지 않다면 직접 그려봐, 라고. 데이터베이스에 있는 자료에 조금씩 손을 댈 때마다 그렇게 고치지 말아야 할 이유가 지뢰밭처럼 튀어나왔다. 피복 두께를 확보할 수 없다든지, 규격화된 자재의 여분이 모자라 추가로 자재를 구매해야 한다든지, 구조체의 강성이 변해 구조기술사에게 다시 구조계산을 받아야 한다든지, 야심차게 시도했던 개별 수정들이 결국엔 모두 추가 비용이나 설계 오류가 되어 돌아왔다. 그때 배웠다. 이상은 현실을 극복할 무엇 없이는 이루는 게 불가능하다는 것을. 그게 자본이 됐든, 건축법이 됐든, 천재적인 설계 능력이 됐든, 아니면 허울뿐인 이름값이 됐든 말이다.

현장에서 일하면서 깨닫게 된 건 그것만이 아니었다. 그 반년 동안 가장 크게 배운 것은 다름 아닌 예산에 대한 감이었다. 설계를 하며 이런 디테일에 이런 자재를 추가하면 얼마나 공기가 늘고 예산이 늘어나나 이론적으로는 알고 있었다. 당시엔 자신이 예산에 맞춰 설계한다고 믿었다. 그러나 현장에서 일을 해보니 실은 시행사 측에서 그 예산에 맞춰 만들어주고 있는 것이었다. 사소한 설계 변경이 일으키는 변화는 실제로는 간단하지 않았다. 숫자 너머에 훨씬 복잡한 방정식과 이해관계의 외줄 타기가 있었다. 숙련공들의 고용의 방식은 하도급이기에 통상적으로 역할이 정해져 있는 작업 외에 모든 새로운 일은 늘 회색 지대에 있다. 숙련공들이 해오던 업무 외의 새로운 시도는 말 그대로 '작업량'과 '단가'가 잡히지 않는 것이다. 누가 작업을 맡고 시공을 어떻게 하는지에 따라 그 변경의 완성도와 비용이 천차만별이다. 바꿔 말하자면 최악의 경우 '꽝'이 뽑힐 수도 있다는 뜻이다.

그렇다고 세상이 망하는 것은 아니다. 아랫돌을 빼서 윗돌에 괴면 되니까. 예산을 쥐어짜내고 공기를 단축할 수 있는 모든 곳에서 돈과 시간을 쥐어짜내면 되니까. 수십억이 들어간 유명 건축가의 새로운 건축물에서 종종 비가 새는 이유가 이 때문이다.

설계에서 중요하지만 현장에서는 흔히 간과되는 것도 있었다. 피복 두께가 그랬다. 쉽게 말해 철근을 감싸는 콘크리트의 두께를 뜻한다. 피복 두께가 너무 두꺼워 콘크리트가 직접 전단응력을 받으면 균열이 생긴다. 철근을 빼먹은 아파트가 무너지는 이유가 이 때문이다. 반대로 피복 두께가 너무 얇은 것도 큰 문제가 된다. 철근이 콘크리트를 뚫고 나오니까.

비록 세부 도면이 없음에도 현장에서 피복 두께는 법이 정한 오차 범위 내에서 평균적으로는 유지되는 편이다. 바꿔 말하면 다양한 이유로 특정 부분에서 그 두께가 예정보다 얇아지기도 하고,

쓸데없이 두꺼워지기도 한다. 물론 한두 군데 문제가 생긴다고 무너지도록 건물을 설계하진 않는다. 다만 건물의 내구성이란 것은 평균값으로 정해지는 것이 아니다. 취약하게 만든 부분이 존재한다면 취약한 건물인 것이다.

반년쯤 일하자 윤소장은 선배가 왜 그런 이야기를 했는지 이해할 수 있을 것 같았다. 일만 한다면 현장의 부조리한 현실감을 차라리 견딜 수 있다. 돈 받고 하는 일이니까. 철학적 불편함이나 윤리적 딜레마 같은 건 질끈 눈을 감고 견디면 된다. 하지만 자신의 집을 짓겠다면 이야기가 달라졌다. 정말 제대로 하려면 직접 하거나, 하는 걸 옆에서 지켜보고 있어야 한다는 말이니까. 그렇게만 하면 정말 제대로 지어질까? 전자의 경우 그 일의 결과물이 숙련공이 하는 것보다 결코 좋을 수 없으며 후자의 경우 결국 수많은 갈등을 자초하며 돈은 돈대로 더 들 수밖에 없었다. 최악은 그렇게 만든다 해도 결국 살아보면 불편한 점이 나오고, 자신의 설계상 실수를 깨닫게 되고, 건축 외적인 이유로 지가나 집값이 하락해 실질적인 자산 가치를 상실할 수도 있으며, 하다못해 동네 주민과의 갈등 같은 이유로 어렵게 만든 집을 떠나게 될 수도 있었다. 현장을 알게 되자 자신이 살 집을 만든다는 것이 한없이 아득한 일로 느껴졌다. 그러니까 그럴 만한 가치가 없다는 선배의 조언은 정말이지 옳았다. 꿈이라는 것이 쉽사리 포기할 수 없는 것이라는 사실을 빼면.

그렇게 연수 비슷한 것을 끝마치자 윤소장에게도 소장이라는 직함을 달아줄 첫 현장이 찾아왔다. 원래 건설사에서 주도하는 택지개발지구의 주택 건설 현장에 나갈 예정이었지만, 급하게 계약된 한 빌라의 현장 소장을 맡게 됐다. 주택을 만들어볼 기회를 놓쳐서 아쉽기도 했고, 한번 해본 빌라라 다행이기도 했다. 인허가 절차를 밟고 현장에 직접 나가 대지를 측량하는 동안 정말 소장이 된다는 설렘을 느꼈다. 이게 첫 현장이구나. 윤소장은 의욕이 불타올랐다. 도면이라는 걸 받아보기 전까지만 해도 말이다.

도면은 역시나 세부가 부재한 예의 빌라 도면이었다. 이 정도는 예상했기에 전혀 실망하지 않았다. 하지만 기초 도면을 펼치는 순간, 마시고 있던 커피에 사레가 들리고 말았다. 도면에 나온 기초는 매트 기초의 단차 부분에 헌치가 있는 도면이었다. 탄식이 절로 나왔다. 도면 자체가 잘못된 건 아니었다. 다만 도면처럼 지어졌다 잘못된 집의 하자를 보수하러 간 적이 있었다.

이른봄, 타일이 쭉 한쪽 선을 따라 터져나간 탓에 하자 보수를 하러 간 집이었다. 세입자 말로는 천둥 치는 소리와 함께 화장실에 와보니 이 모양이었다 했다.

"아이고, 이거 타일 작업을 하던 타일공들이 실수를 한 모양이네. 겨울에 집이 수축했다가 다시 봄에 팽창하는 과정에서 이 콘크리트랑 타일의 팽창 정도가 다르거든요. 어, 중학교 때 배우셨죠. 물체마다 온도에 따라 팽창하는 정도가 다르다는 거. 그래서 타일 간격을 적당하게 벌려야 하는데 간격을 잘못 시공하면 있을 수 있는 일입니다. 저희가 바로 보수해드리겠습니다."

사수는 집주인과 세입자에게 웃으며 이렇게 말했다. 하지만 집을 나서자 표정이 차갑게 변했다.

"잠깐 기다려봐. 밖 좀 보자."

그러고는 건물 주변을 천천히 돌았다. 윤소장이 보기엔 특이한 것이 없었다. 하지만 사수는 멈춰 서서 한숨을 쉬더니 화장실 옆 창을 가리켰다.

"저거 보이지?"

창을 따라 사십오 도 방향으로 긴 균열이 나 있었다. 윤소장이 고개를 끄덕이자 사수가 씁쓸하다는 듯 중얼거렸다.

"부등 침하네."

부등 침하는 지반이 불균등하게 가라앉는 것을 말한다. 건축 전에 충분히 지반 검사를 하고 기초를 다지는 등의 방법으로 막지만, 외부적인 요인으로 부등 침하가 일어날 가능성은 얼마든지 있었다. 바꿔 말하면 부등 침하는 시공상 실수일 가능성보다는 환경에 의한 문제일 가능성이 더 컸다. 그래서 윤소장은 사수가 애써 하자보수를 자처한 것도 이상했고 저런 표정을 짓는 것은 더더욱 이해할 수 없었다.

"해빙기라 지반에 공극이라도 생긴 모양이죠."

"그랬다면 이렇게 <u>끄트</u>머리만 똑 부러지진 않았겠지."

"그러면 우리 잘못이란 소리예요?"

"우리 잘못? 굳이 따지자면······ 총체적인 문제지."

사수의 말로는 그런 하자가 발생하는 경우, 십중팔구는 기초에 헌치가 있다 했다. 헌치가 있는 기초는 터 파기를 할 때 땅을 평평하게 파내지 않는다. 헌치가 들어가도록 가장자리를 사선으로 더 파기 때문에 단면으로 보면 구덩이 안에 사다리꼴 모양으로 흙이 볼록하게 솟은 것처럼 보인다. 헌치 자체는 좋은 의도로 그려넣은 것이다. 매트 두께를 최소화하면서 동결심도를 맞추고, 동시에 구조적 내구성을 보강할 수 있는, 설계만을 놓고 보자면 좋은 점밖에 없는 구조였다. 문제는 헌치가 들어갈 경우 기초공사비가 미친 듯이 뛴다는 점이었다.

"헌치가 있으면 다른 기초와 다르게 무근 콘크리트를 따로 칠 수밖에 없어. 그러면 최소한 두 번, 원칙적으로는 기초를 세 번 나눠 쳐야 해."

헌치는 그것에 붙는 부재, 즉 구조체와 별도 양생을 해야 한다. 그 말은 콘크리트 양생 시간까지 포함해 기초를 만드는 공기가 두 배 이상 뛴다는 의미였다. 일반적으로 공사 기간의 증가는 같은 수준의 공사비 증가를 의미했다. 들어갈 자재가 동일해도 장비도 여러 번 불러야 하며 인건비도 마찬가지로 늘어나니까. 빌라 시장은 단돈 일이백에 일을 따내느냐 마느냐가 달려 있는 최저가 시장이다. 일이백은 현장에서는 레미콘을 가득 실은 차를 한 번 부르면 사라지는 돈이다. 그러니 공사를 따기 위해서는 절대 콘크리트를 나눠 칠 수 없다.

"그런데 헌치가 그럴 만한 가치가 있냐는 거지. 아마 구조기술사한테 물어보면 일반적인 주택이나 빌라에는 이런 헌치가 필요 없다고 할 거야. 동결심도 문제라면 기초를 깊이 파면 될 일이고 지표에 문제가 있어서 구조를 보강해야 한다 하더라도 줄기초를 하거나 매트 두께만 늘려주면 해결될 일이거든."

구조의 깊이나 매트 두께를 늘리는 일은 자재비가 더 들겠지만 공사 기간이 늘어나진 않는다. 선택은 당연히 자재비를 늘리는 쪽이 옳다. 사수의 말대로라면 헌치는 개 발에 편자인 셈이다.

"결국 헌치를 한 번에 타설할 수밖에 없는데, 문제는 현실에선 땅을 파면 경사면이 도면처럼 균일하게 파지질 않는다는 거지."

그랬다. 아무리 솜씨 좋은 포크레인 기사님이 온다 해도 경사면을 도면처럼 팔 순 없다. 심지어 손으로 직접 파도 그건 불가능했다. 공기를 무시하고 레이저 레벨기에 맞춰 솔로 다듬어 도면 같은 경사면을 만든다 해도 다짐을 제대로 할 수 없다.

"그런 경사면에 단열을 한답시고 단열재를 넣는다면 어떻게 될까?"

사수의 말을 거기까지 듣자 윤소장은 무슨 일이 벌어진 것인지 이해할 수 있었다. 균일하지 못한 경사면에 놓인 평평한 단열재.

150

결국 기초의 헌치에 있는 구조들이 지면과 밀착하지 못하고 뜨는 부분이 생긴다. 그 위에 콘크리트를 붓겠지만, 빈틈의 안쪽까지 콘크리트가 들어갈 수는 없다. 그렇게 지하에 공극이 생기는 것이다. 지하에 틈이 있으면 빠르건 늦건 그 틈으로 물이 스며들고 토양이 쓸려간다. 그렇게 구멍은 점점 커진다. 물이 얼면서 팽창하는 겨울을 지나 해빙기가 오면 구멍은 더 커진다. 그리고 어느 재수없는 날, 단열재가 응력을 버틸 수 없는 지경에 이르면 '똑' 하고 부러지는 것이다. 실제론 세입자의 말처럼 천둥 치는 소리와 비슷한 소리가 날 것이다.

기초에 크랙이 생기는 이런 유의 하자는 비용 대비 효과 면에서 근본적인 개선이 불가하다. 이 그럴듯한 말을 쉽게 바꾸면, 고치느니 새로 짓는 게 싸게 먹힌다는 소리다. 이런 경우엔 건물 수명이 다할 때까지 더 큰 문제가 없기를 바라며 눈 가리고 아웅 하는 수밖에 없다.

그런데 그 문제의 도면, 헌치가 있고, 경사면을 따라 단열재가 있는 예의 도면을 윤소장이 받아든 것이다. 윤소장은 머릿속이 복잡해졌다. 일단 사수에게 연락했다.

"헌치 만들지 마. 매트 두께만 늘려줘. 일단 공구리 치면 지들이 어쩔 거야? 파본대?"

"아니, 현장에 건축사라도 직접 오면……"

"너 건축사 했었다며?"

"네."

"현장에 기초 콘크리트 치는 날 몇 번 가봤어?"

"한 번도 안 가봤습니다."

"같이 일하던 다른 건축사들은?"

"아마 아무도 안 가봤을 거 같은데요."

"그래. 그런 거야. 그러니까 그냥 쳐."

"감리는요?"

"너 나 따라다니면서 현장에서 감리 본 적 있어?"

그러고 보니 없었다.

"그러네요. 그럼 감리는 어떻게 현장에 한 번도 안 오고 현장 사진을 찍었대요?"

"내가 카톡으로 보내줬지. 이번 현장도 그럴 테니까 감리 걱정은 하지 마."

하긴, 빌라 건설 현장에 매일 나오는 감리란 유니콘 같은 존재이리라. 그러니 사수가 옳았다. 양심껏, 마음대로 시공한다고 문제가 될 일은 없었다. 하지만 건축사라는 명함이 윤소장의 발목을 잡았다. 이게 설계상 불필요하며 하자를 유발한다면 건축사에게 말해줘야 하는 게 아닐까? 계속 이런 도면을 그리는 게 옳은가. 무엇보다 마음에 걸리는 건 법적인 문제였다. 설계 도면과 다르게 만든다면 그건 현장 소장의 책임이다. 세부 도면의 부재가 주는 우울함이야 철학적인 문제라 쳐도, 이건 정말이지 실정법의 문제였다. 물론 그 위반이 형법상의 문제도 아니고, 민법상의 문제이며 현실적으로 변경으로 인한 심각한 하자가 발생하기 전까지는 소송으로 이어질 가능성은 전혀 없지만 말이다.

"필요 없다니까."

현장에서 함께 일하게 될 반장에게 물어도 답은 같았다.

"그래도, 제가 말을 안 하면 계속 이런 도면을 그릴 거 아닙니까."

"아, 참, 답답하네. 소장님, 소장님이 말해준다고 고칠 거 같아? 똑같다고."

윤소장보다 열다섯이 많은 반장은 답답하다는 듯 한숨을 쉬었다.

"아니, 그건 말해보기 전엔 모르는 거 아닙니까?"

"왜 그런 하자가 발생하는지 안다? 그건 하자가 졸라 많이 발생했었다는 뜻이야. 근데 아직도 그런 도면이 나온다? 몰라서 안 고친 건 아니라는 소리지. 아, 현장 일 하다보면 이런 게 한두 갠 줄 알아? 똑같아. 책상머리에만 앉아 있는 것들은 다 그렇다니까."

분명 반장은 윤소장보다 경험도 많고 현장 상황을 잘 이해하고 있었다. 따라서 그의 말이 옳을 터였다. 하지만 가슴속에서 무언가 치받쳤다. 일 년 전만 해도 윤소장 역시 책상머리에 앉아 있던 부류였으니까. 자신이 설계 일을 하는 동안 그렇게 답답하게 군 적은 없었다. 또한 그렇게 꽉 막힌 사람을 만난 적도 없었고, 그런 비합리적인 부류가 발을 붙일 수 없는 직군이 바로 설계라 믿어 의심치 않았다. 그런 이유로 윤소장은 전화를 했다.

"그래서 내 설계가 잘못됐다는 거야?"

윤소장은 자신의 믿음이 틀릴 수 있다는 걸, 통화를 시작한 직후 직감했다.

"아니, 그렇다는 게 아니라……"

"야, 너 몇 살인데? 이 바닥 밥을 얼마나 처먹었길래 나한테 설계가 잘됐다 잘못됐다 지랄이냐?"

"아니, 아닙니다. 잘못됐다는 뜻이 아니라……"

"그럼 잘됐는데 수정해달라는 거야?"

"아니, 제가 말씀드렸듯이 도면이 문제가 아니라 현장 상황이……"

"야, 내가 이런 도면 처음 그린 줄 알아? 기초 이렇게 그린 게 수십 개야. 근데 클레임이 들어온 적도, 너처럼 싸가지 없는 전화를 한 놈도 없었어."

그럴 수밖에. 건축주에게 당신네 기초가 부러졌다 말할 시공사도 없을 것이고, 현장에선 어차피 이런 헌치를 무시하고 경험대로 지었을 테니까. 그러니 건축사 입장에서도 이런 전화를 받아보는 건 정말이지 처음이었으리라.

"제가 실수했네요. 전화로 말씀드려서 오해가 있었던 모양인데 뭐라고 하는 게 아니라……"

"야! 뭐가 오해고 뭐가 실수야? 내 도면이 문제라는 거잖아, 지금."

"아니, 도면상으로 문제가 있다는 게 아니라 현장 사정상 이 헌치에 단열재가 이렇게 들어가면 현실적으로……"

"아하, 내 설계가 비현실적이다? 아주, 무슨 건축 대가가 오셨네. 니가 르코르뷔지에냐? 씨발, 진짜, 오래하니까 별게 다 지랄하네."

"건축사님, 말씀이 너무 심하십니다."

"심해? 너 소장 경력이 얼마나 됐냐?"

"죄송하지만 현장 소장 처음입니다."

"그렇지. 내 그럴 줄 알았다. 좆도 모르는 새끼가 깝치는 거였네."

"깝친다니요. 함께 일하게 될 사이에 말을 함부로 하시네요."

"함께? 너 두고 봐. 내가 이거 그냥 안 넘어간다. 너 소장 못해. 내가 막아."

전화는 그렇게 뚝 끊겼다. 윤소장은 머릿속이 복잡했다. 아직 첫 삽을 뜨기도 전이었다. 그런데 건축사를 적으로 만든 것이다. 업적이라면 업적이고 기록이라면 기록이었다. 정말 아이러니한 것은 이 사달의 원인이 따지고 보면 윤소장의 건축사란 직업에 대한 신뢰와 사부심 때문이라는 것이었다. 그렇게 생각하자 헛웃음이 나왔다. 그렇다고 후회하는 것은 아니었다. 어쨌든 자신은 할 도리를 다했다고, 적어도 윤소장은 그 순간, 그렇게 믿고 있었다.

엄포가 실체를 드러낸 것은 바로 다음날이었다. 회사로 건축주의 전화가 온 것이다. 현장 소장을 믿을 수 없다며 바꿔달라는 전화였다. 당시 윤소장은 공사에 필요한 자재 때문에 외근을 하고 있었기에 전해들었을 뿐이지만, 건축주는 경험도, 개념도 없는 인간 같으니 현장 소장을 다른 사람으로 하고 싶다 했다. 누가 뒤에 있을지는 불을 보듯 뻔했다. 다행히 전화를 받은 사수가 잘 설득해 일단 급한 불은 껐다.

"야, 너 바보야? 그걸 왜 말해, 건축사한테."

"아니, 저라면 알고 싶을 거 같아서요."

"답답하네. 세상이 다 당신 같은 줄 알아? 이 친구 빠꼼이인 줄 알았더니 머릿속이 꽃밭이야, 아주."

"죄송합니다."

"아니, 나한테 죄송할 일이 아니라고. 당신 문제야. 현장에서 뭘 하든 건축사가 트집잡을 텐데 어쩌려고?"

"제가 어떻게든 잘 말해보겠습니다."

"그 인간, 성격 지랄맞기로 유명한데…… 모르겠다. 알아서 해. 이번 일 우리가 따서 건축사 붙인 게 아니라 그 인간이 우리한테 의뢰한 거야. 알지? 무슨 뜻인지. 지랄해도 좀 참고 맞춰. 까탈스러운 척해도 가만히 보면 우쭈쭈해주는 거 좋아하는 인간이라 니가 굽히고 들어가면 어떻게든 될 거야."

윤소장은 눈앞이 깜깜했다. 시작의 시작 단계에서 들어온 태클

치고는 너무 묵직했다. 건축주가 저쪽 편인데다 일을 의뢰한 쪽이 건축사라면 차, 포 모두 떼고 시작하는 거나 다름없었다. 싸움이 애초에 성립되지 않는 것이다. 하지만 포기할 수 없었다. 윤소장에게는 어쨌든 자신이 소장을 맡은 첫 현장이었다.

윤소장은 먼저 건축사의 이력을 조사했다. 다른 사람의 지적에 금방 발끈하고, 지랄맞기로 유명한 성격임에도 일을 계속한다는 이야기는 단가를 후려쳐 영업하는 쪽에서 경쟁력이 있다는 의미였다. 시공사에서 좋아하는 허가방과 건축 사무소의 경계에 있는 업체일 테니 지역 인맥을 장악하고 있을 터였다. 그 지역 인맥에서 답을 찾아봐야 했다. 상대 쪽에서 이미 자존심 싸움으로 여기는 이상 자존심을 초월한 무언가가 필요했다. 사수의 말대로 납작 엎드리든, 배를 까뒤집든, 일단 얼굴을 대면하고 죽는시늉이라도 하려면 상대에게 말을 들어볼 만한 이유를 만들어줘야 했다.

"아이고! 선배님! 한잔 받으시죠."

"그래. 우리 후배님도 잔 비워. 같이 건배해야지."

윤소장이 찾은 줄은 구청의 건축심의위원이었다. 전 회사의 인맥을 동원해 타고 타고 거슬러올라간 줄이었다. 윤소장 인생에 그렇게 많은 모르는 사람들에게 그렇게 많이 아쉬운 소리를 해보긴 처음이었다. 일단 그렇게 줄을 놓고 나서 사죄의 의미로 술을 사고 싶다고 하며 건축사와 만났다. 이제 학연이 나설 차례였다. 윤

소장은 건축사에게 자신이 그와 같은 고등학교를 나왔음을 밝혔
다. 그렇게 풋내기 현장 소장의 무례한 설계 변경 요청은 이제 처음
현장에 온 후배가 선배에게 했던 미숙한 질문이 됐다. 일단 그렇
게 이야기의 구도가 짜맞춰지자 건축사는 까탈스러운 건축사에서
세상 좋은 선배로 변신했다. 어찌나 죽이 잘 맞았는지 혹시나 일
을 그르칠까 싶어 따라온 사수조차 만족스러운 표정을 지었다. 일
식집에서 시작한 술자리는 줄을 놔줬던 심의위원이 떠나고도 3차
까지 이어졌다. 누가 계산하나로 서로 싸우고, 제대로 서지도 못
할 지경에 이르러서야 세 사람은 도로로 나섰다.

"야! 씨! 너 인마! 다음달에 시간 비워!"
"넵. 선배님이 명령하시면 따르겠습니다."
"그래. 명색이 선배인데 얻어먹을 수 없지. 그때 내가 쏜다."
"그럼 성은이 망극하죠. 기대하고 있겠습니다."
"아이고, 건축사님 택시 왔습니다."
택시 문을 연 사수가 윤소장과 나란히 어깨동무를 하고 있는
건축사에게 어서 오라 손짓했다. 건축사가 택시에 머리를 넣고 나
서야 윤소장은 그날 처음으로 크게 숨을 쉴 수 있었다. 윤소장은
짐짓 유쾌한 척했지만 내내 술이 썼다. 2차로 갔던 바에서 술 취한
척 정말 묻고 싶은 걸 물었다.

"선배님, 진짜 이 후배가 똥멍청이라서, 이해가 안 돼서 물어보

는데 알려주십쇼."

"뭘?"

"도면에 헌치 왜 넣는 겁니까? 저도 여기서나 소장이지 명색이 건축사 아닙니까? 그러니 나중에 먹고살려면 선배님의 깊은 뜻을 저도 좀 배워야지 싶어서 말입니다."

"아, 이 새끼, 술맛 떨어지게. 여기서 일 얘기냐?"

둘의 대화에 사수가 긴장한 표정으로 건축사의 표정을 살폈다.

"쫌 가르쳐주십쇼. 저도 나중에 건축 사무소 열어서 먹고살아야죠."

잠시 침묵이 흘렀다. 사수가 눈치를 보며 끼어들려 하는 순간 건축사가 입을 열었다.

"……건축주가 좋아해."

"네?"

"도면에 직선밖에 없잖아. 그런데 이런 사선 하나 들어가면 아주 좋아해. 건축주 새끼들이 졸라 신경써서 도면 그려준 줄 안다고. 사선 하나 넣어주면. 이 바닥이 그렇다."

순간 윤소장에게 어떤 감정의 해일이 밀려왔다. 당시엔 그것이 무엇인지 몰랐다. 다만 그 물결에 휩싸여 더 크게 웃고, 더 크게 떠들고, 더 취한 척할 수 있었다.

건축사가 탄 택시가 떠나고 미등의 먼빛을 보고 있던 윤소장은 그 감정의 정체가 슬픔임을 깨달았다. 헌치가 건축사의 개인적인 무지나 아집 때문에 쓰였다면 차라리 덜 슬펐을까. 윤소장의 혀끝에서 그 슬픔은 정제되었다. 그리고 끝끝내 입가에 맺혀 불쑥 튀어나왔다.

"씨발 진짜 좆같네."

건축주의 클레임은 그 한 번의 술자리로 쏙 들어갔다. 전기와 수도 인입 공사를 마무리하자 정말이지 이제 기초공사를 할 일만 남았다.

다음날 터 파기를 진행했다. 포클레인 기사가 와서 어떻게 파야 하는지 물었다.

"규준틀을 따라 수직으로 210 정도로 레벨 잡아주세요."

헌치는 무시하기로 했다. 헌치를 그렸던 건축사도 이미 다른 현장을 따내기 위해 영업하느라 이쪽은 잊고 있을 터였다. 윤소장은 입이 썼다. 첫 현장에서 도면과 다른 불법 시공을 하고 있는 셈이었으니까. 하지만 도면대로라면 예산과 일정이 초과됐고, 그렇다고 한 번에 타설해 기초가 부러지는 집을 만들고 싶지도 않았다.

잡석을 까는 사이 철근과 거푸집이 도착했고 그동안 기초공사 팀이 콤팩터를 가지고 기초 다짐을 시작했다. 콤팩터의 진동에 맞춰, 현장을 감독하는 윤소장의 속도 다져지는 것 같았다. 자재를 내리고 있을 무렵 건축주가 현장에 나타났다. 아무래도 지난번 건축사의 말이 마음에 걸린 모양이었다. 윤소장은 건축주가 왜 터의 안쪽 면이 사선이 아닌 수직이냐고 따져 물을까 내내 조마조마했지만 정작 건축주는 다짐 작업을 잠시 구경하다가 공사장 한편에 쌓여 있는 철근 개수를 셌다. 혹시 자재를 빼돌리지는 않았는지 걱정스러운 모양이었다. 윤소장은 슬쩍 눈치를 보며 감리에게 카톡으로 보낼 사진을 찍었다.

"위쪽에서 터 파진 방향으로 부감으로 찍어. 잡석 다짐을 해놓으면 어차피 사선인지 수직인지는 사진으로는 잘 보이지도 않으니까."

사수가 시킨 대로 사진을 찍은 후에 윤소장이 직접 내려가 콤팩터를 잡았다. 직접 일하는 현장 소장의 모습이 건축주는 만족스러운 것 같았다. 그는 만면에 가득 미소를 띤 채 수고하라고 한마디하고는 현장을 떠났다. 건축주가 좋아하니까 헌치를 넣는다는 건축사의 말이 윤소장의 귓가에 맴돌았다. 아아, 이런 거였나. 윤소장의 마음이 조금 더 아렸다.

오후에 비닐을 깔고 버림 콘크리트를 쏟아붓자 비로소 마음이 편해졌다. 이제 돌이킬 수 없었다. 감리에게 보낼 사진을 찍었다. 이번에도 최대한 부감으로.

카톡에 정중한 인사를 담아 사진을 보냈다. 윤소장은 다른 각도의 사진을 몇 장 더 달라는 건 아닌가 조마조마했지만, 감리의 답은 간단했다.

'내일도 이렇게 사진 부탁합니다. 수고하세요.'

건축사를 접대한 날 밤, 악수를 하며 사수는 말했다.

"현장에 온 걸 환영해."

잡은 사수의 손은 차가웠다. 두 사람은 손을 놓았다.

"……모르겠습니다."

"괜찮아. 고작 빌라야."

"네?"

"세상을 구하는 것도 아니고, 지구를 지키는 것도 아니고, 그냥 빌라를 짓는 거라고."

"그래도."

"니 양심껏 하자 없는 집 만들자고 이러는 거잖아."

"최소한의 돈으로요."

"그래. 그러니까 받은 만큼만 일해."

수평을 잡기 위해 버림 콘크리트를 밀대로 밀고 있는 모습을 바라보며 윤소장은 내일 일을 생각했다. 이제 배관을 띄우고 배근을 한 후 기초 타설을 할 차례였다. 기초 타설이 끝나면 이 헌치를 무시한 기초는 영영 땅속에 묻히리라. 완전범죄인 셈이었다. 하지만 공사는 이제 시작이었고, 하나가 가면 다른 하나가 오는 법이었다. 너무도 당연히 배관이 기초부를 어떻게 지나는가에 대한 세부 도면은 없었고, 내일은 기초의 철근을 배관이 뚫고 지나갈 때 기초의 피복 두께를 어떻게 확보하느냐의 문제를 요령껏 해결할 차례였다. 아무리 다른 배관을 예술적으로 잘 뽑아도 똥 배관이 정화조까지 가려면 반드시 배근한 철근을 가로질러야 했다. 즉 구조체를 건드려야 하는 것이다. 이런 집을 수도 없이 만들었던 반장은 뭐라고 말할까? 피복 두께를 무시하라고? 아니면 배관이 지나가는 곳의 철근을 잘라버리라고? 어느 쪽도 무서웠다. 원칙대로라면 구조기술사가 출동할 일이었으니까. 윤소장은 궁금했다. 언젠가는 이런 일도 익숙해질까? 그때는 지금처럼 괴롭지는 않겠지. 윤소장은 그때도 자신이 살 집을 직접 짓고 싶을지 궁금했다.

현장에 어둠이 내리기 전 인부들은 퇴근했다. 마지막 뒷청소를 마친 윤소장은 인입 분전반의 전원을 내리고 시건장치를 걸었다. 퇴근을 위해 돌아서는 발걸음이 무거웠다.

"씨발 진짜 좆같네."

마른 목소리가 천천히 양생중인 버림 콘크리트에 부딪혀 돌아왔다. 기초공사 첫날이 이렇게 지나갔다. 아주 무사히.

간장에 독

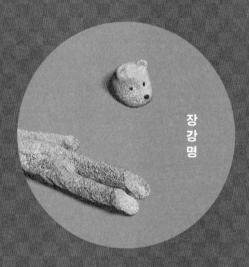

장
강
명

○
장강명
2011년 『표백』으로 한겨레문학상을 수상하며 작품활동을 시작했다. 소설집 『산 자들』『당신이 보고 싶어하는 세상』, 장편소설 『열광금지, 에바로드』『댓글부대』『그믐, 또는 당신이 세계를 기억하는 방식』『재수사』(전2권), 산문집 『5년 만에 신혼여행』『소설가라는 이상한 직업』, 논픽션 『당선, 합격, 계급』 등이 있다. 수림문학상, 제주4·3평화문학상, 젊은작가상, 오늘의작가상, 문학동네작가상, 심훈문학대상, SF어워드 우수상 등을 수상했다. 뜻맞는 지인들과 온라인 독서 모임 플랫폼 그믐(www.gmeum.com)을 운영한다.

그의 이름은 이중구. 영화 〈신세계〉에서 박성웅이 연기한 캐릭터의 이름과 같다. 그로스growth 팀의 다른 여성 팀원들이 술자리에서 그에게 박성웅 흉내를 내보라고 하자 그는 능숙하게 "거기 누구 담배 있으면 하나만 주라. 뭐, 갈 때 가더라도 담배 한 대 정도는 괜찮잖아?"라고 말했다. 다른 팀원들은 "오오" 하면서 환호했으나 나는 "에이, 그게 뭐예요" 하고 입을 삐죽였다. 정작 나는 〈신세계〉를 보지 못했고, 그도 나중에 자신이 〈신세계〉를 본 적이 없다고 고백했다. 그는 사람을 칼로 찌르는 장면이 나오는 영화를 굳이 찾아보지 않는다고 했다.

　나중에, 자신이 〈신세계〉를 본 적이 없다고 말할 때, 그는 나와 이름이 같은 캐릭터가 나오는 영화도 있다고 했다. "어? 그런 영화가 있어요? 뭔데요?" 내가 물었고, 그는 "써니"라고 대답했다. "써니? 써니에 정수지라는 캐릭터가 나오나? 나 그 영화 봤는데." "거기서 민효린이 맡은 역할 이름이 정수지야." 이중구가 말했다. "전혀 기억이 안 나네." 내가 손가락을 입에 올렸다가 떼며 말했다.

"너무 오래된 영화다. 뭐 그렇게 오래된 영화 얘기를 하고 있어요? 역시 옛날 사람이야." 그렇게 핀잔을 주자 이중구는 이중구의 방식대로 장난스럽게 웃기만 했다. 나는 그가 '정수지'라는 이름을 인터넷으로 검색을 했는지, 아니면 영화 〈써니〉나 민효린을 좋아해서 정수지라는 캐릭터를 기억하는 건지 궁금했다. 정수지라는 이름을 검색했다면 그 이름의 기상 캐스터를 아는지도. 나는 배우 민효린이나 기상 캐스터 정수지와 닮은 데가 조금도 없었다.

그로스팀 직원들과 그로스팀을 담당하는 경영전략실장, 경영전략팀장은 영어 이름을 만들어 썼는데, 내 영어 이름은 '벨라'였다. 이중구는 자기 영어 이름을 '센트럴'이라고 지었다. 어릴 때 별명이 중구中區, 중구청, 중구청장이었기 때문에 영어 이름을 '센트럴 디스트릭트Central District'로 하려 했는데, 그건 너무 기니까 그냥 '센트럴'로 정했다고 했다. 그런 설명을 들은 다른 팀원들이 그게 뭐냐고 야유했으나 이중구는 꿋꿋했다.

"전 웃기기는 이 팀 이름이 제일 웃긴데요. 그로스팀이 뭐예요? 우리 회사가 IT 기업도 아니고. 그냥 상품개발TF, 미래전략TF, 이렇게 붙여도 되잖아요. 회의라고 하면 될 걸 스크럼이라고 부르는 것도 웃겨요. 그러니까 제 이름도 그런 취지에 걸맞게, 센트럴."

이중구는 경영전략실장 앞에서 태연히 그런 말을 했다. 나머지 사람들은 침을 꼴깍 삼키며 경영전략실장─영어 이름은 데이비드였다─의 눈치를 보았다. 데이비드는 아무렇지도 않다는 표정이었고, 그 바람에 우리는 경영전략팀장인 이중구가 직속 상사의 신임을 꽤나 받는 존재임을 알게 됐다.

그런데 나중에 듣기로는 경영전략실에서 그로스팀을 만들자는 아이디어를 낸 것도, 그 팀에 그로스팀이라는 이름을 붙인 것도 이중구라고 했다(뒷소문이 많이 나도는 게 이 회사의 특징이었다). 다들 그 얘기를 듣고는 이중구가 교활한 능구렁이라고 했다. 경영진에게는 그럴싸하게 그로스팀이라는 아이디어를 내고, 그로스팀에 소속된 팀원들에게는 그거 웃긴다는 식으로 말하면서 양쪽의 환심을 다 사려 했다는 것이었다. 속내를 알 수 없는 사람이라고 했다.

나는 이중구가 그렇게 내면이 복잡하고 치밀하게 자신을 연출할 줄 아는 캐릭터는 아니었다고 생각한다. 그 자신도 비슷한 말을 한 적이 있다. 실제로는 전혀 계획적이지 않고 소심하기 그지없는 인간인데 다른 사람들이 자기를 되게 계산이 빠르고 과묵한 능력자로 본다고. 당치도 않은 공격을 받으면 기가 막혀서 아무 말도 못하고 멍한 표정으로 있는 건데 그걸 침착한 거라고 여긴다고.

당치도 않은 공격을 많이 받아요? 내가 묻고,

경영전략실을 무슨 국정원 같은 조직으로 아는 사람들이 많아. 그가 말한다.

그러니 이중구는 그로스팀이라는 아이디어를 낼 때도, 그게 웃긴다고 말할 때도 모두 진심 아니었을까. 그냥 그렇게 일관성 없이 흐리멍덩한 인물 아니었을까. 이후 그의 행동을 그렇게 해석하면 모두 들어맞는다. 그런 말을 들려주면 그는 그거 꽤나 시적이지 않으냐고, 역시 자기는 산문적인 인간이 아니라고 또 당치도 않은 궤변을 늘어놓을지도 모르겠다. 그런 말을 들려줄 수 있다면.

너도 일관성 없이 흐리멍덩한 사람이잖아. 어쩌면 이중구는 그렇게 받아칠지도 모르겠다. 고등학교 졸업할 때까지 여행사에서 일하게 될 줄은 전혀 몰랐다면서. 그렇게 말할지도 모르겠다. 그러면 나는 옆에서, 그러게요, 뚜렷한 목적의식이 있어서 여행 업계로 온 것도 아니고, 하고 말을 보탤지도. 우리는 그런 시시껄렁한 이야기들을 둘이서 아주 오래 할 수 있었다.

벨라 앤드 센트럴. 센트럴 앤드 벨라. 그가 말하고,

신발가게 이름 같네요. 아니면 브런치 카페. 내가 말하고,

원어민이 듣는다면 그게 무슨 말이냐며 황당해할지도 모르지. 그가 말한다.

공부 체질이 아니었고, 이름이 아주 조금 더 괜찮게 들리는 대학에 가기 위해 일 년을 더 공부하기가 너무 싫었다. 대학에 안 가

면 안 되느냐고 했더니 부모님은 펄쩍 뛰면서 대학은 반드시 가야한다고 했다. 4년제가 아니더라도. 그래서 2년제 대학의 관광경영학과에 갔다. 책을 붙들지 않아도 될 것 같았고, 취업이 잘된다고들었다. 졸업하던 해에 여행사 두 곳에 입사 지원서를 냈고 두 곳에 모두 합격해서, 업계 1위인 고씨투어를 선택했다. 합격 발표가나던 날에는 부모님이 정말로 자리에서 쿵쿵 뛰면서 좋아했다.

전 직원 이천칠백 명 중에 가장 젊은 정직원이었다. 아르바이트생까지 포함해도 가장 어린 직원이었을지 모른다. 정식으로 받은첫 직급은 '전문직 사원'이었는데, 우습고 기묘한 명칭이었다. 고씨투어에는 일반직과 전문직이 있었는데 일반직은 4년제 대학을졸업했다는 뜻이었고, 전문직은 일반직보다 더 전문성이 있다는의미가 아니라 2년제 대학을 나왔다는 얘기였다. 그런 걸 엄격하게 따지는 회사였다. 공채 중심 문화도 강해서 경력 입사한 직원들이 잘 견디지 못하고 금방 나가곤 했다. 여행 업계의 노동강도와 박봉에 놀라기도 했을 테지만.

구린 회사였다. 그런데 재미있는 회사이기도 했다. 좋은 회사였느냐를 묻는 게 아니라 회사를 좋아했느냐를 묻는다면 '그렇다'고 대답할 것이다. 어느 정도나 좋아했느냐를 묻는다면 가족이나친구들과 있는 시간보다 회사에 있는 시간을 더 좋아했다고 말할수도 있을 것 같다. 사람도 재미있었고 일도 재미있었다. 적어도2020년 이전까지는 분명히 그랬다. 내가 있어야 할 곳에 있다는 느낌이 들었다. 내가 누구인지, 있어야 할 곳이라는 게 무슨 의미인지는 흐릿하게만 알고 있었으면서. 첫 직장이어서, 나 혼자 철이 없어서 그런 것 같지만은 않았다.

"제대로 가스라이팅 당했어." 직원들은 그렇게 말하곤 했다.

"쥐꼬리만한 월급 받고 학대당하면서도 웃으면서 다닌다니까." 누군가가 말하고,

"동아리 나가면서 돈 받는다고 여기면 좀 기분이 낫지 않을까요?" 또 누군가가 말한다.

여행 업계라서, 잘 놀고 외향적인 사람들이 많이 모여서 그런 걸까? 그렇게 생각한 적도 있다. 회식이 잦은 회사였고 회식을 좋아하는 직원들이었다. 회식 자리에서 뒷소문들이 오갔겠지. 유럽팀은 와인을 마셨고 중국팀은 고량주를 마셨다. 그러다 2차로 간 호프집에서 만나 합석했다. 술을 마시면서 "내가 스페인에 대한민국 사람 제일 많이 보내는 사람이야" 같은 말들을 했다. 사원급, 대리급은 절대로 술값을 내지 못하게 했다. 영업팀 직원들은 점심 때 항공사 사람들을 만나고 술이 떡이 되어 돌아와 벌건 얼굴로 회사를 돌아다녔다. 그런 풍경을 다들 조금 신나는 것으로 여겼다. 어릴 때, 초등학생은 아니고 중학생 무렵에, 함박눈이 내리는 날 느끼는 약간 들뜨는 기분 같은 것.

나 역시 그렇게 잘 놀고 외향적인 사람이었다. 일관성 없이 흐리멍덩하면서 잘 놀고 외향적인 사람이었다. 일도, 회사 분위기도

잘 맞았다. 술값을 내지 않았으니까, 하고 회식 다음날이면 헛개음료를 사서 사무실에 돌렸다. 선배들의 생일을 꼬박꼬박 챙겼고, 스승의날에는 같은 팀의 모든 선배들에게 손 편지를 써서 보냈다. 예쁨받는 막내였다. 다른 사람을 기쁘게 만들려고 아이디어를 내는 일을 좋아했던 것 같다. 내가 고른 명소, 내가 정한 식당, 내가 만든 코스에서 사람들이 즐거워하는 상상을 하는 일이 즐거웠다. 사내 시스템에 이름을 넣으면 각자 올린 매출액이 숫자로 딱, 하고 나오는 것도 좋았다.

　모든 일이 다 잘 맞는 건 아니었다. 물론. 패키지여행에서는 늘 사고가 나고 한국에서 해결해줘야 하는 일이 많기 때문에 이십사 시간 내내 휴대폰 벨소리에 신경을 곤두세우며 살아야 했다. 잘 때도 휴대폰은 반드시 머리맡에 뒀다. 상품 운영 상태를 확인하러 현지 출장을 가면 중년 남성 고객들로부터 성희롱을 당하지 않는 경우가 드물었다. 해변이나 온천에서 "왜 수영복을 안 입고 온 거야?"라는 말을 듣는 정도는 약과였다. 술이나 담배 심부름은 당연히 해야 하는 일이었다. 적당히 비위를 맞춰주지 않으면 이후로 분위기가 까칠해져 더 힘들었다. 술 취한 남자들은 밤늦게까지 호텔방 문을 두드리곤 했다.

　선배들은 그런 수모에 함께 분노했고 함께 욕을 해주었다. 술을 사주며 달래주기도 했다. 그러나 고객에게 정색을 하고 항의하거나 회사에 근본적인 대책을 요구하는 사람은 없었다. 그런 회사였다. 상품 담당자를 패키지여행에 보낼 때에는 인솔자를 붙이지 않고 출장 간 담당자가 인솔자 역할을 하게 했다. 그런데 그걸 업무로 보지 않고 회사가 직원들에게 제공하는 복지라고 주장했다. 그렇게 간 출장에서는 고객들에게도 회사 직원임을 숨기고 프리랜서 인솔자인 척 굴어야 했다. 본사 직원에게는 재량이 더 있는 줄 알고 요구 사항을 늘어놓는 고객도 있고, 전문 인솔자가 오지 않았다며 컴플레인을 제기하는 사람도 있기 때문이었다. 그런 회사였고 그런 업계였다. 그렇게 몇 년이 지나 후배가 들어왔다면, 후배 역시 같은 일들을 겪었을 테고 나 역시 선배들처럼 행동했을 거라고 생각한다. 흐리멍덩하게.

후배가 들어오기 전에 기근이 먼저 찾아왔다. 기근 직전에 그로스팀이 생겼고, 나는 전문직 중 유일하게 그로스팀에 뽑혔다. 그로스팀에서도 가장 젊은 직원이었다. 이중구와 데이비드는 그로스팀을 만든 사람들이었지 그로스팀원은 아니었다. 하지만 그들은, 특히 이중구는 공유 오피스에 입주해 있는 그로스팀을 자주 찾아왔다. 회사 건물이 답답하고, 경영전략실 직원들도 답답하다고 했다. 나는 공짜 맥주 마시러 오는 거 아니에요? 하고 물었고, 이중구는 공짜 맥주 그 자체보다는 공짜 맥주가 있다는 사실이 자기 마음을 편하게 해준다는 등 이중구 특유의 기묘한 언변으로 답을 피해갔다. 데이비드는 웃기만 했다. 그는 늘 꼭 맞는 정장을 입고 넥타이를 단정하게 매는 신사였는데, 정장과 넥타이가 마치 몸의 일부인 것 같았다.

일본 상품 불매운동이 한창이던 때였고, 위워크 인사동점이 아직 수제 맥주를 입주자들에게 무제한 제공하던 시기였다. 위워크 인사동점은 고씨투어 본사 빌딩 바로 옆 건물의 네 개 층을 쓰고 있었다. 최대한 창의적인 아이디어들을 내야 한다는 이유로 그로스팀 사무실을 본사 빌딩 안에 두지 않고 옆 건물 공유 오피스에 둔 것이었다. 그로스팀에 대한 회사의 지원은 상당히 파격적이었는데, 이 팀에서 내는 성과가 곧 고전무의 업적이 될 것이기 때문이라고 했다. 고전무는 고회장의 큰아들로 언젠가 고씨투어를 물려받을 예정이었다.

본인의 생각인지, 아니면 보좌하는 사람들의 생각인지, 아무튼 고전무는 고씨투어의 기업 문화가 선진적이지 않다는 문제의식이 있는 듯했다. 공채 중심의 문화, 직원들이 다들 뒷소문을 전하는 데 열심이고 사내 불륜 커플이 끊이지 않고 나오는 것, 자기들끼리 회식 많이 하고 선후배 관계 엄격하게 따지는 것, 팀장들이 자기 사람 챙기는 것, 주먹구구식 영업과 마케팅 등등. 고전무는 4년제 대학을 나온 직원과 2년제 대학을 나온 직원 사이의 차별에 대해서도 문제의식이 있었을까? 혹시 그래서 그로스팀에 나도 들어가게 된 걸까?

아예 우리 회사가 여행사가 아니라고 생각하세요. 우리가 가진 걸로 돈을 벌 수 있다면 뭐든지 좋습니다. 틀을 깨는 아이디어를 내라고 사무실도 회사 밖에 얻어준 거예요. 그렇다고 아이디어를 마구잡이로 던지기만 하라는 게 아니고요. 어떻게 하면 돈을 벌수 있는지, 실행 단계까지 구체적으로 계획을 짜야 합니다. 시장조사도 당연히 해야 하고요. 우리 놀아서는 안 되는 팀이에요. 그로스팀이 출범한 첫날 그로스팀장이 그렇게 설명했다. 하지만 나중에 알고 봤더니 그 역시 이 팀이 뭘 해야 하는 팀인지 잘 모르는 상태였다. 어떤 아이디어가 한 단계를 넘어갈 때마다 그는 이중구와 데이비드의 눈치를 필사적으로 살폈다.

브레인스토밍을 하는 기간이 보름 정도였고, 그로스팀장과 데이비드 사이에서 팀원들은 보지 못하는 소통이 오간 끝에 가다듬은 아이디어는 두 가지로 압축되었다. 하나는 한 달 살기 패키지였다. 고객으로부터 의뢰를 받아 살고 싶은 지역을 함께 정하고 숙소 예약에서부터 초기 적응까지 다 해결해주는 서비스. 또하나는 빈집 관리 패키지였다. 고객이 여행을 간 사이 반려동물을 맡아 키우고, 집을 대청소하고, 우편물을 받아주는 것. 이불을 살균 세탁한다거나 도배를 하는 옵션도 있었다.

그로스팀은 팀장을 제외하고 일곱 명이었는데 그 일곱 명을 다시 두 팀으로 나누었다. 한달팀 네 명, 빈집팀 세 명. 나는 빈집팀이었다. 공교롭게도 한달팀은 전원 남성, 빈집팀은 전원 여성이었다. 성별로 팀을 나눈 건 아니었고, 각각의 아이디어에 관심을 보이고 살을 보탠 사람들로 팀을 짜다보니 그렇게 되었다. 나는 반려동물, 특히 고양이에 관심이 많았고 관련 아이디어를 몇 가지 냈다.

빈집팀 멤버는 로즈, 제니, 그리고 나였는데 로즈가 실질적인 리더였다. 로즈는 호텔사업팀 과장이었는데 젊은 직원들 위주로 구성된 그로스팀에서 그로스팀장과 함께 유일한 과장급이었다. 얼굴이 다소 긴 지적인 분위기의 미인이었다. 우리가 별로 가까운 사이가 아니었을 때 로즈가 뜬금없이 내게 "나도 전문직 출신이에요. 우리 회사에서 유일하게 전문직으로 들어와서 일반직으로 바뀐 케이스예요"라고 말해서 놀란 적이 있었다. 자기를 내가 롤모델로 여긴다고 믿는 듯했다. 이후에도 로즈는 나를 걱정하는 척하면서 은근히 깔아뭉개는 말들을 건네곤 했다. 특히 이중구가 있을 때 더 그러는 것 같았다.

제니는 일본팀에서 왔는데 통통하고 수다스러우며 푼수끼가 있었다. 로즈는 이혼 경력이 있었고 제니와 나는 미혼이었다. 우리는 낮에 인테리어 업체, 청소 업체, 세탁 업체, 방제 업체, 애견 호텔, 앱 개발 업체 관계자들을 만나 인터뷰를 했다. 퇴근한 후에는 자주 을지로에 가서 맥주를 마셨는데 이중구도 거의 매번 합석했다. 이중구가 그로스팀으로 올 때 자연스럽게 회식을 하기도 했고 이중구도 그걸 노리고 퇴근 시간 즈음 그로스팀을 찾는 것 같기도 했다. 이중구가 오지 않으면 제니가 연락을 하기도 했다. 로즈와 나는 이중구가 오기를 기다렸으나 먼저 연락을 하지는 않았다.

한달팀은 놔두고 빈집팀하고만 마시는 이유가 뭐예요? 맥주를 마시며 내가 묻고,

거기는 남자들밖에 없잖아. 이중구가 답한다.

로즈와 제니와 내가 뻔뻔하다며 야유하자 이중구는 "거기는 아주 든든해서 내가 봐줄 필요가 없고 이 팀은 불안하니까" 하고 말하며 씨익 웃는다.

그러는 동안 바이러스가 퍼졌다. 2020년 1월에 바이러스에는 아직 제대로 된 이름이 없었고, 사람들은 바이러스가 일으키는 병을 '우한 폐렴'이라고 불렀다. "사스 때도 중국 패키지 좀 타격받고 말았대요." 저가 항공사들이 중국 노선 운항을 중단하고 중국 여행객들이 예약을 취소할 때 이중구가 말했다. "한한령도 버텼잖아요." 제니가 맞장구쳤다. 실은 이중구가 내놨던 여러 전망들이 그렇듯 완전히 빗나간 전망이었는데, 그게 그렇게 한참 빗나가는 동안에도 우리는 사태를 제대로 파악하지 못했다.

바이러스가 퍼지는 속도는 예상치 못하게 빨랐다. 2월이 되자 중국 상품 판매는 예년의 절반 이하로 뚝 떨어졌고, 공포 분위기가 퍼지면서 다른 지역 상품 판매량도 덩달아 줄었다. 각 팀마다 취소 문의 전화가 매일 수십 통씩 걸려온다고 했다. 중국 상품만 취소 수수료를 면제해주기로 했기 때문에 다른 지역 팀들은 격한 항의에 시달렸다. 3월이 되자 여행사들이 우르르 망하기 시작했

다. 그달에 망한 여행사만 아흔 곳이라고 했다. 사무실 하나 차리고 직원 서너 명으로 운영하는 작은 회사들이 많았다. 큰 여행사들도 돈줄이 말라가기는 마찬가지였다. 큰 곳이나 작은 곳이나 여행사들은 모두 한 달 벌어 한 달 먹고사는 구조였다.

인솔자들에게 일회용 마스크와 손 세정제를 챙기라고 안내하라는 공지 사항이 나온 바로 다음주에 각 팀별로 필수 인원을 제외한 나머지 인력은 재택근무를 하라는 지시가 내려왔다.

"우리는 어떻게 해요? 우리는 나가서 돌아다닐 일이 많을 거 같은데. 회의도 많이 해야 하고."

제니가 물었다. 화상회의라는 걸 아무도 해본 적이 없을 때였다. 로즈도 나도 대답을 못했다. 회사는 언제나처럼 뜻밖의 답을 내놨는데, 그로스팀의 절반을 원래 소속으로 복귀시킨다는 것이었다. 한달팀은 해체되었고 빈집팀만 남았다. 로즈는 그때 이미 뭔가 불길하다며 안색이 어두워졌는데 제니와 나는 철없이 좋아했다. 그로스팀은 재미있었다. 성과를 내야 한다는 부담이 무겁게 느껴지기는 했지만 '크리에이티브'한 작업을 한다는 것이 좋았다. 회사에서 컨설팅비나 출장비 명목으로 예산을 넉넉히 지원해주는 것도 좋았고, 위워크 사무실을 이용하는 것도 좋았다. 항의 전화에 시달리는 현업 부서에 있지 않아도 돼서 좋았다. 가끔 저녁에 이중구와 함께 맥주를 마시는 것도 좋았다.

일주일 뒤 회사가 운영하던 면세점이 임차료를 못 내게 됐다는 기사가 났다. 회사는 인천국제공항에 임차료 감면을 요청했지만 중견 기업이라는 이유로 받아들여지지 않았다. 그달 여행 예약률이 전년 대비 99.6퍼센트 감소했다고 했다. 고씨투어가 다른 여행사와 함께 세운 합작사가 청산 절차에 들어갔다. 전세기 좌석을 대량으로 구매해서 재판매하는 회사였다. 고씨투어 본사는 직원 이천칠백 명 중 이천백 명을 대상으로 무급 휴직을 실시했다. 면세점 특허권도 반납했다. 모든 게 순식간이었다. 이중구가 "별일 없을걸요"라고 말하고 나서 불과 한 달 사이에 일어난 일들이었다.

나도 무급 휴직에 들어갔다. 긴급고용안정지원금을 받을 수 있어 다행이었지만 그것만으로는 충분치 않았다. 처음에는 무급 휴직 기간이 한 달이었기 때문에 그냥 부모님 댁에서 어영부영 보냈다. 일주일 정도는 깨어 있는 시간 내내 웹툰만 보며 살았는데, 그래서 이즈음 화제작은 거의 다 떼고 있다.

무급 휴직 기간은 곧 삼 개월 더 연장되었다. 5월 중순부터 알바몬과 알바천국 사이트를 들락날락거리며 일할 거리를 찾았다. 알바몬 앱을 내려받을 때에는 집에서 다소 거리가 있어도 전망이 좋은 조용한 카페에서 아르바이트를 하면 좋겠다고 생각했는데 착각도 그런 착각이 없었다. 카페들이 전부 문을 닫는 중이었다. 외식업계, 쇼핑업계, 공연업계, 여행업계, 숙박업계, 항공업계에서 일자리를 잃거나 강제로 무급 휴직을 당한 사람들이 알바몬과 알바천국에 복작거렸다.

　남자들은 대리운전과 배달 일에 많이 뛰어들었다고 했다. 고씨 투어 직원들 중에도 배민 라이더가 된 사람이 있을지 궁금했다. 치킨을 시켰는데 아는 사람이 들고 오면 어쩌지? 문 앞에 두고 갈 테니 민망할 일은 없으려나? 그런데 배민 라이더 수입 괜찮나? 걸어서 배달하는 건 나도 할 수 있을 것 같은데……

　결국 편의점에서 일했어요. 내가 말하고,

　편의점? 집 근처 편의점에서 일했나보지? 이중구가 묻는다.

　집 근처도 아니었어요. 논현역 근처였는데 어쩌다 거기서 일하게 됐다니까요. 그것도 야간 시간에. 내가 말하고,

　야간 시간이면 힘들었겠네. 이중구가 고개를 끄덕인다.

　아니, 뭘 알겠다는 듯이 고개를 끄덕여요? 편의점 알바 해본 적도 없으면서. 밤에 이상한 손님 엄청 많이 와요. 나 진짜 밤에 푹 자야 되는 사람인데. 내가 편의점 일에 대해 한참 말하고,

　이중구는 이제 말없이 조심스럽게, 보일 듯 말 듯 살짝 고개를 끄덕인다.

　그런데 오래하지는 않았어요. 그 편의점이 회사 건물들 사이에 있는 거였거든. 회사들이 다 재택근무를 하니까 밤에 편의점을 열 이유가 없게 됐어요. 점주가 자기가 밤 열시까지 일하고 그 이후에는 그냥 문을 닫겠다고 하더라고요. 난 편의점은 다 이십사 시간 문을 열어놔야 하는 건 줄 알았는데. 내가 말하고,

처음 보는 일이 한둘이 아닌 때였으니까. 이중구가 맞장구친다.

코로나 이렇게 길게 갈 줄 알았으면 진작 이직 준비했을 거야. 내가 말하고,

이렇게 길게 갈 줄 누가 알았겠어. 아무도 몰랐지. 나도 몰랐어. 이중구가 말한다.

당신은 아는 게 없잖아…… 얼굴만 스마트하게 생겼지. 내가 말하려다 만다.

코로나 바이러스 사태가 이렇게 길게 갈 줄 아무도 몰랐다. 도대체 팬데믹은 언제 끝날 것인가? 여행 업계는 언제 살아날까? 고씨투어는 그때까지 버틸 수 있을까? 단톡방에 사람들이 관련 뉴스를 수시로 올렸다. 뒷소문을 좋아하는 사람들다였다. 나는 입사동기 단톡방, 동남아팀 단톡방, 그로스팀 단톡방에 들어가 있었다. 하루는 고씨투어가 자회사를 무더기로 정리한다는 기사가 올라왔다. 우리 회사 자회사가 서른 곳이나 된다는 사실에 다들 놀랐다. 하루는 조인스투어가 전원 희망퇴직을 받는다는 기사가 올라왔다. 내국인의 외국여행을 업으로 삼는 아웃바운드 여행사가 한국에 8963곳이 있었는데 오 개월 동안 503곳이 문을 닫았다고 했다.

하루는 '받은 글'이라는 제목으로 찌라시가 올라왔다. 고씨투어가 오백 명가량 구조 조정을 준비중이라는 내용이었다.

"경영전략실에서 말도 안 되는 헛소리라고 했다는데요?" 누군

가 말하고.

"경영전략팀장이 오백 명 감축하는 걸로 되겠느냐고 했다는데요?" 또 누군가 말한다.

그 찌라시 진짜예요? 내가 묻고,

무슨 찌라시? 경영전략팀장인 이중구가 되묻는다. 그는 내가 전해준 찌라시를 읽고 당황한 듯하다. 자기는 전혀 모르는 내용이라고 한다. 능구렁이인지 바보인지 알 수 없다.

고전무와 가까운 이중구도, 단톡방 세 곳에 올라오는 기사들을 열심히 챙기던 나도 직전까지 몰랐던 소식이 있다. 노조가 출범한 것이다. 그전까지 고씨투어에는 노조가 없었다. 고회장이 노발대발했다는 소문이 돈다. 노조위원장 단독 후보로 나선 이가 몇 년 전 성희롱으로 징계를 받았던 인물이라는 소문도 돈다. 둘 다 거의 확실한 것 같다.

어쨌든 이제 그 인간은 못 자르지. 노조위원장인데. 로즈가 단톡방에서 말하고,

이게 어른들의 세계인 건가요. 감탄하는 한편 토할 것 같은 기분이 된 내가 손가락으로 자판을 두드린다.

로즈도, 노조위원장도, 이중구도, 고회장도 예상하지 못한 일이 벌어진다. 고씨투어의 호텔 자회사가 남녀고용평등법 위반으로 수사를 받게 된 것이다. 인턴을 채용할 때 최종 합격자의 남녀 비율을 칠 대 삼으로 하라는 지시가 있었다고 한다. 호텔 자회사

가 압수수색을 당하고 인사팀장이 검찰에 불려간다. 내부 고발자가 있지 않으면 알려질 수 없는 내용이기에 회사 전체가 시끌시끌하다.

로즈, 노조위원장, 내가 예상하지 못한 일 중에는 이런 것도 있다. 고씨투어가 별안간 "여행 플랫폼 기업이 되겠다"며 조직 개편을 단행한 것이다. 대리점 영업에 기댔던 사업 방식에서 벗어나 여행 정보 제공에서 사후 관리까지 책임지는 여행 솔루션 IT 기업이 될 거라고 한다. 코로나 사태 이전부터 고전무의 지휘 아래 경영전략실에서 준비한 내용이라고 한다. 직원 대부분이 무급 휴직인 상태에서 갑작스럽게 나온 발표에 다들 놀란다.

얼마 뒤 모두 예상한 일이 벌어진다. 회사가 희망퇴직 신청을 접수한다고 발표한다. 인사 발표가 났는데 대기 발령자가 백삼십팔 명 있다. 로즈, 제니, 내가 거기에 포함되어 있다. 대기 발령을 받았다고 사직서를 내라는 의미가 아니며, 개편한 조직에서 마땅한 자리를 찾지 못한 상태일 뿐이므로 너무 불안해하지 말라고 한다. 2차 인사가 곧 날 거라고 한다. 사람들은 그 2차 인사에서 대기 발령자가 더 많이 나올 거라고 수군댄다.

노조가 고씨투어 본사 건물 앞에서 집회를 시작한다. 조합원들이 고회장의 얼굴 사진을 들고 릴레이 일인 시위를 벌이는데, 그 얼굴 사진에는 눈 부분이 빨갛게 칠해져 있다. 경영 실패 책임과 성차별 채용을 따지는 문구도 적혀 있다.

점심 먹고 건물에 들어가다가 그 시위를 처음 봤어. 일인 시위를 하는 사람이랑 그 주변을 서성이는 사람들이 나를 죽일 듯이 노려보더라고. 무서워서 제대로 그쪽을 쳐다보지도 못했어. 이중구가 말하고,

소심하기는. 사십 살 먹은 아저씨가 그렇게 겁이 많아서야 되겠어요? 내가 말한다.

아직 사십은 아닌데. 이중구가 말하고,

서른일곱이나 사십이나 별 차이 없거든요? 다 아저씨거든요? 내가 말한다.

며칠이 지나 시위대에 제니가 합류한다. 제니는 고씨투어의 호텔 자회사뿐 아니라 본사 역시 명백한 성차별 행위를 저질렀다고 주장한다. 남자들은 다 현업 부서로 돌려보내면서 여자들은 전부 대기 발령을 낸 그로스팀 같은 경우가 대표적인 사례라고 제니는 말한다. 이제 제니도 자르지 못하겠구나, 나는 생각한다.

"그게 사실 왜곡이라는 건 두 분이 제일 잘 아시잖아요."

이중구가 말했다. 이중구의 그런 다급한 표정은 처음 봤다. 늘 느긋한 얼굴이었는데. 제니가 시위대에 합류한 다음날 이중구는 나와 로즈를 회사 근처 카페로 불러냈다.

"하지만 결과적으로 남자들은 전부 현업 부서로 돌아갔고, 여자들만 대기 발령을 당한 거 아닌가요? 그리고 호텔 자회사에서

인턴 채용할 때 여자는 30퍼센트 아래로만 받아라. 회장님이 그렇게 지시했다면서요. 성차별 회사 맞잖아요."

로즈가 말했다. 이중구는 그건 언론 보도일 뿐이라며 사실과 다르다고 항변했다. 그러면 사실이 뭔데요? 로즈가 따졌다. 이중구는 자신도 모른다고 했다. 팀장님은 도대체 아는 게 뭐예요, 로즈가 비아냥거렸다. 2차 인사가 곧 있습니다. 두 분도 곧 현업 부서로 돌아가게 될 겁니다. 이중구가 대답했다. 그냥 현업 부서는 안 돼요. 출근하는 부서여야 해요. 지금 마이너스 통장으로 겨우 버티고 있다고요. 로즈가 말했다.

얼마 뒤 조직 개편 후속 인사에서 로즈와 제니는 대리점판매본부 운영팀에, 나는 마케팅본부 퍼포먼스마케팅팀에 발령을 받았다. 둘 다 새로 생긴 팀이었다. 이 후속 인사에서 새로 대기 발령 대상자가 된 사람도 백 명쯤 됐다. 3차 인사도 곧 있을 거라고 했다. 회사가 살라미 전술을 쓴다는 말이 나돌았다. 매번 신규 대기 발령을 백 명 단위로 내고, 대기 발령자 중에 몇 사람을 다시 현업으로 배치하는 식으로 쪼개기 인사를 하면서 직원들의 저항을 줄이려 한다는 설명이었다.

몇 달 만에 출근한 회사는 몹시 낯설었다. 건물이 그렇게 비어 있는 걸 본 적이 없었기 때문이었다. 몇몇 사무실은 아예 불이 꺼져 있었다. 차라리 주말에 아무도 없는 사무실로 출근을 한다면 이렇게까지 이상한 기분은 들지 않을 것 같았다. 각 사무실마다 두세 명씩은 일하는 사람이 있었기 때문에 무언가 비어 있는 느낌, 이게 정상이 아니라는 느낌이 더 강하게 들었다.

퍼포먼스마케팅팀은 빈껍데기였다. 팀장도 공석이었다. 마케팅본부의 팀 대부분이 그랬다. 그래도 본부장이 유능한 편이어서, "우리 본부 안에서 팀은 의미 없다"고 선언한 뒤 출근하는 사람을 모두 한데 모아 비상운영팀을 만들었다. 나는 비상운영팀 회의 첫날 "회의실 예약하겠습니다"라고 말했다가 웃음거리가 되었다. 회의실들이 다 텅텅 비어 있는데 예약할 필요가 뭐가 있느냐는 것이었다.

나는 주 삼 일만 출근하면 된다는 얘기를 들었다. 대신 연봉은 10퍼센트 삭감되었다. 업무 강도가 높지 않았으므로 손해보는 일은 아니었다. 팀장급은 연봉이 15퍼센트, 부서장급은 20퍼센트 삭감되었다. 그들은 출근도 매일 해야 했다. 하와이나 괌처럼 항공사들이 노선 운항을 재개한 지역, 싱가포르나 태국처럼 자가 격리를 하지 않아도 되는 지역, 신혼여행을 떠나는 커플을 위한 상품을 주 타깃으로 마케팅 활동을 소소히 벌였다. 인천국제공항에서 출발해 비행기를 타고 국내를 한 바퀴 돈 다음 다시 인천국제공항에 내리는 상품을 기획했는데 이게 의외로 반응이 좋아서 약발이 떨어질 때까지 여러 차례 벌였다. 국내 지방 도시 투어, 제철 음식 맛집 투어, 미술관이나 박물관 도슨트 투어도 기획했는데 큰돈이 되지는 않았다.

무급 휴직중인 사람들이 사내 메신저나 카카오톡, 인스타그램 디엠으로 끊임없이 말을 걸어왔다.

회사 분위기 어때? 옛날이랑 똑같아? 나 온사이트마케팅팀이라는 곳으로 발령났는데 거기가 뭐하는 곳이야? 내가 유럽팀만 십 년 넘게 했는데 온사이트마케팅팀에서 잘 적응할 수 있을까? 그들이 묻고,

온사이트마케팅팀 저도 뭐하는 곳인지 몰라요. 뭐하는 곳인지 몰라서 잘 적응하실지 아닐지도 모르겠어요. 저는 퍼포먼스마케팅팀인데 퍼포먼스도 모르겠고 마케팅도 모르겠어요. 저도 적응 못하고 있어요. 회사 분위기는 안 좋아요. 옛날이랑 완전히 달라요. 분위기 되게 이상해요. 내가 답한다.

어떻게 이상해? 누군가 묻고,

시간과 공간이 이상해진 거 같아요. 나는 말하지 않고 혼자 생각한다.

사무실의 크기가, 휑뎅그렁한 빈 공간이 내 몸에 맞지 않는다는 생각을 한다. 육체를 짓누르는 공기의 무게를 느낀다. 시간은 나에게 맞지 않는 속도로 빨리 흘렀다가 더디게 흘렀다가 한다. 출근하는 사람들은 거의 대부분 팀장급들이고(퍼포먼스마케팅팀장은 공석이지만), 팀장급들이 일을 다 하며, 나는 그들의 심부름꾼 같은 존재다. 여러 팀장의 뒷바라지를 할 때는 정신없이 바쁘다. 나 혼자 있을 때에는 시간이 흐르지 않는 것만 같다. 내 일이라 할 만한 게 없다.

팀장급들은 내가 존재하지 않는 사람인 것처럼 자기들끼리 대화했다.

"김팀장은 이 회사 내년까지 다닐 거야?" 이팀장이 묻고,

"아유, 나갈 수 있으면 바로 나가죠." 김팀장이 답한다.

나는 언제부터 출근한대? 누군가 디엠으로 묻는다. 이 질문이 가장 많다.

선배, 그걸 제가 어떻게 알아요. 저도 몰라요. 내가 답한다. 계속 같은 답을 하다보면 짜증이 치민다.

수지씨는 경영전략실이랑 친하잖아. 상대가 말하고,

안 친한데요. 내가 답한다.

무급 휴직 언제쯤 끝날 거 같아? 누군가 묻고,

아직은 때가 아닌 거 같아요. 매출이 거의 없다시피 해서…… 한참 걸릴 거 같아요. 내가 답하고,

수지씨 되게 사측 인사처럼 말한다. 완전히 사측 사람 다 됐네. 상대가 말한다.

나는 대답하지 않는다.

수지씨는 생각을 왜 그렇게 하니. 맨날 사측 인사들이랑 어울려 다니더니 물들었나봐. 회사가 돈을 벌든 말든 그게 우리랑 무슨 상관이야. 상대가 말한다.

출근하고 두 달쯤 뒤에 나는 인스타그램 계정을 닫았다. 사람들이 다는 댓글에서 미세한 적대감을 감지했기 때문이다. 점심을 먹

고 사진을 찍어 올렸을 때 거기에 달리는 '나도 출근해서 식사하고 싶네, 집에서 가정부 신세 다섯 달째' 같은 댓글들.

그리고 고씨투어는 고씨투어의 방식으로 직원들의 뒤통수를 세게 쳤다. 어느 날 갑자기 고회장과 고전무를 비롯한 고씨 일가 대주주 세 명의 지분을 전부 글로벌 사모 펀드에 매각한다고 깜짝 공시했다. 고씨투어가 고씨 일가의 소유가 아니게 된 것이다. 코로나 사태가 끝나면 여행, 항공, 숙박 업계가 되살아날 거라 믿고 유동성 위기에 처한 우량 기업들을 이 기회에 사들이는 사모 펀드라고 했다. 한국에서만 호텔 한 곳과 렌터카 회사 한 곳의 경영권을 이미 인수했고, 저가 항공사 한 곳 인수를 추진중이었다. 사모 펀드가 대주주로 깜짝 등극했다는 소식에 고씨투어 주가가 확 올랐다. 다른 여행사들이 줄줄이 상장폐지되는 와중이었다.

놀랍게도 이중구는 그답지 않게, 고씨투어의 주인이 바뀐다는 사실은 미리 알고 있었다. 내가 이걸 언제부터 알고 있었느냐고 묻자 그는 "갑작스럽게 결정된 거긴 한데, 낌새는 한 달 전쯤부터 있었어"라고 대답했다.

"그러면 앞으로 우리는 어떻게 되는 거예요?"

"임원들은 다 짐 싸서 집에 가게 될 거야. 고씨 일가 사람들이니까. 대표는 외부에서 올 거고. 이 사모 펀드가 외국계 컨설팅 회사 출신을 선호하더라고. 매킨지나 보스턴컨설팅그룹 같은 곳에서 오겠지. 우리한테는 좋은 일이야. 어쨌든 지금 이 펀드가 돈이 있고,

고씨투어가 이 위기만 넘기면 장래성이 있다고 믿고 있으니까. 지금 여행 업계는 다 죽을 지경이지만 자금 시장에는 돈이 흘러넘치거든. 투자를 받든지 증자를 하든지 해서 그 돈을 가져오겠지."

이중구가 말했다. 그리고 언제나처럼 이중구의 전망은 제대로 들어맞지 않았다.

임원들은 짐을 싸서 집에 갔다. 새로 부임한 대표는 딜로이트 출신이었다. 사모 펀드는 외부에서 돈을 끌어오지 않았다. 호텔 자회사를 매각하고, 본사 건물도 매각한 뒤 같은 건물을 임대하는 방법으로 자금을 조달했다. 그리고 대규모 인력 구조 조정에 들어갔다. 고씨투어 창립 이후 첫 감원이라고 했다.

그 무렵 나는 이중구와 자주 술을 마셨다. 주 삼 일 출근하고, 주 삼 일 그렇게 저녁마다 둘이 만나 술을 마셨던 것 같다. 낮에 회사에 있을 때에는 모든 게 연극 무대의 세트 같았는데, 밤에 이중구와 을지로의 후줄근한 호프집에서 맥주를 마실 때에는 모든 게 실감났다. 공간은 적당히 들어찬 듯 보였고, 공기는 짓누르는 게 아니라 나를 감싸주는 무게였으며, 시간은 제 속도로 흘렀다.

우리는 회사 일에 대해서는 말하지 않았다. 서로에 대해 이야기했다. 온갖 것들을.

코로나 다 끝나면 가고 싶은 데 있어? 이중구가 묻고,

리스본, 피렌체, 드레스덴, 바르샤바요. 내가 답한다.

코로나 다 끝나면 가고 싶은 데 있어요? 내가 묻고,

나는 되게 쓸쓸한 곳에 가고 싶어. 아이슬란드나 스코틀랜드의 하이랜드 같은 곳. 이중구가 답한다. 그리고 우리는 드레스덴의 성모마리아 교회와 하이랜드에서 만드는 위스키에 대해 이야기한다.

어쩌다 경영전략실에 가게 된 거예요? 내가 묻고,

모르겠어. 그냥 어찌어찌 흘러서 그렇게 됐다고 할까. 인생을 그렇게 둥둥 떠다니며 살아온 느낌이야. 이중구가 답한다.

원래는 일본팀에서 일했는데, 팀장이 그의 태도를 마음에 들어 했다고 한다. 일 마무리를 비교적 깔끔하게 하고 야근을 시켜도 군소리 없이 해내는 성격을 고씨투어 상사들이 좋아하는 것 같다고 그는 설명한다.

이중구는 이십대 때 영화를 굉장히 많이 봤다고 한다. 멀티플렉스에 가서 상영관을 돌며 표 한 장 값으로 영화 세 편을 보고 나온 적도 몇 번 있다고 한다. 사람을 칼로 찌르는 장면이 나오지 않는 영화들을. 그래도 〈드라이브〉는 예외라고 한다. 그 영화에서는 칼질도 예술적이라나. 그는 폴 토머스 앤더슨과 필립 시모어 호프먼을 좋아한다. 집에서 오일파스타를 자주 만들어 먹고, 오믈렛을 제법 잘 만든다고 한다. 한때 야구를 좋아했지만 지금은 아니라고 한다. 컴퓨터게임은 거의 하지 않는다. 수제 맥주에 본격적으로 맛을 들여볼까 하는 생각을 하고 있다. 하프 마라톤을 다섯 차례 완주한 적이 있다. 기타를 군대에서 배워 조금 칠 줄 안다.

그에게는 중증 자폐인 동생이 있다고 한다. 남자인데 키가 크고 건장해 어지간한 활동지원사도 감당하기 어려워한다. 괴성을 자주 지르며, 종종 사람을 때리기도 한다. 그들 형제는 홀어머니 아래서 자랐으며, 어머니는 어렸을 때부터 동생을 돌보느라 이중구에게는 거의 관심을 쏟지 못했다고 한다. 이중구는 지금도 월급의 절반을 원주에 있는 어머니에게 보낸다. 이중구와 어머니는 동생이 특수학교 교사에게 폭행을 당했을 거라고 진지하게 의심하고 있다.

나는 미쓰에이 출신 수지에 대해서는 신경이 안 쓰이는데 기상캐스터 정수지에 대해서는 신경이 쓰인다고 말한다. 왜 그러는지는 모르겠다고 덧붙인다. 공부 체질이 아니라서 관광경영학과에 갔고, 고씨투어에 합격했을 때 부모님이 쿵쿵 뛰면서 좋아했다고 말한다. 전문직 사원이라는 사실에 콤플렉스는 없지만 로즈가 "나도 전문직 출신이야"라고 말했을 때 기분이 썩 좋지는 않았다고 털어놓는다. 다음에 로즈를 만나면 뭐라고 쏘아붙일지도 모르겠다. 이중구와 달리 나는 당치도 않은 공격을 받으면 어떻게든 그 자리에서 받아치려 애쓰는 타입이다. 하지만 인솔자 대신 해외 출장을 나갔을 때, 술 취한 중년 남자들이 찾아와 밤늦게까지 호텔방 문을 두드리면 벌벌 떨면서 귀를 막고 그들이 제 방으로 돌아가기만을 빌었다고 고백한다. 편의점에서 일할 때에는 낮밤을 바꿔 생활하는 게 정말 힘들었다고 말한다.

이중구는 골뱅이소면을 좋아하지 않는다고 한다. 골뱅이는 다 합쳐봐야 몇 알 되지 않고, 탄수화물 비중이 너무 높기 때문이다. 그가 젊을 때 먹던 골뱅이와 요즘 안주에 나오는 골뱅이는 서로 다른 종이라고 한다. 전자는 큰구슬우렁이, 후자는 부키눔 운다툼. 큰구슬우렁이는 다른 조개를 잡아먹는다고 한다. 나는 이중구가 사십 살 먹은 아저씨라 앞으로 기초대사량이 감소할 일만 남았으며, 벌써 배가 나오기 시작했다고 놀린다. 그는 어린아이처럼 얼굴이 빨개진다. 나는 코로나가 이렇게 길게 갈 줄 알았으면 진작 이직 준비를 했을 거라고 말하고, 이중구는 그건 아무도 몰랐다고 말한다. 나는 그로스팀이 재미있었다고 말하고 이중구는 자신도 그랬다고 말한다. 나는 빈집팀 아이디어가 정말 괜찮지 않았느냐고 묻고, 이중구는 빈집팀 아이디어가 정말 괜찮았다고 답한다. 나는 나중에 고양이를 키우고 싶다고 말한다.

나는 내 이야기는 죄다 유치하고 시시한데 이중구의 이야기는 흥미롭게 들려서 조금 주눅이 든다. 내가 그보다 열세 살이나 어리니 어쩔 수 없지, 하고 생각하기도 하고, 따지고 보면 저 양반 얘기도 내용 없기는 마찬가지야, 큰구슬우렁이랑 부키눔 어쩌고가 뭐가 어쨌다는 거야, 그냥 목소리가 좋은 거야, 하고 생각하기도 한다. 매번 이중구가 술값을 계산하는 게 미안해진 내가 한두 번 지갑을 열려 하지만 그가 막는다. 어차피 집에 가도 혼자 술을 마실 테니 자기한테는 마찬가지라고 한다. 요즘 맨정신으로 잠들기 어렵다고 한다.

이러려고 여행사 들어온 건 아닌데. 그가 말한다.

나도 이러려고 여행사 들어온 건 아닌데. 내가 말한다.

재미있는 곳인 줄 알았지 뭐야. 그가 말한다.

센트럴은 지금 하는 일 말고, 다른 꿈이 있어요? 내가 묻는다.

내 꿈은 말이야, 위장에서 암세포가 싹트고. 그가 말한다.

네? 내가 말한다.

장가가는 거야, 간장에서 독이 반짝 눈뜬다. 그가 말한다.

그게 무슨 말이에요? 어안이 벙벙해져서 내가 묻는다.

무슨 시구절이야. 이중구가 쑥스러워하며 말한다.

참 나, 무슨 시를 읊고 있어, 역시 옛날 사람이야. 내가 면박을 준다.

우리는 사회적 거리 두기 단계에 따라 오후 아홉시, 혹은 오후 열시에 허겁지겁 자리에서 일어난다. 확진자가 오늘은 몇만 명대 라는 뉴스를 뒤로하고 을지로 지하보도로 걸어간다. 그는 을지로 3가로 가서 지하철 3호선을 타고, 나는 을지로입구로 가서 2호선을 탄다. 그는 연신내에 살고 나는 사당에 산다. 헤어질 때는 뭔가 멋진 농담을 던져야 할 것 같아 조금 머뭇거린다.

임원들이 모두 짐을 싸고 떠난 뒤 데이비드가 퍼포먼스마케팅 팀장으로 임명되었다. 경영전략실장이었던, 늘 정장을 입고 넥타이를 매고 출근했던, 고전무의 충복이었지만 임원은 아니었던 중년 신사 데이비드 말이다. 그는 심각한 얼굴로 자기보다 한참 후배인 다른 마케팅본부 팀장들과 회의에 참석했다. 회의를 마치고 그와 나 둘밖에 남지 않은 횡한 사무실에서 데이비드는 내 자리로 찾아와 미안한 목소리로, 퍼포먼스마케팅팀이 과거에 했던 작업들을 정리해놓은 자료가 있는지 물었다. 그는 여전히 정장을 입고 넥타이를 맨 차림이었다. 나는 새로 생긴 팀이라 그런 자료는 없다고 대답했다. 그러자 데이비드는 퍼포먼스마케팅의 개념을 정리한 자료는 없느냐고 물었다. 나는 그런 자료도 없다고 대답했다. 데이비드는 자기 자리로 돌아가다가 다른 직원의 자리에서 여행 비품 키트를 주워들었다. 그리고 팀장 자리에서 천천히 손톱을 깎았다. 그는 다음날 사직서를 냈다.

고씨투어는 로펌과 계약을 맺고 권고사직에 착수했다. 노조에서는 권고사직을 빙자한 정리해고라며 반발했다. 로펌 변호사들은 팔층 회의실 두 개를 빌려 유리창에 종이를 바르더니 그곳을 '워룸'이라고 불렀다. 하필 마케팅본부에 붙어 있는 회의실이었다.

새 대표가 권고사직으로 감원할 인원을 최소 오백 명으로 못박았다는 소문이 돌았다. 최근 삼 년 사이에 업무 평가에서 B등급을 두 번 이상 받았다면 무조건 대상이라는 소문도 돌았다. 사내 부부 중 한쪽은 무조건 대상이라는 소문도 있었다. 그런 대상자 같은 건 없다고 경영전략실에서 공지를 올렸지만 아무도 믿지 않았다. 나도 믿지 않았다. '네임 체인지'라는 말까지 나왔다. 원래는 항공권에 기재된 이름을 바꾸는 작업을 말하는 업계 속어였다. 이제는 권고사직 대상자 명단에 오른 사람을 부서장이나 팀장이 바꾸는 행위를 가리키는 단어가 되었다. 누가 대상자인데 누구로 바뀌었다더라, 누구는 끝까지 버틴다더라, 하는 소문까지 돌았다. 비밀이 없는 회사였다.

부서장들은 권고사직 대상자와 통화하는 법을 변호사에게 배웠다. 권고사직이라든가 대상자라는 단어를 쓰면 안 된다는 것이 요지였다. 하지만 어떻게든 상대가 자신이 권고사직 대상자임을 깨닫게 해야 한다는 것. 위로금은 사람마다, 직급마다 달랐다. 부서장들은 워 룸에서 하루종일 전화를 돌렸다. 전화기를 붙들고 회사 사정을 설명하고 다른 부서 상황을 설명하고 절대로 당신이 무능하다는 의미가 아니며 앞으로 위로금 액수는 줄면 줄었지 늘지는 않을 것이다 따위의 이야기들을 했다. 부서장들은 그렇게 전화를 돌리다 건물 밖으로 나가 담배를 피우고 돌아와서 다시 전화를 돌렸다. 어떤 부서장은 덤덤한 얼굴이었고, 어떤 부서장은 자기가 해고되는 것처럼 괴로워했다.

삼 개월 치 급여를 받는 대가로 희망퇴직을 신청하는 사람도 있었다. 그사이에 국비 지원으로 코딩을 배워 개발자로 전직하면서 고씨투어에서 위로금까지 받은 사람은 찬탄의 대상이 됐다. 자영업자들이 다 죽어나간다고 하는 이 와중에 햄버거 가게를 차린 사람도 있었다. 내일배움카드를 발급받아 꽃꽂이 학원에 갔더니 수강생이 온통 여행사와 항공사 직원들이더라는 후기도 있었다. 카카오나 야놀자 같은 회사로 이직한 젊은 직원에게는 축하가 쏟아졌다. 축하 인사에는 "나도 좀 데려가줄 수 없어?" 하는 말도 끼여 있었다. 농담 같은 진담이었다. 불과 한두 해 전만 해도 주니어 사원이 사직서를 내겠다고 하면 선배들이 몰려들어 뭐가 힘들어, 다 해결해줄게, 고씨투어 같은 회사 없다, 같은 말들을 했었는데.

누군가 청와대 국민 청원 게시판에 글을 올렸다. 긴급고용안정지원금이 이렇게 많이 들어간 회사에서 대규모 구조 조정을 하는 것을 정부가 막아달라, 여행업의 경쟁력은 사람인데 국내 1위 여행사가 이렇게 무너지면 한국 여행업 경쟁력도 함께 무너진다는 내용이었다. 그 글은 그리 호응을 얻지는 못했다.

권고사직을 받아들인 직원은 재택근무중 집에서 썼던 노트북과 사원증을 반납하러 회사에 왔다. 그렇게 노트북을 반납하러 온 입사 동기나 옛 팀 동료를 복도에서 마주치기도 했다. 이렇게 됐네, 언제 다른 곳에서 또 봐요, 하고 웃으며 떠나는 사람도 있었다. 이제 너랑 나는 아무 사이도 아니잖아, 뭘 그렇게 반가운 척해, 하는 표정으로 눈인사도 하는 둥 마는 둥 하며 지나치는 사람도 있었다. 적군을 보는 듯한 눈빛으로 적개심을 가득 담아 나를 노려보는 사람도 있었다. 나를 진짜 미워한 것인지 아니면 자존심을 지키기 위한 것이었는지 알 수 없었다.

권고사직을 당한 직원들이 반납하는 노트북에 알록달록한 스티커가 붙어 있으면 총무팀 직원이 "처음 지급받을 때와 같은 상태로 반납하셔야 합니다"라고 말했다. 그 말을 듣고 "웃기시네" 하고 그냥 떠나는 사람도 있었고, 노트북을 집어던지는 사람도 있었고, 조용히 옆자리에서 스티커를 다 떼고 가는 사람도 있었다. 스티커를 떼면서 울음을 터뜨리는 사람도 있었다.

로즈는 스티커를 떼지 않고 총무팀 직원에게 "웃기시네"라고 말한 사람이었다. 그녀가 마케팅본부 복도에서 나를 쳐다보기에 자리에서 일어나 그리로 갔다. 로즈는 로즈의 방식대로 조언을 해주는 척하며 사람 속을 긁었다. 그녀는 부산으로 내려가 지인이 운영하는 서점 일을 도울 거라고 했다. 부산 오면 연락해요, 하고 그녀가 말하고, 그럴게요, 하고 내가 대답했지만 다 거짓말임을 우리 둘 다 알았다.

"코로나 끝나면 여행 벼르던 사람들이 몰려서 여행 업계 엄청나게 뜬다, 고씨투어도 제2의 도약을 할 거라고들 하는데 내 생각은 달라요. 똑똑한 사람들, 핵심 인력들이 다 나가버렸어요. 사모펀드가 여행업이 뭔지 이해를 못하고 있고. 마케팅본부만 해도 그래요. 사람 자르면서 팀장급들은 또 외부에서 데려왔죠? 우리가 일을 엉터리로 해왔다고 여기는 거죠. 그런데 화장품 마케팅 하던 식으로 여행 마케팅 못해요. 항공사 가서 무릎 꿇고 빌어야 하는 때가 있는 걸 모르는 거죠, 컨설턴트 출신들이."

그런가, 그렇기도 하겠네, 하고 나는 고개를 끄덕였다. 로즈가 말을 이었다.

"그러니까 수지씨도 기회 있을 때 이 회사 얼른 탈출해요. 가라 앉는 배나 다름없으니까. 수지씨는 능력도 있고, 또 마케팅 경력도 얻었으니까 아예 업종을 바꾸기도 좋을 거예요. 젊으니까 뭐든지 할 수 있잖아요."

"그렇네요. 마케팅 경력이⋯⋯"

"운영팀하고는 다르죠. 여행 상품 패키지 만들어봤다, 여행사 대리점 검수하는 일 했다는 커리어가 여행업 말고 다른 업계에서 구미가 당겨 보이지는 않잖아요."

"그렇네요."

"수지씨가 남자 팀장한테 꼬리 쳐서 마케팅본부에 갔다는 말까지 나오는 지경이에요. 부러워서 하는 얘기들이겠지만."

그 순간 나는 한 가지 사실을 깨달았다. 로즈는 나를 개인적으로 미워하고 있었다. 마케팅본부로 가서가 아니다. 그녀는 이중구를 좋아했던 것이다.

그날 이중구를 만나 따졌다. 로즈와 제니는 운영팀으로 갔는데 나는 왜 마케팅본부로 배치됐나. 당신이 나를 마케팅본부에 넣어줬나.

이중구는 그렇다고 했다.

"운영팀은 사람을 많이 줄일 예정이었어. 마케팅팀은 그렇지 않았고. 마케팅본부에 한 사람을 넣을 수 있어서 그렇게 했어."

"그러니까 그게 왜 나였느냐고."

"퍼포먼스마케팅팀에 젊고 빠릿빠릿한 사람이 가는 게 좋을 거 같아서."

이중구가 내 눈을 피하며 답했다.

"와, 내가 진짜 썸이라도 타고서 남자한테 꼬리 친 년 소리를 들으면 억울하지나 않겠네."

나는 화를 내면서 술을 마셨고, 그러다 취했다. 이중구를 비난하면서 울음을 터뜨렸다. 이중구가 뭐라 변명하려 할 때 닥치라고 했다. 나중에는 이중구의 얼굴에 컵에 들어 있던 물을 뿌리고 술집에서 나왔다. 이중구와는 그게 마지막이었다.

왜 눈물을 흘렸던 걸까. 뭐가 분했던 걸까.

센트럴에게 뭐라고 말해야 했던 걸까.

왜 나를 싸구려로 만들었느냐고, 왜 내 평판을 훼손했느냐고?

코로나 바이러스 사태가 해를 넘길 거라고는 아무도 예상하지 못했다. 겨울에 마케팅본부는 2021년에는 해외여행이 정상화되기를 기원한다는 의미로 2021원만 입금하면 코로나 사태가 끝날 경우 최우선으로 항공편 예약을 해주는 상품을 내놨다. 봄에는 인디 뮤지션들과 협업해서 여행 정상화를 기원하는 디지털 앨범을 내놨다. 화장품 회사에서 온 팀장 밑에서 퍼포먼스마케팅을 배웠다.

나는 2021년 여름에 사표를 냈다. 식품과 식자재 전문 인터넷 쇼핑몰의 퍼포먼스마케터로 이직했다. 퍼포먼스마케터를 구하는 기업들이 많았다. 노트북에 붙은 스티커는 집에서 다 떼서 총무팀에 제출했다.

새 회사는 판교에 건물이 있었다. 어린 시절 함박눈이 내리는 날 등교하던 기분으로 출근하게 되는 회사는 아니었다. 나는 부모님 댁에서 나와 회사 근처에 원룸을 얻었다. 을지로 지하보도에 갈 일도 거의 없어졌다.

보호소에서 새끼 얼룩 고양이를 한 마리 입양했고, 이름은 '미들'이라고 지었다. 겁이 많아 사람에게 좀처럼 다가오지 않았지만, 내가 잠이 들면 그때야 슬그머니 내 곁에 오곤 했다. 사람들이 '미들'이라는 이름의 뜻을 물어보면 입양을 고민하던 세 마리 중 가운데 있던 애라서 그렇게 지었다고 했다.

블라인드 앱에서 고씨투어 이야기를 보았다. 전 직원이 정상 출근한 날 언론사 기자들을 부르고 회사 일층에서 출근하는 직원들에게 커피와 빵을 무료로 나눠줬다고 했다. 모든 직원들의 자리에 대표가 친필로 썼다는 엽서가 놓여 있었는데 필체가 제각각이었다고 했다. 블라인드에 글을 올린 이는 사내 메신저에 오랜만에 접속해 다른 사람들의 이름을 검색창에 입력했는데 검색되지 않는 동료들이 너무 많아 충격을 받았다고 했다. 무급 휴직 기간 동안 조직 개편을 여러 번 하는 바람에 출근한 사람들이 사무실에서

"여기가 뭐하는 팀이에요?" 하고 서로에게 묻고 있다고 했다.

고씨투어 직원들이 정상 출근하고 얼마 뒤 이중구에게서 전화가 걸려왔다. 자정이 넘은 시각에 침대에 누워 웹툰을 보고 있는데 '센트럴'이라고 된 발신자 명이 오 초쯤 화면에 떴다가 부재중 전화로 넘어갔다.

어떻게 하지? 다시 전화가 올까? 내가 전화를 걸까? 이중구가 실수로 내 번호를 잘못 누른 걸까? 술 마시다가 내 생각이 난 걸까? 나는 휴대폰 화면을 그렇게 삼십 분이나 바라봤다. 전화는 다시 걸려오지 않았다. 끝내 내가 전화를 걸지도 않았다. 이제 그 정도로 흐리멍덩하지는 않았다.

나는 미들이를 쓰다듬으며 생각했다. 당신과 나 사이에는 어떤 가능성이 있었어. 약하지만 말랑말랑하고 따뜻한 가능성이었어. 하지만 아무리 그래도 열세 살 차이는 심하지, 하고 생각하기도 했다. 그 문장들 외에 다른 생각은 잘 떠오르지 않았다.

생각이라는 게 어디에서 떠오르는 걸까, 다른 사람들에게도 생각이 이런 식으로 떠오를까, 문장 형태로 떠오르지 않는 생각은 생각이 아닌 걸까, 생각하기도 했다. 나는 기근을 겪었고, 앞으로도 기근이 몇 번 더 찾아올 거라고 생각했다. 이번에는 운이 좋았다. 내가 딱히 잘나거나 뭘 잘했던 건 아니었다. 다음번에는 어떻게 될지 모른다. 옛날 사람들은 기근 때에도 어떻게 다른 사람을 만나 가족을 이루고 아이를 낳았을까, 인간의 생존 능력이란 참으로 징글징글하다. 그러니까 인류가 멸종되지 않은 거겠지, 생각하기도 했다. 그러는 사이 심장이 떨리는 기분이 들었고, 간에서 뭔가 맺히는 기분이 들었고, 그것이 한 방울 스르르 미끄러지더니 그 아래 끝 간 데 없는 텅 빈 내장으로 떨어지는 기분이 들었다.

* 소설의 제목 '간장에 독'과 195쪽 이중구와 정수지의 대화 중 "내 꿈은 말이야, 위장에서 암세포가 싹트고" "장가가는 거야, 간장에서 독이 반짝 눈뜬다"는 최승자의 시 「삼십 세」의 구절을 인용하였다.

숨바꼭질

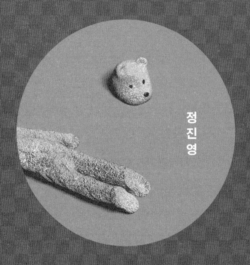

정진영

○
정진영

2011년 『도화촌 기행』으로 조선일보 판타지문학상을 수상하며 작품활동을 시작했다. 장편소설 『침묵주의보』 『젠가』 『다시, 밸런타인데이』 『나보다 어렸던 엄마에게』 『정치인』, 산문집 『안주잡설』이 있다. 백호임제문학상을 수상했다.

"뭐 그러면 법대로 하시든지요."

건물주가 전화를 끊으며 남긴 말이 통화를 마친 뒤에도 귓가에 오래 맴돌았다. 전세 계약 만료 후 보증금을 제때 돌려받지 못해 애를 먹은 사례를 종종 접했지만, 설마 내가 거기에 하나를 보태게 될 줄은 몰랐다. 시야가 좁아지더니 눈앞이 흐려졌다. 희미하게 들리던 이명이 점점 커지며 신경을 긁었다.

얼마 전에 새로 전세 계약을 한 관악구 대학동 소재 분리형 원룸의 잔금 지급에 비상이 걸렸다. 전세금은 1억 2000만원이고, 이미 계약금 1200만원을 치렀다. 잔금 지급 일자는 현재 거주중인 원룸의 전세 계약 만료일이고, 나는 전세금 6000만원을 돌려받은 뒤 가진 돈과 합쳐 잔금을 치를 계획이었다. 혹시라도 잔금 지급이 늦어지면 계약금이 날아갈 수도 있다. 내가 고작 이런 꼴을 보자고 서울로 올라온 건가. 정수리에서 터진 땀이 뺨을 타고 흘러내려 턱끝에 맺혔다.

사 년 반 전, 나는 고향의 ㄱ신문사에서 편집기자로 일하다가 서울 소재 ㄴ신문사로 이직했다. 편집기자 모임을 통해 자주 만나 친해진 ㄴ신문사 소속 선배 A의 추천 덕분이었다. ㄴ신문사 편집국장은 임원 면접 자리에서 내게 가능한 한 빨리 출근해달라고 요청했다. 결정이 늦어지면 자리가 다른 누군가에게 돌아갈지도 모른다는 은근한 압박과 함께. 언제 다시 올지 모를 좋은 기회였지만, 결정을 내리기가 쉽지 않았다. 부동산 앱으로 매물을 살펴보니 내 통장 잔고로는 서울에서 전세는커녕 월세 보증금도 감당할수 없었기 때문이다. 서울에는 아무런 연고가 없는 터라 신세를 질 곳도 마땅치 않았다.

나는 고민 끝에 살고 있던 반지하 투룸 빌라를 부동산 중개업소에 시세보다 한참 낮은 가격으로 내놓았다. 빌라는 어머니가 내게 남긴 유일한 유산이었다. 오래전에 이혼한 후 홀로 나를 키운 어머니는 육 년 전 생전 처음 받은 건강검진에서 자궁암 4기 진단을 받아 짧은 투병 후 세상을 떠났다. 지어진 지 삼십 년이 넘은 하자투성이 낡은 빌라지만, 어머니와 함께한 추억이 집안 구석구석에 피어난 곰팡이처럼 남아 있어 이사를 망설여온 터였다. 시세가 4000만원 안팎인 집을 500만원이나 낮춰 급매로 내놓으니 입질이 여러 곳에서 왔다. 나는 그중에서 어떤 하자도 묻지도 따지지도 않고 100만원을 더 얹어 입금하겠다는 임대 사업자에게 집을 넘겼다. 몇몇 이웃이 나를 찾아와 가뜩이나 집값이 안 오르는 동네라는 소문이 돌아 걱정인데 터무니없이 집을 싸게 내놓은 이유가 무엇이냐고 따졌다. 어차피 떠날 사람인 나는 그들의 항의를 한 귀로 듣고 한 귀로 흘렸다.

빌라를 팔아 마련한 돈에 몇 년간 박봉을 쪼개 모은 적금을 보태니 5000만원이 만들어졌다. 그 돈으로 나는 ㄴ신문사가 있는 광화문에서 가까운 곳을 중심으로 원룸 전세 매물을 뒤졌다. 전세 대출이나 반전세, 월세는 처음부터 고려 대상이 아니었다. 감당하기 어려운 빚이 삶을 얼마나 피폐하게 만드는지를, 무리해서 사업을 벌이다 무너진 아버지를 통해 목격했다. 가뜩이나 가진 것 없이 올라오는 서울인데 시작부터 빚을 지기는 싫었다.

사대문 안에서 예산에 들어오는 전세 매물을 찾기는 불가능해 보였다. 내 예산으로 구할 수 있는 전세는 서울 변두리를 뒤져야 겨우 찾을 수 있었다. 매물을 찾다가 지쳐서 전세와 직주 근접 중 포기할 조건을 저울질하던 내게 한 부동산 중개업소가 연락을 줬다. 서대문역 근처에 5000만원짜리 원룸 전세가 나왔다는 소식이었다. 화곡동 원룸 촌에서 방을 알아보고 있던 나는 발길을 돌려 5호선 지하철을 탔다. 지나치게 괜찮은 조건이어서 허위 매물이 아닌가 하는 의구심이 들었지만, 밑져야 본전이니 일단 직접 가서 확인해보고 결정하기로 했다.

매물은 서대문역에서 경기대 서울캠퍼스를 거쳐 북아현동으로 넘어가는 고갯길 너머에 있었다. 역에서 내려 느린 걸음으로 이십분가량 언덕을 오르내려야 하는 거리였다. 내가 거칠게 숨을 쉬자, 중개인은 손수건을 꺼내 자신의 이마를 닦으며 멋쩍게 웃었다.

"서대문역에서 마을버스로 세 정거장이면 오는 가까운 거리예요."

중개인의 말이 끝나기가 무섭게 마을버스 한 대가 굉음을 내며 내 옆을 스쳐지나갔다. 버스가 내뿜은 매연 때문에 기침이 쏟아져나왔다. 배차 간격이 길어 출발할 때는 타고 오지 못한 버스였다. 중개인의 변명이 길어졌다.

"역세권이잖아요, 역세권. 직장이 광화문에 있다고 했지? 이 정도면 광화문까지 엎어지면 코 닿을 거리지. 날 좋을 때는 걸어서 사십 분이면 충분하다니까? 이 가격에 이런 물건이 없다는 거 잘 아시죠?"

나는 경어와 평어를 편하게 오가는 중개인의 말투가 거슬려 통명하게 대꾸했다.

"글쎄요. 역세권이라고 하기에는 좀."

"그냥 역세권도 아니고 서대문역과 아현역 사이에 있으니 더블 역세권이지."

"서대문역도 걸어서 멀고 아현역도 걸어서 멀지 않나요?"

"세상에 어떻게 산 좋고 물 좋고 정자까지 좋을 수 있겠어. 안 그래요?"

매물은 내가 살던 빌라만큼 낡아 보이는 오층 건물의 사층에 있었다. 연식이 꽤 있는 건물답게 엘리베이터는 없었다. 걸어올라가야 할 층수가 많아 부담스러웠지만, 일층에 편의점이 있다는 점은 마음에 들었다. 중개인도 그 사실을 내게 강조했다.

"5000만원으로 서울 한복판에서 역세권에 편세권까지 겹친 원룸 전세를 찾는 건 하늘의 별 따기지. 손님 오늘 운이 아주 좋아요."

나는 중개인의 호들갑에 마지못해 동의하며 중대한 하자가 없으면 여기로 들어와야겠다고 결심했다.

"일단 방부터 보여주실래요?"

건물 내부는 어두웠고, 사층까지 계단으로 올라가는 동안 곰팡내가 짙게 풍겨 불쾌감을 자아냈다. 중개인이 가방에서 열쇠를 꺼내 원룸 현관문을 열었다. 끼익! 녹슨 경첩이 날카로운 마찰음을 냈다. 원룸 내부는 최근에 새로 도배하고 장판을 깐 듯 깔끔했다. 보일러를 틀어놓지 않았는데도 한기가 그리 강하게 느껴지지 않았다. 나는 먼저 결로가 있는지 살폈다. 오랫동안 반지하 빌라에서 곰팡내에 시달렸던 내게 결로는 가장 민감한 문제였다. 다행히 결로는 없었고 곰팡이 자국도 보이지 않았다.

"연식이 있어 보이는데 단열은 잘되나보네요."

"이 집은 서향이라서 늦은 오후까지 햇볕이 방안으로 깊숙하게 들어와요. 겨울에 보일러를 세게 틀지 않아도 밤에 따뜻하니까 난방비가 많이 들지 않아서 좋지."

수압은 정상이었고, 온수도 잘 나왔다. 다만 다른 원룸 매물보다 옵션이 많이 부족했다.

"옵션은 인덕션, 냉장고, 세탁기가 전부인가요?"

"그 정도면 혼자서 살기에 충분하지 뭐."

"인터넷은요?"

"그건 따로 기사를 불러 설치하셔야 할걸?"

"티브이와 에어컨은 없나요? 옷장도 안 보이네. 다 따로 사야 하나요?"

"아이고! 욕심도 많으셔! 그래서 이 방 안 하실 거예요?"

내가 이 방에 들어오리라고 확신하는 듯 중개인의 목소리에 자신감이 실려 있었다. 나 또한 이 방으로 마음을 굳힌 터라 중개인에게 더 따지지 않았다.

"지금 계약 가능한가요?"

부동산 중개업소에서 나와 테이블에 마주앉은 건물주는 육십대 후반에서 칠십대 초반으로 보이는 노인이었다. 계약서에 명시된 계약 기간은 이 년, 매달 관리비 5만원은 별도였다. 관리비는 수도 요금, 청소비, 시설 유지 등을 명목으로 책정된 금액이었다. 나는 조금 전에 본 타일이 군데군데 떨어져나간 건물 외벽과 계단에서 맡았던 짙은 곰팡내를 떠올리며 의심을 담은 눈으로 임대차계약서를 살폈다. 임대인의 주민등록번호 앞자리 두 글자가 '88'로 나와 같았고, 주소도 서울이 아니었다. 나는 건물주에게 어찌된 영문인지 물었다. 건물주는 위임장을 보여주며 대수롭지 않게 말했다.

"제 아들입니다. 미국으로 유학 가서 지금 한국에 없습니다."

나와 동갑인데 임대인이라니. 아버지 덕에 미국에서 공부하는 동안에도 그의 통장에 쌓일 보증금과 관리비를 떠올리니 입맛이 썼다. 중개인은 믹스커피를 담은 종이컵 석 잔을 테이블로 가져오며 휘파람을 불었다. 건물주는 그 소리가 듣기 싫은지 미간을 찌푸렸다.

"조용히 해. 뱀 기어나와."

"서울 한복판에 무슨 뱀이 나와요. 그나저나 골치 아픈 일도 끝나고 방도 나갔는데 기쁘지 않으세요?"

골치 아픈 일? 내가 고개를 갸우뚱거리자 중개인이 믹스커피를 홀짝이며 건물주의 눈치를 봤다.

"사실, 아까 그 방이 전세로 나올 매물이 아닌데 사연이 있어요."

직전 세입자가 건물주의 속을 많이 태운 모양이었다. 직전 세입자는 보증금 1000만원에 월세 50만원으로 원룸에 입주했으나 곧 월세가 밀리기 시작했다. 건물주가 아무리 독촉해도 소용이 없었다. 더 큰 문제는 계약 기간 만료 후에 벌어졌다. 그 세입자가 원룸에 쓰레기를 잔뜩 쌓아두고 잠적해버린 것이다. 냉장고 안에 오래 방치돼 있던 음식물이 썩어 계단실까지 악취를 풍겼고, 방바닥에 나뒹구는 수많은 배달 음식 포장 용기 사이로 온갖 벌레가 들끓었다. 경악한 건물주는 직접 쓰레기를 처리할 엄두가 나지 않아 폐기물 처리 전문 업체를 불렀다. 일 년 넘게 연체된 각종 공과금도 건물주가 떠안을 수밖에 없었다. 동파한 보일러 때문에 누수가 발생해 아래층 천장이 내려앉기도 했다. 원룸을 원상 복구하는 데 보증금보다 훨씬 큰 비용이 들어갔다. 건물주는 빈 종이컵을 구겼다.

"숨바꼭질이 따로 없더라니까. 전화도 안 받고 어디에 숨었는지 아무리 찾아도 보이지가 않아. 내 살다 살다 그런 놈은 처음 경험해봐. 월세 받겠다고 그런 어처구니없는 놈을 들이기보다 전세로 싸게 내놓는 게 속은 편하겠더라고."

"역시 배우신 분이라 현명하십니다."

"그놈 얼굴을 생각하면 아직도 치가 떨려. 팍타 순트 세르반다도 모르는 미개한 놈이 같은 하늘 아래서 숨쉬며 살고 있다는 게 창피한 일이지. 숨쉴 공기도 아까운 놈이야."

중개인이 천장을 향해 헛주먹질을 했다.

"팍! 다 쓸어버린다고요?"

"팍타, 순트, 세르반다. 계약은 지켜져야 한다는 뜻을 가진 라틴어야."

"라틴어는 또 뭡니까? 쉬운 말을 뭘 그렇게 어렵게 하세요."

"모르는 게 죄는 아니지만, 그렇다고 자랑할 일은 아니지."

"에이! 무슨 말씀을 또 그리 섭섭하게 하십니까."

나는 길어질 조짐이 보이는 둘 사이의 대화를 끊었다.

"저기요. 계약 진행 안 하나요?"

그렇게 무사히 마무리되는 듯했던 계약에 변수가 끼어들었다. 중개수수료가 내가 예상했던 금액보다 두 배 많았다. 서울 지역 주거용 부동산의 법정 중개수수료는 보증금의 0.4퍼센트이다. 전세보증금이 5000만원이니 중개수수료는 20만원이어야 한다. 그런데 중개인은 내게 40만원을 요구하면서 마치 깎아준다는 듯 선심을 쓰는 태도를 보였다. 아! 오층 건물이었지! 저렴한 보증금과 역세권이라는 말에 혹해 중요한 걸 깜빡했구나! 나는 어떤 상황인지 감을 잡았다.

"혹시 근생인가요?"

중개인은 내 질문에 담긴 의도를 파악했는지 말을 흐렸다.

"아…… 네."

근생, 근린생활시설의 약자. 내가 여러 매물을 돌아보며 놀란 사실은 원룸 중에 유난히 근생이 많다는 점이었다. 건축법상 단독주택은 주택으로 쓰는 층의 개수가 세 개 이하, 다세대주택은 네 개 이하여야 한다. 건물의 수익성을 높이려면 층수를 늘려야 하는데,

주택 용도로 건물을 지으면 층수를 늘리는 데 한계가 있다. 근생은 수익성을 높이려는 꼼수인 셈이다. 근생처럼 주거용이 아닌 부동산의 법정 중개수수료는 보증금의 0.9퍼센트 이내에서 협의할 수 있다. 보증금이 5000만원이면, 중개수수료는 최대 45만원이다. 중개인은 여기서 5만원을 뺀 금액을 내게 부른 것이다.

근생을 주택으로 사용하는 건 불법 용도 변경이다. 따라서 은행은 근생에 전세자금을 대출해주지 않는다. 대출을 처음부터 고려하지 않은 내게 전세자금대출 가능 여부는 별문제가 아니었다. 근생은 대출이 불가능하다는 점 때문에 상대적으로 보증금이나 월세가 저렴하다는 장점도 있다. 근생을 불법이라고 엄격하게 단속하는 경우도 드물고, 어쨌거나 전입신고를 마치고 확정일자를 받은 세입자는 주택임대차보호법의 보호를 받을 수 있다. 문제는 근생이 전세자금대출뿐만 아니라 전세보증금반환보증 가입도 거절당한다는 점이다. 보험에 가입한 임차인은 전세금을 돌려받지 못하는 상황에 놓였을 때 기관에서 전세금 상당의 금액을 돌려받게 되고, 기관은 소송이나 강제경매 등 절차를 통해 임대인에게서 전세금을 회수한다. 보험은 임차인이 전세금을 떼일지도 모른다는 불안감에서 벗어나게 해준다. 근생에는 이런 안전판이 없다. 계약서에 도장 찍기를 망설이는 내게 건물주가 직구를 던졌다.

"전세금 떼일 일 없으니까 걱정하지 맙시다. 등기 자세히 살펴봐요. 근저당 잡힌 금액 많지 않습니다."

건물의 등기부 등본상 근저당 설정액과 내 전세금을 합친 금액은 5억원가량이었다. 아무리 낡은 건물이어도 서울의 중심에 있으니 그 가치는 5억원보다 훨씬 클 테다. 팍타 순트 세르반다……나는 조금 전 건물주가 한 말을 곱씹었다. 근생이라고 해서 전세금을 떼일 일은 없겠다는 생각이 들었다. 눈치를 보던 중개인이 건물주를 거들었다.

"이분 옛날에 고시 합격해서 서울시에서 도시개발국장까지 지내셨어요. 아드님도 잘 키워서 미국 로스쿨까지 보냈고. 이만큼 믿을 만한 분이 또 어디에 있어."

"거참! 쓸데없는 소리 좀 그만해!"

공무원 출신 건물주라니. 아무리 고위공무원을 지냈다지만, 공무원 월급으로 아들을 미국에서 공부시키고 건물까지 소유하는 게 가능한 일인지 의문이 들었다. 서울에서 도시개발국장으로 일하며 개발 정보를 미리 입수해 투기라도 한 건가. 건물주가 내 눈을 바라보며 쐐기를 박았다.

"얼굴 보니까 미국에서 고생하는 아들 생각이 나네. 그놈이랑 동갑이시기도 하고. 복비 그냥 반만 내요. 나머지는 내가 저 양반에게 따로 챙겨줄 테니까."

건물주의 예상치 못한 호의에 내 마음의 빗장이 풀렸다. 중개인은 인심은 자기가 쓰고 생색은 건물주가 내는 상황이 떨떠름한지 표정을 구겼다.

인간은 적응의 동물이라는 말을 이사온 지 얼마 지나지 않아 다시금 실감했다. 퇴근 후 서대문역에서 원룸까지 이어지는 오르막은 출근할 땐 내리막이 됐다. 운동 삼아 걷기에 나쁘지 않은 길이었다. 지내다보니 부족한 옵션도 견딜 만했다. 평소에 티브이 시청을 즐기지 않아서 티브이가 없다는 점이 전혀 불편하지 않았다. 옷도 그리 많지 않아 온라인 매장에서 할인 가격으로 산 시스템 행거로 충분히 해결할 수 있었다. 인터넷 연결이 문제여서 설치기사를 불러야 하나 고민했는데, 공교롭게도 창가로 다가가면 비밀번호 설정이 안 된 와이파이가 잡혔다. 바로 아래층이나 위층에 거주중인 세입자가 설치한 인터넷 공유기에서 나오는 신호인 듯했다. 나는 슬쩍 그 와이파이에 무임승차했다.

연봉이 ㄱ신문사에 다닐 때보다 훌쩍 뛰어오르고, 공과금과 관리비 외에는 들어가는 고정비용이 없으니, 통장에 돈이 모이는 게 보였다. 살면서 처음으로 돈을 모으는 재미를 느꼈다. 새 직장생활도 순조로웠다. ㄴ신문사에서 내가 맡은 업무는 문화면 편집이었는데, 사내에서 내가 작업한 지면이 신선하다는 호평이 잇따랐다. 나를 ㄴ신문사로 끌어준 A는 정기 인사에서 내가 속한 편집 2팀의 데스크로 보직을 옮기며 내 지면에 힘을 실어줬다. 주머니 사정이 나아지고 단시간에 조직에서 에이스 대접을 받게 되니 자신감이 붙었다.

한껏 솟아오르던 자신감은 같은 팀에서 일하는 편집기자 B의 신혼집 집들이에 다녀온 뒤 타격을 입었다. B의 신혼집은 청계천이 내려다보이는 황학동의 주상복합아파트로 방 두 개에 화장실한 개가 딸려 있었다. 나는 B의 신혼집 거실에 서서 창밖을 내려다봤다. 노을 지는 하늘 아래로 청계천 변을 따라 산책하거나 조깅하는 사람들의 모습이 개미처럼 작게 보였다. 이십육층 높이에서 내려다본 청계천은 마치 잘 만든 광고의 한 장면처럼 멋졌다. B가 내게 다가와 레드 와인을 담은 잔을 건넸다.

"뭘 그렇게 열심히 보고 계세요?"

"청계천이요. 여기서 보니까 뷰가 장난 아니네요."

"아이고! 그런 말씀 마세요. 한강 뷰에 비하면 청계천 뷰는 뷰도 아니죠."

B는 내 감탄이 민망하다는 듯 고개를 흔들었다. 하지만 말투에서는 자부심이 엿보였다. 나는 부러운 마음에 B에게 신혼집 전세가를 물었다. B는 대답을 주저했다.

"제가 혹시 실례한 건가요?"

"실례는 무슨요. 전세는 아니고, 와이프랑 영끌해서 구입했어요. 무리를 좀 했죠."

나는 나와 비슷한 또래인 B가 이런 아파트를 신혼집으로 살 수 있다는 게 믿기지 않았다. B는 내 놀란 얼굴을 보고 손사래를 쳤다.

"안방과 화장실만 우리 거고 나머지는 은행 거예요. 부모님 도움도 좀 받았고요."

"얼마에 사셨어요?"

B는 머리를 긁적이며 대답을 피했다.

"뭘 또 그런 걸 물어보세요, 쑥스럽게. 인터넷 뒤지면 다 나와
요. 그리고 여기는 근처에 있는 다른 아파트 단지보다 학군이 별
로여서 저렴한 편이에요."

저렴한 편이라고? 도대체 어느 정도가 저렴한 편인지 감이 잡
히지 않았다. 나는 B가 안줏거리를 준비하러 주방으로 간 사이
에 휴대폰으로 이 집의 시세를 검색해봤다. 이 집과 같은 평형 매
물의 최근 실거래가 중 최저가는 4억 8500만원이었다. B의 신혼
집은 내가 연봉을 한 푼도 쓰지 않고 십 년 가까이 모아야 겨우 살
수 있는 집이었다. 나는 다시 창밖으로 시선을 돌렸다. 노을빛이
청계천에 스며들어 반짝였다. 내가 매일 사층 원룸에서 내려다보
는 남루한 풍경이 그 위로 겹쳐졌다. B는 나와 직장만 같을 뿐 다
른 세상에 있었다. 입맛이 뚝 떨어졌다.

그날 이후 B의 신혼집에서 내려다본 청계천이 내 머릿속에서
떠나지 않았다. 나는 퇴근 후 종종 무언가에 홀린 듯 광화문 청계
광장에서 황학동까지 물길을 따라 걸었다. 한 시간가량 걸으면 거
대한 성채를 닮은 주상복합아파트 단지가 눈에 들어왔다. 나는 청
계천 변에 설치된 벤치에 앉아 아파트 단지를 올려다보며 구체적

인 입주 방안을 고민했다.

내가 아무리 은행에서 빚을 지고 싶지 않아도, 빚 없이는 저 아파트를 살 수 없는 게 현실이다. 내가 감당할 수 있는 빚은 얼마나 될까. B의 신혼집과 같은 평형 매물의 최근 실거래가를 다시 검색해봤다. 저번에 검색했을 때보다 1800만원이 빠진 4억 6700만원이었다. 나는 휴대폰 계산기 앱을 실행해 실거래가를 기준으로 대출 가능한 최대 금액을 계산해봤다. 서울 지역 주택담보인정비율은 시세의 최대 70퍼센트이므로 대출 가능한 최대 금액은 3억 2690만원이다. 따라서 내가 해당 매물을 사들이기 위해 손에 쥐고 있어야 할 최소 금액은 1억 4010만원이다. 여기에 직장인 마이너스 통장 5000만원을 뚫으면 1억원만 가지고 있어도 된다는 계산이 나왔다. 원룸 전세금 5000만원이 있으니 5000만원만 더 모으면 청계천을 내려다볼 수 있다는 말인가? 5000만원은 내가 허리띠를 졸라매고 전세 만기까지 부지런히 월급을 모으면 충분히 마련할 수 있는 돈이다. 계산기를 더 두드려보니 이자 연 2.5퍼센트에 삼십 년 만기로 주택담보대출 3억원을 받으면, 매달 상환해야 할 금액은 약 120만원이었다. 적지 않은 부담이지만 매달 월세로 수십만원씩 버리는 것보다 훨씬 낫다는 생각이 들었다. 아파트 거실에 서서 와인 잔을 들고 청계천을 내려다보는 내 모습을 상상해봤다. 상상만으로도 기분이 좋아졌다.

목표가 정해지니 몸이 알아서 움직였다. 그날 집에 돌아와 가장 먼저 한 일은 온라인 가전 쇼핑몰의 장바구니에 넣어뒀던 벽걸이 에어컨을 빼는 일이었다. 여름이 다가오자 서향은 치명적인 단점으로 변했다. 초저녁까지 강한 햇살을 받아 달궈진 방은 밤새도록 사방에서 열기를 토해내며 수면을 방해했다. 선풍기로는 도저히 막을 수 없는 더위였다. 더운 공기를 바깥으로 빼내려고 창문을 열면 밤새도록 취객들의 고성방가가 들렸고, 현관문을 열면 축축한 곰팡내가 달려들었다. 캔맥주를 사러 일층 편의점에 들렀다가 원룸 건물을 올려다봤다. 내 방을 제외한 모든 방의 외벽에 에어컨 실외기가 설치돼 있었다. 더위를 버틸 자신이 없어 본격적인 여름이 왔을 때 에어컨을 사야겠다고 결심한 터였다. 청계천 뷰 주상복합아파트 입주라는 목표가 정해지자 에어컨 구매는 후순위로 밀렸다. 나는 원룸에서 나갈 때까지 에어컨 없이 여름을 버텨보기로 마음을 바꿨다.

그해 여름은 유난히 무더웠다. 나는 적금 통장에 차곡차곡 쌓이는 월급을 수시로 확인하며 더위를 견뎠다. 더는 견디지 못하겠다 싶을 즈음에 서늘한 바람이 불며 계절이 가을로 바뀌었고 얼마 지나지 않아 겨울이 왔다. 이직하자마자 일 년 동안 매달 200만원씩 부은 적금 통장에는 이자를 포함해 2422만원이 쌓였다. 나는 그 돈을 고스란히 예금으로 돌리고 다시 적금 통장을 만들었다. 이렇게 일 년만 더 보내면 목표에 닿는다고 생각하니 힘들게 일하다가도 웃음이 절로 흘러나왔다.

계획이 순조롭게 진행되다보니 세상일이 결코 내 뜻대로만 돌아가지 않음을 잠시 잊고 말았다. 시작은 그동안 무임승차해서 사용하던 와이파이였다. 퇴근 후 웹 서핑을 하려고 노트북을 열었는데 인터넷이 연결되지 않았다. 무선 네트워크 설정을 확인해보니 지금까지 보지 못했던 와이파이 아이디가 맨 위에 자물쇠 아이콘과 함께 떴다.

공짜로써서좋았니

와이파이의 주인이 건물 내부의 누군가가 무임승차하고 있음을 눈치채고 아이디와 비밀번호를 새로 설정한 듯했다. 휴대폰 테더링으로 인터넷 연결은 가능했지만, 내가 사용하는 요금제의 데이터 제공량이 많지 않아 오래 쓰기는 어려웠다. 인터넷을 사용하려면 서비스 업체를 호출해 전용회선을 설치할 수밖에 없는 상황이었고, 이는 고정비용 지출을 의미했다. 그까짓 것 좀 나눠 쓰면 되지 치사하게. 와이파이의 주인에게 미안한 마음보다 짜증이 앞섰다.

며칠 후 설치 기사가 방문해 건물 일층 계단실 벽면에 있는 통신함을 열고 인터넷 연결 작업을 벌였다. 일층 편의점에서 음료수를 하나 사 기사에게 건네고 옆에 서서 작업을 구경하는데 처음 보는 여자가 말을 걸었다.

"혹시 여기 사세요?"

"맞습니다만 무슨 일로."

"저는 302호에 살아요."

"아! 안녕하세요. 처음 뵙겠습니다. 저는 402호에 삽니다."

"바로 위층이네요. 이사온 지 얼마나 되셨어요? 얼굴을 뵙는 건 처음이어서."

"이제 막 일 년이 됐습니다. 바쁘다보니 다른 분들과 인사를 나눌 겨를도 없었네요."

내 또래로 보이는 여자가 내게 먼저 인사를 건네니 괜히 마음이 설렜다. 302호가 의미심장한 질문을 던지기 전까지는 말이다.

"그런데 왜 이제야 인터넷을 설치하세요?"

"네?"

302호가 내게 더 가까이 다가와 입으로만 웃으며 속삭이듯 물었다.

"공짜로 써서 좋았어요?"

302호와 마주쳤던 순간은 그저 그런 영화 속 민망한 장면처럼 자다가도 불쑥불쑥 떠올라 이불을 걷어차게 했다. 나는 왜 그때 넉살 좋게 받아치지 못하고 멍하니 서 있기만 했던 걸까. 무슨 말인지 모르겠다며 시치미를 떼도 상관없는 일이었다. 와이파이에 무임승차한 사람이 302호의 옆집인 301호일 수도 있고 401, 501, 502호일 수도 있으니 말이다. 신호가 닿는 곳에 거주하는 모두가

용의자다. 어쩌면 그들 모두가 무임승차했을지도 모른다. 302호가 나만 무임승차했다는 증거를 찾을 방법은 없었다. 내 반응은 도둑이 제 발 저린 꼴이나 마찬가지였다. 그날 이후 공교롭게도 계단실과 일층 편의점에서 302호와 마주치는 일이 잦아졌다. 방에서 걸어다닐 때도 302호를 의식하며 뒤꿈치를 들었다. 다른 원룸처럼 와이파이가 기본 옵션으로 제공됐다면 이런 민망한 일이 없었을 텐데. 그동안 딱히 불편하지 않았던 부족한 옵션이 마음에 거슬리기 시작했다. 원룸은 이제 내게 편안한 거주 공간이 아니었다. 하루빨리 여기서 벗어나야겠다는 마음만 커졌다. 그럴 때마다 B의 신혼집에서 내려다본 청계천이 눈앞에 아른거렸다.

급변하는 부동산 시장은 내가 종잣돈을 모을 때까지 기다려주지 않았다. 지난 몇 년 동안 제자리걸음이었던 청계천 뷰 주상복합아파트의 실거래가는 정권 교체 후 상승세를 그리며 5억원을 넘겼다. 실거래가의 상승은 내가 모아야 할 종잣돈도 늘어났음을 의미했는데, 내 연봉 인상률은 실거래가 상승을 따라가지 못했다. 적금만으로는 종잣돈 규모를 늘리는 데 한계가 있었다. 내가 깊은 고민에 빠진 사이에 부동산 시장은 더 크게 요동쳤다. 정부는 부동산 시장을 안정시키겠다며 서울을 포함한 투기과열지구의 주택담보인정비율을 실거래가의 70퍼센트에서 60퍼센트로 줄였다. 무리하게 대출받아 집을 사는 길을 어렵게 만들어 부동산 투기를 막겠다는 의도에서 나온 대책이었다. 적어도 내게는 효과가 확실한 대책이었다. 대책 발표 하나만으로 내가 마련해야 할 종잣돈 규모가 연봉만큼 늘어났으니 말이다. 청계천 뷰 주상복합아파트를 비롯해 아슬아슬하게 사정권에 걸쳐 있던 매물들이 빠르게 모습을 감췄다. 나는 마치 허허벌판에서 숨바꼭질의 술래가 된 듯 막막함을 느꼈다.

돌파구가 절실했던 내게 한 줄기 희망이 보였다. 바로 가상 화폐였다. 연초에 100만원 안팎을 오갔던 비트코인 시세는 불과 반 년 만에 300만원까지 뛰었다. 온라인 커뮤니티에선 비트코인 투자로 벼락부자가 됐다는 무용담이 속출했고, 여기저기서 "가즈아!"를 외쳐댔다. 처음에 나는 실체도 확실하지 않은 비트코인을 위험한 투기 수단으로 여겨 외면했다. 하지만 사내에서도 비트코인 투자로 큰돈을 벌었다는 직원이 하나둘씩 나오자 귀가 솔깃했다.

온라인 커뮤니티에선 비트코인을 두고 가격에 거품이 끼었다는 비관론과 앞으로 가격이 더 올라갈 일만 남았다는 낙관론이 팽팽하게 맞섰다. 투자에 실패하면 그동안 모은 종잣돈을 날리겠지만, 지금처럼 돈을 모아서는 부동산 시세 상승을 따라잡을 수 없다는 것도 분명했다. 나는 그동안 모은 예금과 적금을 깨서 만든 4000만원을 비트코인에 투자했다. 다행히 한 달 만에 투자금은 5000만원으로 불어났다. 기쁨도 잠시, 정부는 부동산 대책을 발표한 지 두 달 만에 새로운 대책을 내놓았다. 실거래가의 60퍼센트로 줄인 투기과열지구의 주택담보인정비율을 다시 40퍼센트로 줄인다는 내용이 골자였다.

내가 당장 영혼까지 끌어모아 마련할 수 있는 돈은 원룸 전세금 5000만원, 비트코인 5000만원, 직장인 마이너스 통장 5000만원을 합한 1억 5000만원이 전부였다. 실거래가가 5억원으로 오른 청계천 뷰 주상복합아파트를 사려면 최소한 현금 3억원을 손에 쥐고 있어야 하는데 턱없이 부족했다. 새로운 부동산 대책을 두고 자산이 부족해 대출에 의존해야 하는 실수요자는 피해를 보고 현금 부자만 이익을 얻게 될 것이라는 비판이 끊이질 않았다. 나는 그 비판에 격하게 공감하며 욕을 쏟아냈다.

마음이 급해진 나는 가지고 있던 비트코인을 모두 팔아 리플, 스텔라루멘, 에이다 등 알트 코인을 사들였다. 알트 코인 시세는 비트코인보다 변동이 커서 하루 만에 몇 배 혹은 몇십 배씩 오르기도 했기 때문이다. 나는 대박을 기대하며 업무 시간과 수면 시간을 쪼개 가상 화폐 거래소 호가 창을 들여다봤다. 기대와 달리 투자금은 며칠 만에 반의반 토막이 났다. 화들짝 놀란 나는 알트 코인을 손절매했다. 반면 비트코인의 시세는 그해 연말 2000만원을 돌파했다. 만약 내가 비트코인을 그대로 보유했다면, 투자금은 3억원으로 불어났을 터였다. 나는 하루에도 수없이 성급했던 선택을 후회하며 머리카락을 쥐어뜯었다.

전세 기간 만료일이 다가오자 건물주는 내게 전세금을 1000만원 올리겠다고 통보했다. 건물주의 통보가 야속했지만, 6000만원으로 같은 조건의 원룸 전세를 구할 자신이 없었다. 알트 코인을 손절매하고 남은 돈을 건물주의 계좌에 입금하니 통장이 텅 비었다. 그렇게 나는 이 년 전에 서울로 올라왔을 때와 다를 바 없는 처지가 된 채 나이만 두 살 더 먹고 말았다.

마음이 갈피를 못 잡으니 일이 손에 잡히지 않았다. 지면 편집을 대충하는 일이 잦아져 엉성한 결과물이 나오기가 일쑤였다. A는 내게 뭔가 지적하고 싶지만 자기가 데리고 온 사람이어서 참아주는 듯했다. 그런 A도 더는 참을 수 없는 사고가 발생하고 말았다. 내가 기사 제목에 중대한 오타를 내고 만 것이다.

지역 뉴스 지면 편집을 담당하던 B가 아픈 아이를 병원에 데려가야 해서 휴가를 낸 날이었다. 해당 지면 편집 업무가 내게 덤으로 주어졌다. 지면에 들어온 기사 중에 충청남도의 내포신도시를 다룬 작은 기사가 있었다. 만사가 귀찮았던 나는 기사 내용을 대충 확인하고 '내포신도시'라고 달아야 할 제목을 '내포신포시'라고 잘못 달았다. 짧은 기사인데다 제목의 글자 포인트도 작아서 편집 2팀 지면을 데스킹한 A도, 전체 지면을 데스킹한 편집국장도 오타를 확인하지 못했다. 기사를 쓴 취재기자가 충남도청 관계자의 항의를 받은 뒤 편집국장에게 볼멘소리를 했고, 편집국장은 A를 국장실로 호출해 깼다. 화가 난 A는 나를 회의실로 따로 불러 힐난했다.

"도대체 요즘 왜 이러는 거지? 일이 장난이야? 내포신포시? 일을 그렇게 대충 하면 당신을 이 회사로 데려온 내 체면은 뭐가 되지?"

나는 지면을 데스킹할 때 오타를 확인하지 못한 A와 편집국장에게도 책임이 있지 않으냐고 반발하려다가 고개를 숙이고 입술을 씰룩였다. A가 그런 내 마음을 읽었는지 목소리를 더 높였다.

"이번 건은 다른 사람에게 책임을 물을 사안이 아니야! 기사에 일차로 책임을 지는 사람은 바이라인에 이름을 적는 취재기자야. 데스크도 편집국장도 아니고! 마찬가지로 지면에 일차로 책임을 지는 사람은 편집기자야! 신입도 아닌데 그걸 몰라? 자신이 하는 일에 그 정도 책임감이 없어?"

"죄송합니다."

나는 지을 수 있는 가장 불쌍한 표정을 지으며 어깨를 움츠렸다. A의 말투가 누그러졌다.

"요즘에 무슨 고민이 있는 거야? 있으면 일단 이야기해봐. 내가 해결해주지는 못해도 들어줄 수는 있잖아."

나는 잠시 뜸을 들이다가 가상 화폐 투자 실패담을 털어놓았다. A는 허탈하게 웃더니 한 영어 교육 업체 광고에 출연한 배우를 흉내내며 내게 손가락질을 했다.

"야, 너두?"

A는 자신도 가상 화폐에 투자했다가 손해를 봤다고 고백했다.

"국장도 고점에 물렸다더라. 심지어 경제부장과 산업부장도. 내가 아는 한 지금 편집국에 코인으로 부자 된 사람 아무도 없어. 처음에 재미 본 사람도 나중에 다 손절매했고. 대출받아서 투자했다가 낭패를 본 사람도 좀 있어."

"정말요?"

"원래 번 사람만 시끄럽게 떠드는 법이야. 잃은 사람은 쪽팔려서 쉬쉬하지. 나와 당신을 봐."

"그래도 뭔가 억울하네요. 가만히 앉아 있기만 해도 될 일이었는데."

"억울해? 우리 같은 사람은 너무 올라도 불안해서 못 견뎌. 그때까지 버틴 놈이 대단한 놈이야. 그런 전사의 심장을 가진 놈은 그 돈을 먹을 자격이 있다고 봐. 당신이 그때로 다시 돌아가면 다른 선택을 할 것 같아?"

며칠 전에 나는 어머니와 함께 살았던 반지하 빌라가 있는 동네의 재개발 소식을 접했다. 그 집을 헐값에 사들인 임대 사업자는 지금쯤 쾌재를 부르고 있겠지. 나는 아무리 오래 살아도 곰팡내밖에 맡지 못했던 곳에서 그는 돈냄새를 맡았다. 그에게 반지하 빌라는 단순한 임대 사업 공간이 아니었다. 반지하 빌라나 그보다 가격이 더 비싼 지상층 빌라나 대지권은 같다. 그는 반지하 빌라를 산 게 아니라 재개발을 내다보고 싼값에 땅을 산 거였다. 그래서 내가 내놓은 가격보다 100만원을 더 얹어줘도 전혀 아깝지 않왔던 거다. 남보다 빨리 자기 손에 쥐는 게 더 이익이니까. A의 말이 옳았다. 돈은 그런 사람이 버는 거다. A는 내 처진 어깨를 두드리며 자리에서 일어났다.

"생각이 복잡하면 일단 처음으로 돌아가. 그리고 할 수 있는 일을 해. 우리처럼 별 재주가 없고 평범한 사람에게는 그게 최선이야."

처음으로 돌아가 할 수 있는 일을 하라? 나는 A에게 반박할 말을 찾지 못했다. 그날 나는 온라인으로 다시 적금 통장을 만들었다. 적금 통장은 부모님의 지원, 기회를 기다릴 만한 인내심과 전략이 없는 내가 종잣돈을 마련할 수 있는 유일한 수단이었다. 그 다음에는 현실적으로 매입이 가능한 주거 공간을 구체적으로 그려보았다. 이제 내 목표는 주방과 생활공간이 분리된 풀 옵션 투룸 혹은 분리형 원룸이었다. 지금 사는 원룸에선 사계절 내내 시스템 행거에 걸어두는 옷에 온갖 음식냄새가 스며들었고, 그 냄새는 섬유 탈취제로도 쉽게 안 빠졌다. 더는 라면 국물 냄새가 짙게 밴 방에서 잠들고 싶지 않았다. 나는 매달 200만원씩 이 년간 적금을 붓고 원룸 전세보증금 6000만원을 더해 1억원 이상을 마련한다는 목표를 세우고 차근차근 실행했다.

이 년 후 다시 전세 만기가 다가왔을 때, 나는 세웠던 목표를 달성했다. 안 입고, 안 먹고, 안 바른 결과였다. 갈수록 지독해지는 여름 더위를 에어컨 없이 두 번이나 더 견뎠다. 그런데도 전혀 기쁘지 않았다. 정부는 잇따른 대책 발표에도 불구하고 부동산 시세 급등을 막지 못했다. 그사이에 서울 시내 아파트 대부분의 매매 실거래가가 두 배 이상 뛰었다. 학군이 나빠 주변 아파트 단지보다 저렴하다던 청계천 뷰 주상복합아파트의 실거래가도 8억원대로 오르며 닿을 수 없는 꿈이 됐다. 요지부동이던 구축 빌라의 매매가는 물론 전세가와 월세가까지 덩달아 움직였다. 비트코인 시세는 그야말로 미친듯이 올라 7000만원을 넘겼다.

처음 서울에 올라왔던 사 년 전보다 손에 쥔 돈이 두 배 늘어났는데도, 선택지는 오히려 줄어들었다. 나는 서울에서 가장 보증금과 월세가 저렴하다는 대학동까지 가서야 겨우 분리형 원룸 전세 매물을 구할 수 있었다. ㄴ신문사에서 출발해 오십 분 동안 지하철로 움직여 마을버스로 갈아탄 뒤 이십 분을 더 가야 닿는 곳에 있는 매물이었다. 결혼은 꿈이고 연애는 사치였다. 서울에 와서 오히려 더 가난해졌구나. 서울에선 아무리 열심히 일해도 나아질 가능성이 없구나. 내 모든 노력이 송두리째 부정당한 것 같아 기가 막혔다.

그런 내게 서대문 건물주는 전세금을 무려 3000만원이나 더 올리겠다고 통보했다. 이 코딱지만한 낡은 방의 전세가가 1억원 턱밑인 9000만원이라니. 아무리 부동산 가격이 천정부지로 오르고 있다지만 어처구니가 없었다. 재계약할 생각도 없는데 그런 통보를 받으니 부아가 치밀어올랐다. 나는 신경질적으로 계약 갱신을 거부하며 건물주에게 방을 뺄 테니 계약 만료일까지 전세금을 돌려달라고 요구했다. 건물주는 새로운 세입자가 들어오면 전세금을 돌려주겠다는 말만 되풀이했다. 나는 건물주에게 이사할 집의 잔금을 치러야 하니 계약대로 제때 전세금을 돌려달라고 신신당부했다. 건물주는 건성으로 알았다고 대답했다. 불길한 예감이 들었다. 원룸 건물이 근생이어서 전세금반환보증보험에 가입하지 못한 게 문득 마음에 걸렸다.

불길한 예감은 결국 현실이 됐다. 건물주는 계약이 만료되는 날까지도 지금 내놓은 조건으로 세입자를 구하기 전에는 전세금을 돌려주기 어렵다는 말만 되풀이했다. 오히려 건물주는 부동산 가격이 급격하게 오르고 있는데도 지금까지 전세금을 적게 받은 자신에게 감사해야 한다며 나를 타박했다. 나는 건물주에게 법적으로 대응하겠다고 항의했지만, 그는 법대로 하라며 더는 내 연락을 받지 않았다. 내가 전세금을 돌려받을 방법은 건물주에게 내용증명을 보내고 보증금반환청구소송을 걸어 확정판결을 받는 건데, 번거롭고 시간이 오래 걸리는 일이었다. 나는 이사할 대학동 원룸의 건물주에게 사정을 봐달라고 하소연했지만, 제날짜에 잔금 지급이 이뤄지지 않았으니 계약서에 적힌 대로 계약금을 돌려주지 않겠다는 매정한 대답만 돌아왔다. 계약금을 돌려받으려면 변호사를 구해야 할 판이었다. 나는 만약의 사태를 대비해 미리 마이너스통장 대출이나 전세자금대출을 알아보지 않은 걸 후회했다. 저들은 내 사정을 봐주지 않는데, 왜 나는 저들에게 질질 끌려다녀야 하는가. 같은 법이 누군가에게는 어렵게 적용되고 누군가에게는 쉽게 적용되는 현실이 억울했다.

지난 몇 년간의 서울살이를 돌아보니, 마치 이길 수 없는 숨바꼭질의 술래가 돼 아무런 소득 없이 뛰어다닌 꼴이었다. 독이 오를 대로 오른 나는 결코 이대로 물러서지 않겠다고 다짐하며 이를 갈았다. 나갈 때 나가더라도 최대한 건물주를 괴롭힌 뒤 나가고 싶었다. 나는 건물주가 직전 세입자 때문에 속을 많이 태웠다는 이야기를 떠올렸다. 직전 세입자처럼 방안을 쓰레기장으로 만드는 짓은 결국 내 손해일 것이었다. 건물주로선 전세금에서 원상복구 비용을 빼고 돌려주면 그만이니 말이다.

내가 효율적으로 건물주를 괴롭힐 방법은 원룸에서 버틸 수 있을 때까지 버티기였다. 임대차계약이 만료된 임차인이 나가지 않고 버티면, 임대인은 보증금반환청구소송만큼 번거로운 명도소송으로 대응해야 한다. 명도소송 전에 강제로 임차인의 짐을 뺀 임대인이 주거침입죄로 처벌을 받았다는 내용의 기사도 보였다. 당장 방을 구할 수도 없는 처지이니 회사와 가까운 이곳에서 조금 더 머무는 게 그리 나쁜 선택은 아니란 생각이 들었다. 책임은 어디까지나 제날짜에 전세금을 돌려주지 않은 건물주에게 있었으니 말이다. 잘하면 나와 건물주 사이의 숨바꼭질에서 술래 역할을 바꿀 수도 있을 것 같았다.

계약 만료일로부터 반년을 넘긴 후에야 술래 역할을 바꿀 기회가 왔다. 정권 교체가 이뤄진 후 끝없이 오를 줄 알았던 부동산 가격에 제동이 걸렸고, 전세가와 월세가도 하락세로 돌아섰다. 전세금을 3000만원이나 올려 내놓은 매물이 쉽게 나갈 리가 없었다. 건물주는 그제야 내게 전세금을 1500만원만 올리겠다며 계약 갱신을 제안했지만, 나는 대학동 분리형 원룸 전세 계약 과정에서 떼인 계약금이나 제대로 보상하라며 제안을 일축했다. 전화를 끊을 때 십 년 묵은 체증이 내려가는 느낌이 이런 거구나 싶었다.

며칠 후, 내게 원룸을 연결해준 중개인과 오랜만에 연락이 닿았다. 중개인은 과장된 목소리로 반가운 척하며 내게 방을 보러 올 사람이 있다고 전했다. 건물주가 전세금을 내려 원룸을 내놓은 뒤에야 매물에 관심을 보이는 사람이 생긴 모양이었다. 재택근무중이던 나는 바쁘니까 나중에 찾아오라고 짧게 말한 뒤 전화를 끊었다. 중개인은 잠시 후 내게 다시 연락해 언제 찾아가면 되는지 물었지만, 나는 확실한 답을 주지 않았다. 그러자 중개인은 연락도 없이 원룸으로 찾아와 벨을 눌렀다. 현관문을 여니 삼십대 초반으로 보이는 남자가 중개인 옆에 어색하게 서 있었다. 방을 보러 온 손님이었다. 중개인의 목소리에 살짝 짜증이 실렸다.

"얼굴 뵙기가 참 힘드네요. 집에 들어오셨으면 귀띔해주시지."

"보시다시피 제가 좀 바빠서."

중개인은 예전에 내게 했던 말을 손님에게 녹음기로 재생하듯 그대로 전했다. 고개를 끄덕이며 방 구석구석을 살피던 손님이 내게 물었다.

　"여기서 얼마나 지내셨어요?"

　"사 년 반 넘었습니다."

　"오래 지내셨네요. 살기 좋은가봐요?"

　나는 방안 깊숙한 곳까지 쏟아지는 햇살을 가리켰다.

　"살아보시면 알겠지만, 이 집에는 겨울에도 볕이 오후 늦게까지 들어요. 그래서 보일러를 오래 틀지 않아도 온기가 오래가요."

　내 말에 손님은 반색했다.

　"아! 그래요? 그거 정말 좋네요."

　중개인도 옆에서 거들었다.

　"서향이 겨울에 난방비가 적게 들어서 좋다니까? 거기다가 더블 역세권이에요."

　경어와 평어를 편하게 오가는 중개인의 말투가 여전히 귀에 거슬렸다.

　"그런데 말입니다. 여름에는 햇살이 초저녁까지 들어서 새벽까지 방이 절절 끓어요. 드라이기도 아닌데 선풍기에서 더운 바람이 나오고. 더위 타시면 살기 많이 힘들 거예요."

　중개인의 표정이 확 굳었다. 손님이 내게 조심스레 물었다.

　"여기 에어컨은 옵션이 아닌가요?"

"옵션요? 이 집에 옵션은 낡은 인덕션, 더 낡은 세탁기, 그보다 더 낡은 냉장고뿐이에요. 티브이도 없고 인터넷도 직접 설치해서야 해요. 관리비를 5만원이나 받는데 도대체 어디에 쓰는지 모르겠어요. 저 시스템 행거도 옷장이 따로 없어서 제가 산 물건입니다."

중개인이 어색한 미소를 지으며 내 옆구리를 찔렀다. 나는 중개인을 무시한 채 손님에게 말을 이어갔다.

"이 가격에 이런 입지 조건을 가진 전세 매물을 찾기 어렵죠. 그런데 말입니다. 집주인이 전세금을 제때 돌려주지 않더라고요. 계약은 지켜져야 한다고 노래를 부르던 분인데. 그 덕분에 새로 이사하려던 집 계약금도 날렸어요. 지금 보증금반환소송 준비중이에요. 아! 이 집 근생이라서 전세금반환보증보험 가입을 못해요. 참고하세요."

당황한 손님은 나와 중개인의 얼굴을 번갈아 살피다가 말없이 밖으로 나갔다. 중개인의 표정이 일그러졌다.

"이사 안 갈 거예요?"

"가야죠."

"그런데 이게 무슨 짓이에요?"

중개인이 흥분할수록 나는 더 차분해졌다.

"물건만 팔면 땡인가요? 어떤 하자가 있는지 고객에게 최대한 알리는 일도 중개인의 의무죠. 따지고 보면 제가 지금 여기에 묶여 있는 것도 일정 부분은 그쪽 책임이죠."

"이보세요! 결정은 본인이 했으면서 무슨!"

중개인은 질렸다는 얼굴로 두 손을 내저었다.

"됐고요! 일 때문에 바쁘시다니 열쇠 하나 주세요. 이 집 비어 있을 때 손님에게 제가 알아서 방 소개할 테니까."

어이가 없네? 나는 어깨를 으쓱거리며 중개인을 쏘아붙였다.

"빚쟁이세요? 저한테 열쇠 맡겨놓았어요? 이보세요. 여기 제 집이에요. 집주인이라도 제 허락 없이 이 공간에 함부로 들어올 수 없다는 걸 모르세요? 방 보려면 제가 집에 있을 때 허락받아 찾아오세요. 안 그러면 경찰에 신고합니다."

말문이 막힌 중개인은 끙끙 앓는 소리를 내다가 손님의 뒤를 쫓았다. 나는 냉장고에서 캔맥주를 꺼내 목을 축였다. 근래에 마신 맥주 중 가장 시원했다.

그로부터 보름이 지난 후에 황당한 일이 벌어졌다. 원룸에서 재택근무를 하고 있는데 갑자기 잠겨 있던 현관문이 열린 것이다. 열쇠로 현관문을 연 사람은 건물주였고, 그의 뒤에 중개인과 손님으로 보이는 여자가 서 있었다. 건물주는 난감한 표정을 지으며 내 시선을 피했다. 손님은 중개인에게 무슨 상황인지 설명해달라고 눈빛으로 물었다. 중개인은 건물주와 손님을 뒤로하고 두 손을 모으며 현관으로 발을 들였다.

"저…… 방을 보겠다는 손님이 오셨는데 일하러 나가신 줄 알고……"

나는 아무런 대꾸 없이 휴대폰에 112를 찍고 통화 버튼을 눌렀다.

"경찰이죠? 여기 허락 없이 남의 집 문을 열고 침입한 사람이 있습니다."

중개인과 함께 도망치듯 물러났던 건물주가 잠시 후 내게 전화를 걸었다. 내용은 뻔했다. 제때 전세금을 돌려주지 못해 유감이다, 미국에 있는 아들에게 보내줘야 할 돈이 많아서 당장 가지고 있는 현금이 없다. 하루빨리 새로운 세입자가 들어와야 전세금을 돌려줄 수 있지 않겠느냐 등등. 건물주는 은근히 사태의 책임을 내게 돌리기도 했다. 팍타 순트 세르반다. 내 앞에서 계약은 지켜져야 한다고 강조했던 건물주의 모습이 떠올랐다. 나는 건물주의 말을 끊고 그가 내게 했던 말을 되돌려줬다.

"뭐 그러면 법대로 하시든지요."

숨바꼭질은 다음날 예상치 못한 방법으로 갑작스레 끝을 맺었다. 재택근무중이던 나는 느닷없이 입금을 알리는 문자메시지를 받았다. 입금액은 7200만원이었고, 입금자는 내가 모르는 사람이었다. 어찌된 영문인지 몰라 당황하는 사이에 전화벨이 울렸다. 휴대폰에 저장돼 있지 않은 번호였다. 통화 버튼을 누르자 젊은 여자의 목소리가 들렸다.

"입금 확인하셨죠?"

"누구시죠?"

"아, 저는 지금 그쪽이 사는 원룸에 새로 입주할 사람입니다. 이미 계약은 마쳤고요."

황당했다. 매물을 확인하지도 않은 채 계약하고 입금까지 마치다니. 내가 황당해하거나 말거나 여자의 목소리는 차분했다.

"잠시 뵐 수 있을까요? 저 지금 서대문역 근처에 있거든요."

나는 서대문역 앞 프랜차이즈 카페에서 여자와 만났다. 마스크 위로 보이는 눈매가 낯설지 않았다. 알고 보니 그녀는 건물주와 중개인이 내 방에 무단침입했을 때 동행했던 여자였다. 나처럼 지방 출신인 그녀는 취직해 서울로 올라온 뒤 회사가 있는 광화문과 가까운 거주지를 찾다가 여기까지 온 거였다.

"아무리 급해도 방을 제대로 보지 않고 덜컥 계약부터 하시는 건 좀."

"방 자세히 봤어요."

"네? 그게 무슨 말씀이죠?"

여자의 말인즉, 그날 쫓기듯 건물 밖으로 나온 건물주가 중개인과 몇 마디 대화를 나누더니 여자에게 집을 볼 수 있을 것 같다고 말했다는 것이었다. 302호와 402호 구조가 같아서요. 괜찮으시죠? 여자가 고개를 끄덕이자 건물주는 302호에 전화해 양해를 구했고, 여자는 그 방을 자세히 살핀 뒤 계약을 결정한 모양이었다.

"302호에 사시는 여자분이 이것저것 친절하게 설명해주시더라고요. 꼭 여기로 들어와 이웃이 됐으면 좋겠다면서."

내가 무임승차했던 와이파이의 주인이 복병이었을 줄이야. 얼굴이 화끈거렸다. 겨우 술래를 바꾼 숨바꼭질을 이대로 끝내기는 아쉬웠다. 나는 여자에게 하루이틀 지낼 곳이 아니니 신중히 결정하라고 강조하며 건물주의 뻔뻔한 태도를 다소 과장해 늘어놓았다. 여자는 상관없다는 태도를 보였다.

"저도 지금 하루가 급해요. 계약까지 마쳤는데 인제 와서 뭘 어쩌겠어요. 죄송한데 일주일 안에 방을 비워주시면 안 될까요? 그 부탁을 드리려고 찾아왔어요. 그래서 바로 입금부터 해드린 거고요."

여자는 커피잔에 입도 대지 않고 자리를 떠났다. 휴대폰에서 문자메시지 도착을 알리는 소리가 들렸다. 건물주가 보낸 메시지였다.

새로운 세입자가 전세금과 그쪽이 떼였다는 계약금을 합친 금액을 입금했을 거요. 서로 받을 거 받고 돌려줄 거 돌려줬으니 더 문제 일으키지 말고 끝냅시다.

내가 오 년 가까이 머물렀던 공간이 거짓말처럼 사라졌다. 나는 이번 숨바꼭질에서 이긴 걸까, 진 걸까. 이 숨바꼭질에 끝이 있긴 있는 걸까. 제때 돌려받지 못한 전세금의 지연이자까지 소송으로 받아내려면 또 얼마나 긴 시간이 걸릴까. 일주일 안에 과연 괜찮은 방을 찾아 이사할 수 있을까. 익숙했던 서대문역 주변 풍경이 낯설게 느껴졌다.

카스트 에이지

주원규

○
주원규
2009년 『열외인종 잔혹사』로 한겨레문학상을 수상하며 작품활동을 시작했다. 장편소설 『천하
무적 불량야구단』 『무력소년생존기』 『너머의 세상』 『기억의 문』 『크리스마스 캐럴』 『메이드 인
강남』 『반인간선언』 『특별관리대상자』 『나를 모르는 사람들에게』 『서초동 리그』 『벗은 몸』이 있
다. tvN 드라마 〈아르곤〉을 공동 집필했고, 『반인간선언』을 원작으로 한 OCN 드라마 〈모두
의 거짓말〉과 동명의 소설을 원작으로 한 영화 〈크리스마스 캐럴〉에 각색 작가로 참여했다.

1

쿵 하는 소리에 머리가 흔들린다. 한 차례, 두 차례, 이어서 화면이 바뀌듯 감은 두 눈꺼풀 사이로 날카롭게 빛이 스며든다. 나는 곧 눈을 뜨고 만다. 그리고, 가장 먼저 보이는 사물에 의도적으로 시선을 고정해둔다. 굳이 그렇게 하지 않아도 맞은편에 앉은 승객들과 눈이 마주칠 위험은 거의 없지만, 그래도 그냥 하루를 시작할 때 마주치는 첫 대상이 지하철 2호선 승객이고 싶지는 않아서다.

기왕 눈을 뜬 거, 스마트폰을 주머니에서 꺼내 현재 시각부터 확인한다. 동시에 현재 기온까지. 오후 두시 사십삼분, 현재 기온

0도. 오후 두시가 넘었는데도 체감온도가 영하권인 한겨울 날씨. 어쩐지 오줌이 마렵고 다리 부근이 서늘하다 했더니 오늘도 맹추위가 틀림없다.

그래도 오전 여덟시 오분에 신도림역에서 막 열차를 탔을 때보다는 낫지 싶다. 사람도 많은데 이상 저온으로 날씨까지 미쳐버릴 것 같은 서울, 출근길 2호선 전동차에 앉아 있으면 인파가 뿜는 열기 때문에 답답하면서도 이상하게 오한이 밀려든다. 오늘도 예닐곱 시간을 어떻게 뭉갤 수 있을까 고민이 커진다. 마음 같으면 당장이라도 모텔방이나 찜질방으로 돌진해 따뜻한 어딘가에 두 발과 슬쩍슬쩍 감기는 눈, 무거운 머리통, 축 늘어진 어깨를 맡기고 싶다. 하지만, 가성비를 생각하면 절대 그럴 수 없다는 압박감이 심장을 조여온다. 반대편 차선으로 건너간다는 핑계를 대고 역무원을 호출해 무임승차했기에 지하철 2호선에서 시간 보내기는 그야말로 시작부터 끝까지 모두 공짜다. 돈 한 푼 들이지 않고서 눈도 붙이고 혹한도 피할 수 있는 2호선 무한궤도를 두고 최소 만원 이상 깨지는 찜질방을 선택할 이유가 없는 것이다.

지하철 2호선에서 잠만 자는 건 아니다. 스마트폰만 있으면 뭐든 할 수 있다. 와이파이 속도는 좀 느리지만 간단한 게임은 충분히 즐길 수 있다. 유튜브 시청은 기본이다. 인스타, 페북도 둘러볼 수 있고 댓글도 남길 수 있다. 아무 오픈 채팅방에나 들어가 쓸데없는 쌍욕을 스트레스 해소용으로 써댈 수도 있다. 그러다보면 지루해질 틈 없이 시간이 지나간다. 단지 출근 시간대에 좌석에 앉는 게 관건이다. 정 안 되면 노약자, 임산부석을 차지하면 된다. 가끔 자기 일도 아닌데 나서기 좋아하는 사람들이 어린놈이 왜 거기 앉아 있냐고 훈계하긴 해도, 버티기만 하면 끝이다. 그때뿐이다. 진짜 독종인 경우 빼고는 팔을 붙잡고 끌어내거나 하지 않으니까.

오늘처럼 자동문 옆자리에 앉으면 칸막이에 머리를 기댈 수 있어 더욱 좋다. 무선 이어폰 배터리까지 풀 충전이면 금상첨화다. 이렇게 오전 여덟시에서 오후 세시까지는 버틸 수 있다. 버티다 보면 새로운 하루를 시작할 수도 있고, 출근이란 것도 할 수 있다. 그럭저럭 살아낼 수 있다.

지하철 밖으로 나올 때부터가 우울함의 시작이다. 인상이 절로 구겨진다. 오후 세시 십오분쯤 내리는 곳은 당산역이다. 콜을 받는 사무실이 그나마 당산역에서 도보로 이동할 만하기 때문이다. 애초부터 무임승차를 했기에 버스로 환승할 수가 없다. 이렇게 돈 한 푼 안 내고 반나절을 버텼는데, 버스비를 헛되이 날릴 순 없다. 인상이 저절로 구겨지는 건 이 추위에 이십오 분을 걸어야 하기 때문만은 아니다. 내가 출근하는 중인 걸 알고 있는 이들의 톡 때문이다. 톡을 바로바로 읽지 않고 쌓아두는 편이지만 여자친구와 멘토의 연락만큼은 거부할 수 없다. 그들은 내가 스마트폰을 하루 이십사 시간 늘 손에 쥐고 있는 걸 모르지 않기에 읽씹도 안 되고,

1을 남기는 건 더더욱 용납하지 않는다.

이런 식의 상호 애착이 사랑이라면 또 모를 일이다. 여자친구는 흡사 21세기형 포주처럼, 날 시사 프로그램에 나오는 염전 노예 취급한다. 아래의 메시지가 착취에 해당한다는 걸 누구보다 잘 알 것 같은 행정학과 3학년 중퇴생인 그녀는 그런데도 문자 보내기를 주저하지 않는다.

일 시작해라. 얼른얼른.

오늘 목표는 일당 27만원이야.

그건 기본이고, 미니멈 삼쩜오까지는 가야 해.

이태양. 니 이름이 아깝지 않게 태양처럼 열심히 뛰어.

입금하는 거 잊지 말고.

한번은 여자친구의 문자만 캡처해 메모장에 저장해둔 적이 있었다. 그렇게 저장한 내용으로 시사 프로그램이나 실화 탐사 프로그램에 제보하면 곧바로 낚시 입질 오듯 전화가 올 것을 확신한 적도 있었다. 하지만, 어쩔 수가 없는 일도 있다. 단지 여자친구를 너무너무 사랑해서, 미칠 듯이 사랑해서 노예처럼 일하는 것만은 아니기에, 그렇기에 오늘도 독한 마음을 먹고 일터로 나가야만 한다.

일터로 나가면 마흔네 살 여자 실장이 맥스웰 커피를 한 잔 걸쭉한 농도로 타준다. 빈 스틱 봉지로 커피를 휘휘 저어 내준다. 비위생적인 걸 알지만 이 커피 맛에 길들여져서인지 또래 애들, 여친, 혹은 여친 친구가 마시는 아메리카노나 프라푸치노가 오히려 낯설다. 실장이 배달 전용 선불폰을 건네주고, 오토바이 키도 건네준다. 사무실 안에는 이런 식으로 선불폰과 바이크를 제공받는 대가로 수수료를 떼어주는 '호구'들이 여럿 더 있다.

그래도 해야 한다. 호구가 될 수밖에 없다. 호구가 되어도 열심히 일하는 수밖에 없다. 다른 방법이 없다. 실장이 타준 맥스웰 커피를 맛없다고, 유행에 뒤진다고 말할 권리 역시 나에겐 없다. 실장이 날 바라보는 눈빛은 언제나 절반은 협박이고, 절반은 동정이다. 서류를 적당히 위조해 A급 배달원에 해당하는 비용을 받도록 해주기도 했던 실권을 실장은 나에게 협박의 도구로 써왔다. 노골적으로 일주일에 서너 번은 이야기한다. 마음에 안 들게 일하면, 게으름 피우거나 욕심을 부리거나 넘치거나 부족하거나, 이중 어느 하나만 해도 언제든 해고할 수 있다고, 기다리는 사람 많다고 으름장을 놓는다. 하지만, 절반의 동정이 남아 있기에 실장이 날 해고하지 않을 거라고 안심한다. 작년, 열아홉살에 알트 코인 막차를 타는 바람에 갑작스럽게 쌓인 빚, 제삼금융권에서 빌린 투자금의 규모를 실장은 진심으로 어이없어했고 진심으로 동정했다. 그래서 나는 안다. 그녀가 나에게 커피를 타서 건네는 이 순간이 존재하는 한, 그녀는 날 해고하지 않을 거란 사실을.

오후 네시 사십분에 첫 알람이 울렸다. 사무실의 낡은 가짜 가죽 소파에 앉아 첫 콜을 기다리던 호구 중에 내가 할당받은 휴대폰이 먼저 울린 것이다. 첫 주문은 신도림역 사거리 족발집 주문이다. 오후 다섯시가 되기도 전에 족발과 생맥주를 주문해 먹는 이들은 누구일까. 처음 배달 라이더를 시작할 때는 그런 식의 궁금증이 제법 많았다. 지금은 아예 생각이란 걸 하지 않는다. 한 건당 라이더에게 할당되는 수수료만 생각한다.

한 번이라도 더 배달하면 그만큼 돈을 더 버는 일, 실장은 세상에 이렇게 정직하고 깔끔한 일은 없다고 말하지만, 그건 반은 맞고 반은 틀린 얘기다. 더 많이 배달하려면, 그만큼 꽉 막힌 서울의 차도 위를 미꾸라지처럼 빠져나가야 한다. 미꾸라지가 되려면 한 뼘 남짓한 승용차와 트럭 사이, 차도와 인도 사이를 눈짐작으로 가늠해야 한다. '중침'은 기본이고, 신호 위반은 일상이 되어야 한다. 실장이 나를 포함한 호구들에게 강조하는 이 배달 대행업체의 최대 강점이 빛을 발하는 순간이다. 이곳에서 배당해준 번호판을 달고 운전하는 바이크는 아무리 신호 위반을 해도 범칙금이 발생하지 않는다. 승용차에만 대포차가 있는 게 아니듯 당연히 내가 끌고 다니는 오토바이에 부착된 번호판 역시 소위 대포 번호판이기에 그렇다.

길 위에서 하나 더 주의해야 할 점이 있다. 범칙금도 날아오지 않을 만큼 자유로운 길 위의 무법자에게 사고는 그 자체로 지옥이다. 사고가 나면 국가도, 이웃도, 구청도, 실장도, 아무도 돌봐주지 않는다. 실제로 지난달에 조선족 아저씨 한 명이 대포 번호판을 달고 새벽일을 하다가 목숨을 잃은 일이 있었다. 사거리에서 서로 신호 위반을 한 충돌사고였는데, 사망의 대가는 유족들에게 부과된 벌금 500만원이었다. 생명보험금조차 받기 어려운 일이기에 실장은 진심인지 자기 회사의 이익을 위해선지 모르지만, 여하튼 너무 급하지도, 너무 느리지도 않게 배달 업무를 수행하라고 조언했다. 하지만, 내 사전에 '너무 급하게'란 없다. 급해야만 한다.

저녁 아홉시가 되어가고, 오늘도 난 독보적인 배달 기록을 세우는 중이다. 계기판 옆에 꽂아놓은 휴대폰에는 타로 유튜브와 해병대 유튜버에 한창 빠져 있을 여친의 카톡 프로필을 항상 띄워둔다. 여친과 내가 가장 기분좋을 때가 바로 오늘 같은 밤이다. 첫콜을 비교적 늦게 잡았지만, 인접한 가게에서 비슷비슷한 배달 장소로 간 덕분에 배달 건수가 평소보다 두 배는 많았다. 아직 새벽이 되지도 않았는데 일찍이 목표량을 채웠다. 여친은 이 현상을 타로 점으로 장황하게 설명하곤 했는데, 비교적 무식한 나는 그것을 한마디로 압축해 받아들였다. '운이 좋은 날이다'. 한 단어 정도 덧붙이면 '운이 아주 좋은 날' 정도일 것이다.

운이 좋은 날이든 나쁜 날이든, 그럭저럭인 날이든, 배달 음식을 딜리버리 박스에 담고 움직이는 길 위는 언제나 춥고 달았다. 계절과 관계없이 길 위는 늘 춥다. 습도 높고 무더운 열대야에도 추운 기분이었다. 한기가 들 정도로 무섭거나 아예 진공상태거나 둘 중 하나였다. 나는 분명 그랬다. 기어를 올리고, 두툼한 핸들 커버에 가려진 액셀을 당기면서 오토바이에 몸을 맡기면 신호등, 승용차들의 브레이크 등, 언제나 안개처럼 소란스럽게 내려앉아 있는 클랙슨 소리, 쉼없이 윙윙거리는 배기음, 거리의 사람들이 내는 소리와 밤거리에 미세한 점처럼 흩뿌려져 있는 휴대폰 액정 불빛까지, 그 모든 것이 블랙홀이 되어 내 머릿속에 담겨 있는 생각들을 죄다 빨아들인다. 일 초라도 빨리 달리기 위해 붉은 신호일 때도 진행하는 게 일상이다. 내 눈에 보이는 건 차량의 붉은 브레이크 등이 전부다. 그 붉은 태양과도 같은 수많은 불빛을 넘어서고 나면 단내가 내 몸과 코끝에 절묘하게 파고드는 시간이 가까워진다. 딜리버리 박스의 음식 맛이 달아서가 아니다. 두 겹, 세 겹 동여맨 포장 용기 탓에 음식냄새는 거의 맡을 수가 없다. 내가 달다고 느끼는 건 아주 잠깐, 다세대주택, 빌라, 주상복합 오피스텔, 사무실, 지하 연습실 같은 다양한 공간에서 문이 열리고 음식을 주고받는 그 짧은 순간에 슬쩍 마주치는 수령인과의 시선 충돌. 그 순간은 묘하게 달다.

수령인은 내 얼굴을 보지 못한다. 검은 헬멧을 늘 벗지 않았으니까. 헬멧 미착용으로 벌금을 맞으면 대포 번호판인 게 들통나기 때문에 귀찮더라도 신원이 발각되지 않도록 헬멧을 절대 벗지 말라는 실장의 말을 난 경전에 쓰인 말처럼 믿고 실천했다. 반면에 난 대부분 수령인의 눈을 볼 수 있었다. 문 앞에 놓고 가라는 경우는 제외하고. 아주 잠깐이었지만 살아 있는 눈을 보는 특권은 정말 달았다.

처음엔 부끄러웠다. 헬멧을 쓴 낯선 남자, 나이도, 그 무엇도 가능할 수 없는 상대를 적당히 경계하는 여성들의 눈빛을 마주했을 때는 헬멧을 벗고 나를 설명하고 싶다거나 뭘 그렇게 보냐고 따지고 싶은 충동을 느낀 적이 한두 번이 아니다. 하지만, 시간이 지날수록 충동을 넘어선 단내가 내 몸과 머릿속을 야무지게 채우는 걸 느낀다. 그 단내가 뭐냐고 누군가 진지하게 따져 물으면 한마디도 대답 못하겠지만, 사람들과 눈을 마주치는 그 순간만큼은 달았고, 내가 살아 있는 걸 느꼈다. 그 기분이 좋은 건지, 우울한 건지, 무섭고 두려운 건지에 관해선 해석이 불가하다. 길 위에서 내 역한 입김이 눈앞의 헬멧 실드에 성에로 잔류하는 순간순간마다 춥고 달다는 실감 외에는 다른 어떤 것도 감각되지 않는다.

배달 일이 세 시간 더 추가되어 열두시 가까이 계속된다. 신도림을 중심으로 당산역, 신길사거리, 영등포구청, 조금 더 멀리 나가면 가산동 디지털단지역 부근까지, 나의 대포 번호판 달린 오토바이는 쉼없이 포장 용기를 싣고 달린다. 우회전, 좌회전, 불법 유턴, 인도 침범, 오토바이 금지 도로 질주를 반복하면서 맥스웰 커피믹스의 뒷맛이 희미해질 무렵이면 나는 붉고 비릿한 야경만 남은 서울의 자정에 돌입한다.

2

여자친구는 멘토의 강의를 듣지 말라고 했다. 진심으로 진저리치며 멘토의 강의를 저주했다. 하지만 그건 이율배반적이었다. 자기도 꽤 양아치같이 생긴 해병대 출신 자기계발 유튜버의 열성 구독자이면서 내 멘토를 욕하거나 비난할 자격은 없었다. 더욱이 내 멘토는 여자친구가 구독하는 양아치 유튜버와는 차원이 다르니까, 난 더욱 열의를 내어, 붉게 충혈된 눈을 비비며 강의를 듣고 또 들었다.

새벽 한시에 이르기까지, 멘토의 강의를 듣는 동안 난 더 깊은 늪에 빠져드는 느낌을 받곤 한다. 늪에 빠진 경험은 물론 없지만, 비슷하게는 어렸을 적 누구나 한 번쯤은 경험해봤을 법한, 가족 여행에서 길을 잃은 느낌 말이다. 내게는 멘토의 강의가 그때 길을 잃은 경험과 동등한 실감으로 다가온다. 들으면 들을수록 강의 내용은 선명하고 답도 명확하다. 강의를 듣는 시간만큼은 머리와 심장, 그 코어를 지배하는 세포 곳곳에서 아드레날린이 박동하는 걸 분명히 느낀다. 세상은 급변하고 있지만, 세상의 모든 자본주의는 착취라는 이상을 소유한 자가 발동하는 계획에 의해 기계적으로 움직이기 마련이다. 그러므로, 그 기계의 틈새를 포착하고 영민하게 파고들어 그 흐름에 편입하지 않으면 희망은 없다는 멘토의 단호한 가르침이란, 아무리 듣고 또 들어도 명품 강의가 분명했다. 문제는 그 틈새를 어떻게, 무슨 수로 발견하느냐는 것이었다.

그 질문에 멘토는 선문답을 주고받듯 굴었다. 그 방법론에 관해서만큼은 침묵했다. 물론 이해한다. 그것까지 다 가르쳐주면 멘토는 뭘 먹고 살겠냐고 다른 추종자들은 말한다. 그보다 난 우리에게 쓰디쓴 인생 수업료를 스스로 지불하도록 유도하려는 멘토 나름의 큰 뜻이라고 생각한다. 물론 그 큰 뜻 때문에 나는, 적어도 내 기준에서는 적잖은 돈을 젊은 나이에 수업료로 휘발시켜버렸지만. 제삼시장 주식, 공매도, 부동산 경매, 신흥 코인 투자법. 멘토는 종목까지 세세하게 지목하며 가진 돈 전부를 털어 투자해보라고 권유한 적이 한두 번이 아니었고, 그때마다 나는 충실히 적게는 몇십만원에서부터 많게는 몇백만원까지 투자했다. 그리고 현재 수익률은 마이너스에 가깝다. 아니, 완벽한 마이너스다.

여자친구는 도돌이표처럼 메시지를 보내곤 한다.

너, 지금 일 안 하고 멘토 강의 듣지?

진짜 죽고 싶음?

차라리 우리 해병대 오빠 강의 들으라니까.

정신 나갔음?

이럴 때마다 떳떳하게 답장할 수 있는 말은 거의 없다. 아니, 거짓으로 답해봤자 곧바로 들통이 날 것이다. 아예 유구무언이란 사자성어가 정답이다. 현재 상태만으로 보면 멘토를 따라 했던 나의 투자는 철저한 실패가 맞으니까. 하지만, 멘토의 강의에는 그 이상의 설득력이 있다. 단순한 희망 고문과는 다른 낙관이 있다. 그 낙관의 좌표, 긍정의 깃발 끝에는 늘 '미래'란 단어가 따라붙는다.

응.

형.

나는 멘토를 형이라 부른다. 그것은 멘토가 엄선한 '열두 제자 채팅방'의 구성원에게만 주어진 특권적 호칭이다.

멘토를 형이라 부를 때마다 눈시울이 뜨거워지고, 가슴이 벅차오르곤 한다. 세상 누구도 이해할 수 없을 것이다. 멘토는 '미래'를 생각하지 않는 인간과는 말도 섞지 말고 몸도 섞지 말라고 했다. 미래를 전혀 생각하지 않는 여자친구와 섹스를 꿈꾼다는 점이 마음에 걸리지만, 그래서 항상 멘토에게 여자친구를 정리하지 못한다고 호되게 야단을 맞기도 하지만, 그래도 난 멘토의 '미래'가 좋다. 이렇게 잠시 짬을 내어 단 십 분, 아니 오 분이라도 멘토와 통화를 하는 자정 이후의 시간이 행복하다. 물론 이 행복과 길을 잃은 불행한 느낌이 본능적으로 공존한다는 건 모순 중의 모순이지만.

일 많이 힘들지?

아니야, 형.

조금만 참고 기다려. 기계의 품에 들어가 기계의 규칙과 하나가 되는 걸 배우는 건 결코 쉬운 길이 아니야.

알고 있어, 형.

알고 있다니 다행이네. 그런데, 왜 약속, 안 지켜?

어떤 약속?

어제 말이야. 내가 신규 코인 공동 구매 하자고 했잖아. 기억하니?

당연히 기억해.

그럼, 기억해야지. 열두 제자 채팅방에도 공지한 공식 미래 예측 솔루션인데, 기억 안 하면 안 되지.

당연히, 너무나 당연히 기억해.

그런데, 그걸 기억한다는 새끼가 왜 돈을 보내지 않았느냐 이거야.

그게, 형.

혹시 너, 날 못 믿어서 돈을 보내지 않은 거니? 내 개인 계좌로 보내는 게 못 미더워서?

아니야, 형. 절대 그렇지 않아.

태양아. 넌 매일 떠오르는 태양처럼 미래를 향해 달려가는 청년이니까 그러진 않았을 거라고 생각해. 그래도 다시 물어보자. 왜 약속을 지키지 않은 건데?

솔직히 고백하면 돈이 없어.

돈이 왜 없니? 배달의 민족으로서 누구보다 성실히 임무를 수행하는 네가 왜 돈이 없니?

형.

내가 맞혀볼까? 그건 네 여자친구라는, 그 이상한 점괘나 믿고 반반한 사기꾼 조회수나 늘려주는 머리 빈 여자애 때문이 아닐까.

그게…… 그것만은 아니야, 형.

이 대목에서부터 혼란스러워진다. 멘토는 내 여자친구를 내 인생에서 불필요한 존재로 취급한다. 그러면서 미래를 생각하라고 한다. 미래를 생각하는 대신 과거를 떠올려보면, 고등학교 졸업하고 지금까지 길 위에서 배기가스 맡으며, 크고 작은 사고를 겪으며, 고객과 업주의 신경질적인 요청 사항을 머릿속에 입력해가며 벌고 또 벌었던 돈은 멘토의 계좌와 여자친구의 계좌에 나란히 이동되어 있을 것이다. 멘토와 여자친구는 내게 양자택일을 요구해왔다. 멘토의 말은 늘 일관적이다.

태양아. 내가 충고하지 않았니. 네가 그 아이하고 대체 무슨 미래를 설계할 수 있겠니?

그건 그렇지만,

이 형 말만 믿고 그때 약간만 더 투자했으면, 태양이, 네 인생의 두번째 일출, 그 서막을 열 수 있었을 텐데 말이다. 난 그 점이 못내 아쉬워.

미안해 형.

태양아. 내가 좋아하는 철학자의 말 기억하지?

응. 당연히 기억해.

암송해봐.

'미래만 바라보는 짐승은 세상에서 가장 아름다운 짐승이다.'

그렇지. 난 태양이 네가 세상에서 가장 아름다운 짐승이 되었으면 좋겠어.

알아. 그럴 거야.

대답만 하지 말고, 오늘도 빡세게 벌고, 내일도 빡세게 벌고, 그렇게 해서 이번 주말까지 150만 내 계좌로 보내줬으면 좋겠다. 할 수 있겠니?

노력해볼게.

아니, '노력해볼게' 정도의 애매한 각오로는 미래를 준비할 수 없어. '할 수 있어'라고 대답해.

알았어, 형. 세팅해볼게. 할 수 있어.

그럼…… 더 할말 없지?

아니, 그보다 형, 묻고 싶은 게 있어.

바빠서. 이만 끊자.

하나만, 하나만 질문하면 돼.

바쁘다니까. 너도 이렇게 통화할 시간에 나가서 상하차 알바라도 한번 더 해. 돈 벌어야지.

늘 이런 식이다. 전화는 끊어졌다. 아쉬움을 삼키고 멘토의 유튜브 채널에 들어간다. 멘토는 한창 라방중이었다. 대단한 집중력이다. 라방으로 강의를 진행하는 중에 나와 전화를 했다는 얘기 아닌가. 멘토처럼 멀티태스킹 능력이 장착되었으면 좋겠다고 생각한다. 그러고 보니 난 끝내 오늘도 멘토로부터 정말 듣고 싶은 대답을 듣지 못했다. 늪에 빠져드는 것 같은, 길을 잃어버린 것 같은, 아니 어쩌면 실제로 길을 잃어버린 내가 듣고 싶은 답, 그 궁극의 명쾌함은 이번주에 멘토의 계좌에 150만원을 입금해야만 얻게 될지 모를 일이다.

아쉬움을 치유하는 마음으로 멘토의 강의를 들으며 새벽 한시 삼십분에 서부화물터미널에 도착한다. 심야 버스를 타고 이동해 도착한 화물터미널에서 두 시간 가까이 택배 상하차 작업을 한다. 아슬아슬한 시간에 도착해 목장갑도 제대로 끼지 않고 박스가 배당된 화물 트럭 앞으로 뛰어간다. 첫 박스를 들어올리는 순간, 언제나 그렇지만 앞이 캄캄하고 숨이 턱 막힌다. 박스 하나하나엔 대체 어떤 것들이 담겨 있는 걸까. 매일 산사태처럼 쏟아지는 박스를 날라도 다음날이면 또다른 산사태가 터미널에서 기다리고 있다.

이렇게 박스를 기계적으로 옮기고 있으면 어느 순간, 내가 박스의 일부가 되어 선별 적재장으로 빨려들어가는 컨베이어 벨트로 내동댕이쳐지는 기분이 든다. 그것이 무서워 멘토의 강의를 듣는다. 만약 이 순간, 나보다는 해병대 유튜버에게 훨씬 더 관심이 많은 여자친구의 아무 말 대잔치라도 들을 수 있다면, 솔직히 멘토의 도돌이표에 가까운 강의는 듣지 않아도 괜찮다. 내 삶에 아무 도움 안 된다고 느끼더라도, 앞뒤 안 맞는 꼰대 같은 잔소리를 늘어놓는다 해도 이 시간, 아빠, 엄마의 아무 말이라도 들을 수 있다면, 그럴 수만 있다면 그 실없는 소리를 멘토의 강의보다 열 배, 백 배 더 달게 들을 용의도 있다. 하지만 이 새벽, 여자친구도, 아빠, 엄마도, 몇 되지 않는 친구 녀석의 목소리도 들을 수 있는 경우의 수가 0에 가깝기에, 내 두 귀에 꽂혀 있는 이어폰으로 멘토의 그 결론 나지 않는 미래 예측, 미래 대비에 관한 강의를 듣고 또 듣는 수밖에 다른 방법이 없다. 그렇게 새벽 네시까지 서부화물터미널에서의 알바는 이어진다.

3

새벽 네시가 지나갈 때쯤이면 믿을 수 없는 장면이 나타난다. 아마도 다른 이들은 보지 못하는, 혼자서만 볼 수 있는 장면일지도 모른다. 쉬지 않고 쏟아져 밀려오는 박스들, 종이 박스 특유의 퀴퀴한 향취를 느끼면 느낄수록, 내 손과 내 두 눈이 서로 엇나가며 다른 템포로 움직이는 듯한 느낌이 절정에 달할 무렵, 어디선가, 알 수 없는 빛이 번쩍거릴 때가 있다. 박스를 마지막 트럭에 옮겨 담을 때쯤이면 터미널 벽면에 붙어 있는 디지털시계의 붉은 점선이 04:00을 만들어낸다. 일이 끝났음을 선고라도 하듯, 한겨울임에도 땀이 바지 속과 니트 깊숙이 파고드는 노동의 새벽과 자신은 전혀 상관없다는 듯 무심한 눈길로 무장한 관리직원이 터미널의 커다란 문을 여는 순간, 그렇게 문을 열 때, 내 시야엔 야만적인 어둠은 사라지고 천국의 문이 열린 것 같은 광명이 서울의 새벽하늘을 헤집고 쏟아지는 것이다. 처음엔 내 눈이 잘못된 줄 알았다. 하지만 잘못된 코인 투자, 여자친구의 생활비 독촉, 눈에 실핏줄이 터질 정도로 과로에 시달리는, 무한궤도 위에 강제로 던져진 야생동물 같은 내 단순한 삶이 반복되는 만큼 한겨울의 새벽, 칠흑같이 어두운 새벽하늘에서 빛이 쏟아지는 경험 역시 매일 반복된다. 그렇기에 그 장면은 믿을 수 없게 느껴지고, 신비롭기까지 하다. 다른 이들은 그 황홀경을 경험하지 못하는 듯 혼잣말로 욕설을 지껄이며 목장갑을 벗어던지지만, 난 제법 오랜 시간, 땀이 식을 때까지 그 자리에 우두커니 서서 그 이해할 수 없고 믿을 수 없는 빛무리를 지켜본다.

매일 새벽, 입에서 단내가 나고 머릿속이 빙빙 돌고 속이 울렁거리는데다 컨베이어 벨트가 내지르는 설명하기 어려운 소음만으로도 결코 헤어나올 수 없는 도가니에 빠진 기분에 압도되면서도, 일이 끝나고 일당 7만원을 챙기는 그 순간에 보는 신비로운 빛은 그 빛의 환희가 영롱하고 신비스러울수록 이상하게 울컥하는 마음을 안기며 내가 왜 이 시간까지 박스를 실어날라야 하지 하는 질문으로 더 가혹하게 머릿속을 어지럽혔다. 그랬기에 차라리 이 찬란한 빛의 신비를 믿고 싶지 않은 건지도 몰랐다. 새벽은 어김없이 찾아오고, 터미널의 문 역시 어김없이 열리는 이 현실을.

진짜 여명은 여자친구의 집으로 향하는 오르막길을 오르면서 목격할 수 있다. 서부화물터미널에서 여자친구가 혼자 사는 신월동 빌라촌까지 빠른 걸음으로 걸어가면 삼사십 분 정도 걸린다. 아무리 추운 한겨울이라 해도, 모자를 눌러쓰고 바람을 피해 몸을 돌려가며 전진한다 해도 여하튼 새벽은 밝아올 것이고, 또다른 하루가 예고된다. 떠오르는 새벽 여명을 어김없이 마주하게 된다.

새벽 다섯시가 다 되면, 오르막의 끝, 여자친구의 빌라가 눈에 띈다. '광명주택'이란 이름의 빌라. 공인중개사는 여자친구가 일 년 반째 머무르고 있는 그 집을 볕이 드는 반지하라고 소개했지만, 창은 불법 주차로 늘 가로막혀 채광을 기대할 수 없었다.

여자친구 집의 창문을 확인하면 매번 그렇듯 불이 켜져 있다. 여자친구가 깨어 있다는 증거다. 여자친구가 방금까지도 내게 보낸 메시지로도 알 수 있다. 여자친구는 내 자산 관리를 도맡아 하는 걸 삶의 보람으로 여기고 있다. 뒤처지고 모자란, 여전히 질풍노도를 겪는 나란 녀석을 깎고 다듬어서 명품으로 만들어주겠다는 말을 갓 안수 받은 개신교 목사의 설익은 결의처럼 반복하곤 했다. 그래서 별다른 토를 달지 않는다. 오늘의 일당 7만원도 불과 오 분 후면 여자친구의 지갑으로 들어갈 것이지만, 난 전혀 아깝지 않다. 이건 여전히 불투명한 내 미래를 위한 투자일 뿐이니까.

정작 내가 견디기 힘든 건 다른 것이다. 여자친구가 문을 열어주지 않는다는 점이다.

광명주택 반지하로 내려가면 어떻게 건축허가가 났을지 의구심이 생기는 원룸 네 개의 문이 다닥다닥 붙어 있다. 그중 마지막 문의 벨을 누르면, 여자친구가 빛의 속도로 반응한다. 먼저 여자친구가 기르는 시추 뽀리의 성난 소리가 들리고, 이어서 여자친구의 '미친 거 아냐'라는 중얼거림과 함께 현관문이 열린다.

정정하면, 여자친구 집의 문은 열리다 만다. 잠금장치 두 개가 해제된 다음, 문이 빼꼼 열리는 것까지는 좋은데, 결정적으로 쿵하는 육중한 소리와 함께 안전 고리가 걸린다. 그래서 주먹 하나들어가지 않는 작은 틈으로만 여자친구를 봐야 하는 상황이 펼쳐지는 것이고, 그게 매일 반복된다.

여자친구에게 먼저 7만원부터 건네준다. 그리고 묻는다.

들어가도 돼?

안 돼. 절대 안 돼.

왜 안 되는데?

우리 뽀리가 싫어해.

그건 이유가 안 돼.

뽀리가 널 보면 짖잖아.

지금은 안 짖잖아.

문을 살짝만 열었으니까. 문을 열고 네가 그 발냄새를 질질 끌고 집안으로 들어서는 순간 뽀리는 미친듯이 짖고 말 거야.

냄새 때문에?

꼭 그런 이유만은 아니야.

짖는다고 해서 같이 못 있는 건 아니잖아.

태양아. 넌 날 이해해야 해.

뭘? 어떤 점을?

넌 사고를 너무 많이 쳤어. 이렇게 7만원 알바비 받고, 배민 뛰어서 200만원 조금 넘게 받고, 이런 식으로 해도 네가 진 빚을 갚고, 신규 투자하고, 돈 불리고, 머리 쓰고, 어쨌든 수단과 방법을 총동원해서 문제를 해결하려면 너와 나, 결심하지 않으면 안 된다고.

무슨 결심?

마치 독립운동을 준비하는 김구 선생님 같은 결의, 적어도 그 정도 수준까지 멘탈 트레이닝을 해야 하는 거야.

……해병대 양아치가 그렇게 말하는가보네.

태양아. 너 정말 모르겠니?

뭘?

내가 정말 뽀리가 짖는 게 싫어서, 그러니까 태양이 너보다 뽀리를 더 아껴서 널 이 원룸에 안 들이는 거라고 생각하는 거야?

아니야, 그럼?

태양아. 난 네가 행간의 의미를 읽을 수 있었으면 좋겠어.

무슨 행간?

우린 아직 젊어. 젊고 돈을 더 벌어야 해. 지금 네가 고시원도 구하지 않고, 이렇게 한겨울을 나는 게 나도 가슴 아파. 힘들어. 하지만, 우리 둘이 이런 식으로 미래 없는 젊음을 시작하는 것보다 뭐라도 손에 쥐고, 그러니까 적당히 평범한 사람들과 비교했을 때, 더도 덜도 말고 한 뼘만 더 높은 클래스에 올라설 수 있을 때까지만, 그때까지만 우리 고생했으면 좋겠어.

난 너하고 같이 있고 싶어.

태양아, 제발. 플리즈.

아니야. 다른 뜻이 절대 아니야. 물론 네가 너무 좋고 그런 뜻에서 같이 있고 싶다는 것도 맞아. 하지만, 그 이전에 나 사실 너무 춥고 무릎이 아파. 귀도 먹먹하고 만성 비염 환자처럼 코도 킁킁거려. 지하철에서 자면 계속 뭔가 무너져내리고 부스러지는 소리를 들으니까, 미칠 것 같아. 그래서 말하는 거야. 여기, 작지만 따뜻한 원룸에서 같이 지내면 안 될까?

안 돼. 어려워.

그게 왜 어려운 거지? 뿌리도 내가 조용히 시킬게. 발도 들어가자마자 매일 잘 닦을게.

'최선을 다하라'라는 말을 어렸을 때부터 들어왔다. 엄마가 말했는지 아빠가 말했는지 선생님이 들려줬는지, 정확히 기억나지 않지만, 그 말이 지금도 기억에 남는다. 사십 분을 걸어 만난 여자친구를 보면 그 말이 더 생생해진다. 최선을 다해 말하고 싶고, 실제로 내 진심을 모두 담았다고 믿는다. 여자친구가 진심을 몰라주는 것 같으면 더 간절해진다. 거듭거듭 설명해주고 싶어진다. 물론 여자친구는 듣기 싫어하지만.

나, 약속할 수 있어. 너 절대 안 건드려. 잠만 잘 거야. 정말.

태양아. 사람의 몸과 사람을 에워싼 환경은 그렇게 간단한 게 아니야. 너는 왜 개발도상국 혹은 후진국에서 아이들이 더 많이 잉태된다고 생각하니?

있어 보이는 말이다. '잉태'라는 단어, 생소하면서도 종교적이다. 여자친구가 말을 잇는다.

비좁은 공간에 서로 다닥다닥 붙어 있기 때문이야. 공간이 비좁고 가난하고 그러면 다른 데 관심 가질 틈이 없어지고, 그러다보면 몸 비비게 되고, 그러다보면 할 게 섹스밖에 없어.

꼭 그러지 않을 수도 있어.

알아, 태양이 네 마음, 네 진심. 하지만 몸은 그렇지 않다니까. 너하고 내가 서로 좋아하는데 어떻게 욕정이 솟구치지 않겠니? 태양이 네 말대로 우리 둘 다 청춘의 노예인데, 어찌 서로의 몸을 탐하지 않을 수 있겠냐고.

'욕정'이란 명사, '탐하다'라는 동사도 옛날 영화를 제외하고는 들어본 적이 없는 것 같다. 여자친구의 '욕정'이란 한 단어에 정신이 더 투명해지고 있다. 그리고 그 순간, 옆방 현관 너머로 '아 씨발, 새벽부터' 하는 거친 육성이 들려온다. 이에 질세라 뽀리가 다시 짖기 시작한다. 그러자 옆방 남자가 '그 개새끼 입부터 틀어막아!'라고 응수한다. 난 사태가 심각해지는 것 같아 얼굴이 화끈해지고 긴장하지만, 여자친구는 별일 아니라는 듯 옆집의 반응 따위는 무시하고, 손가락을 내밀어 내 얼굴을 만져준다.

태양아. 돌아가. 이 정도면 됐어. 가서, 지하철 가서 자. 첫차 못 타면 서서 가야 한다며.

돌아가야 하나? 돌아가야겠지?

내가 연락할게. 나도 조금 있다가 화장하고 옷 입고 나가야 해.

알겠어. 내가 미안하다.

사랑해.

사랑해.

사랑해.

마지막 '사랑해'는 여자친구 집의 현관문이 무겁게 닫힌 뒤에 이어진 독백이었다. 그 말을 들은 건지 뽀리는 더욱 앙칼지게 짖고, 옆방 남자는 분을 참지 못했는지 벽을 주먹으로 두 번 쿵 쿵 두들긴다.

새벽 다섯시 십칠분 까치산역에서 출발하는 2호선 첫차를 타기 위해 플랫폼에 들어서면서, 그래도 오늘은 운이 좋다고 믿어본다. 오랜만에 여자친구와 꽤 긴 대화를 얼굴 보며 나눴으니까 운이 좋은 날이란 생각이 절로 든다. 여자친구에게 메시지를 보내지만, 읽지 않는다. 머리를 감고 있거나 머리를 말리거나 둘 중 하나겠지 하는 마음으로 첫차를 기다린다.

4

어김없이 서울 지하철 2호선은 공식적인 무한궤도의 시작을 알린다. 새벽 첫차에서 내리지만 않고 무조건 버틴다면 꽤 쓸 만한 자리에서 무릎이 저리지 않는 자세로, 제법 편하게 졸 수도 있을 것이다. 창밖이 지하에서 지상으로 바뀔 때, 부담스러울 정도로 아침햇살이 비치기도 하겠지만, 내 이름이 태양인 만큼 불편해도 쏟아지는 빛을 견딜 것이다. 열차가 지상으로 뚫고 나갈 때 반짝거리는 한강의 물결을 보는 것도 나쁘지 않을 것이다.

정작 무서운 시간은 무한궤도를 반복하다가 열차가 맥없이 꺼지는 소음처럼 멈춰버리는 순간이다. 신도림역에서 하차하고 재탑승하는 과정은 괴기스럽기까지 하다. 다시 앉을 기회를 잃어버리면, 차라리 나는 노약자석 옆 구석에 웅크리고 앉아버릴 것이다. 검은 패딩의 후드를 눌러쓰고 고개를 푹 숙이면 그만이다. 날 노숙자 취급하고 술이 덜 깬 취객 취급하며 욕을 하거나 비난하거나 어깨를 잡고 끌어올려 시비를 걸어도 어쩔 수 없다. 내 두 눈꺼 풀은 지친 황소의 그것처럼 가라앉고, 내 몸은 물에 푹 젖은 스펀 지처럼 무겁게 내려앉기 때문이다.

그렇게 또 하루를 시작하면서 내 몸과 정신은 지하로, 더 깊은 지하로 가라앉기만을 반복하고 있다. 오후 세시가 돌아올 때까지 죽은듯 버티거나 차라리 이대로 무대의 막이 내리듯 모든 게 깊 은 블랙홀 속으로 빨려들어가거나, 어찌되었든 둘 중 하나일 것이 니까. 그러는 동안 멘토의 미래 예측 동영상은 어김없이 업데이 트될 것이며, 여자친구의 메시지도 예측할 수 없는 어느 순간 폭 주할 것이고, 코인 관련 대박 정보, 스미싱 문자, 070으로 시작하 는 대출 권유 부재중 전화가 쌓일 것이고, 오픈 채팅방의 수위 조 절 실패한 음담패설, 보고 나서 픽 웃음 한번 터뜨리는 것으로 기 대를 충족시키는 틱톡 영상, 잔디색 우라칸 앞에서 아르마니 슈트 를 입고 설치는 인스타그래머의 포스팅, 전혀 궁금하지 않은 정치 인들의 동향, 지난 회고 이번 회고 다음 회고 내용이나 주제나 모 두 한 사람이 쓴 것처럼 헷갈리는 판타지 무협 웹소설을 규칙적으 로 비루하게 스크롤할 것이고, 이 모든 순간순간이 하나의 도가니 속에서 끓거나 박살나거나 하는 상상이 내 눈과 귀를 어지럽힐 것 이고, 가성비 최고인 2호선 전동차에서 꾸벅꾸벅 조는 동안 아무 것도 해결되지 않은 질문들이 파편처럼, 예고도 없이 쏟아지는 여 름철 스콜처럼 들이닥칠 것이다. 그러면 다시 묻겠지. 오늘도 오후 세시에 지하철 2호선에서 나갈 자신이 있냐고, 오토바이에 올라타 돈 벌 자신 있냐고, 여자친구에게 같이 지내자고 징징거리지 않을 자신 있냐고, 멘토에게 근거 없는 죄책감을 느끼지 않을 자신 있냐고.

끝으로 하나만 더, 누구도 책임지지 않는 내 지겨운 스무 살, 사과받지 않고도 살아갈 자신 있냐고.

---

* 이 소설은 현진건의 「운수 좋은 날」(1924), 소을석의 「무한궤도」(1993)를 오마주했다.

오늘의 이슈

지
영

○
지영

2017년 5·18문학상 신인상을 수상하며 작품활동을 시작했다. 장편소설 『사라지는, 사라지지 않는』이 있다. 수림문학상을 수상했다.

오늘도 555.

아침에 눈뜰 때 나는 555를 되뇐다. 호숫가를 걸으면서도, 출근길에도, 지금처럼 강의실에 들어서면서도. 인문대5213의 문을 열자 탄식이 쏟아졌다. 곧장 교탁으로 가서 컴퓨터로 네이버 세계 시간을 검색했다. 강의실 스크린에 '서울 10:58'과 '방콕 08:58'이 나란히 뜨자 학생들 얼굴에서 웃음기가 사라졌다.

"자, 정리하세요. 휴대폰 등등 전자제품은 가방에 넣어요. 레오 레오."

"선생님, 가방을 앞에 냅니까?"

"토픽 시험 아니잖아요. 가방은 옆에 두세요. 얘들아, 레오 레오 하자."

주섬주섬 책상을 정리하는 학생들을 보며 나는 레오와 레우를 중얼거렸다. 빨리를 뜻하는 เร็ว는 '레우'에 가깝다고 하나 내 귀에는 '레오'로 들렸다. 입에 붙어 오 년째 고치지 못하고 있지만 레우나 레오나 뭐.

시험지를 받은 학생들에게서 당혹감이 느껴졌다. 네 문제 중 셋은 주제를, 하나는 문제를 그대로 알려줬고 시험 날짜까지 미뤄줬기에 나 역시 당혹스러웠다. 방콕의 사원 왓아룬을 설명하고, 지도를 참고하여 치앙마이의 산 도이수텝에 자리한 사원 왓프라탓에 가는 길을 안내하고, 태국 음식의 특징을 지리나 날씨 등과 연결하여 서술하라는 것뿐인데 좌절의 눈빛이 쏟아졌다. 돌아다니며 보니 어떤 학생들은 답안을 미리 준비할 수 있던 4번 문제에도 엉뚱한 내용을 써내려갔다.

서걱서걱, 펜과 연필이 종이에 닿는 소리가 4월의 바람처럼 나를 휘감았다. 에어컨은 22도에 맞춰져 맹렬히 작동하는데도 셔츠가 땀에 젖는 느낌이었다. '관광 한국어—역사와 문화를 중심으로'는 필수 교과목임에도 무관심과 무반응 속에서 시작됐다. 실력이 있든 없든 수강생 마흔 명은 대부분 통역이나 번역을 하는 미래를 꿈꿀 뿐, 그들에게 관광 가이드는 희망 직업란에 적은 적 없는 단어였다. 내가 만난 학생들은 자국의 역사와 문화에 대한 지식도 얕을뿐더러 무엇보다 관심이 없었다. 배우려는 의지가 없는데 반응이 있을 리가. 강의 첫 시간, 학습 목표를 설명하다가 나도 모르게 말끝이 흐려지는 걸 느끼기도 했다.

……언어와 문화의 교류는 일방적이지 않아요. 한국어 전공생은 한국에 관심을 가져야 해요. 또 내 나라의 역사와 문화를 한국어로 설명할 수도 있어야 하고요. 태국에서 555는 왜 웃는다는 뜻인가요? 숫자 5는 Ha라고 읽고, 555는 한국의 ㅎㅎㅎ와 비슷해요. 여기서부터 시작이에요. 나중에 기업에서 일할 때 한국 바이어와 유적지를 찾을 수도 있어요. 그때 저는 몰라요, 저 돌덩이를 알지 못해요, 그럴 거예요? 쓸모없는 경험은…… 없어요.

문 너머로 피아노 연주 소리가 희미하게 들려왔다. 귀를 기울여보니 바흐의 골든베르크 변주곡이었다. 이곳에서 음악과와 무용과는 인문대 소속이라, 오가며 피아노나 클래식 기타 연주를 듣기도 하고, 무용과 학생들이 연습하는 풍경을 보기도 한다. 흐릿한 연주와 몸짓을 감상하는 시간도 얼마 남지 않았다. 팔 주간의 강의, 시험 문제 출제 한 번, 채점 두 번, 성적 처리만 하면 끝이다. 학습 목표에 도달하지 못한다 한들, ŋ를 제대로 발음하지 못한다 한들 오십이 일 후 나는 이곳에 없다.

돌아갈 생각을 하니 준이 보고 싶었다. 처음 28인치 캐리어와 보스턴백을 끌고 집을 떠날 때 이슈 이모 나뒤 가래, 하며 울던 준. 지금은 또박또박 나도 시우 이모 따라갈래, 하는 준. 화상 영어 수업의 캐나다인 선생님을 흉내내며 따라 해, 하는 준. 전에 사다준 콜게이트 초록맛 치약이 마음에 든다며 세 개만 사오라고 부탁한 준. 어제는 콕 집어 조난자 레고를 외친 준.

"한국에 없어요. *미추시*래요. 거기서 살 수 있어."

"미, 출, 시, 구나. 한국에서 안 파는데 왜 여기에서 팔아?"

뱉은 말은 주워 담을 수 없으나 D-53이었다. 내 마음에 뿌리내린 편협과 무례가 서둘러 지나가길 바라는데 준이 물었다.

"이모, 거기 몇시야? 밤이에요?"

네가 있는 곳은 오후 열두시 십분, 나는 두 시간 뒤처져 산다. 국경을 넘어 이방인으로 산다는 건 두 개의 시간대를 함께 살아내는 일이다. 한곳의 시간으로만 살아지지 않는데 다른 표준시를 지우려 해도 어쩔 수 없다. 지난 오 년 동안 4월은 화창한 봄인 동시에 고통스러운 여름이었다. 태국 혹서기의 정점인 4월에 부는 바람은 통증이 느껴질 정도로 뜨거웠고, 나는 땀을 삘삘 흘리며 벚꽃과 목련 가득한, 회상으로만 존재하는 봄 거리를 걷곤 했다.

시험은 막 반환점을 돌았다. 채점이 녹록지 않을지라도 555. 곧 하나의 표준시에서 한 계절을 온전히 보낼 수 있으니 555. 휴대폰으로 쇼핑몰 앱에 접속했다. 장바구니에 담은 레고의 정보를 재차 확인하고 Place Order 버튼을 눌렀다. 누군가의 불면을 달래려 만들어졌다는 연주 속에서 쇼핑하는 동안 시험은 끝이 났다.

1번 학생의 시험지를 밀어두고 멍하니 있다가 쇼핑몰 앱에 들어갔다. 타임 쿠폰을 다운로드하고는 아까 한 주문은 냉큼 취소했는데 재주문 버튼을 누름과 동시에 화면 위로 메시지가 떴다. 선생님, 안녕하세요. 4학년 나팟이에요. *저가* 할말이 있어서 지금 시간 괜찮으세요? 잠시 후 예닐곱의 학생으로 넓지 않은 사무실이 꽉 찼다. 살짝 심호흡하고는 한 학생의 찢어진 청바지에 집중하며 누군가 말하길 기다렸다. 이내 시선이 한곳에 모이자 나팟이 이마에 흐르는 땀을 닦으며 쭈뼛쭈뼛 입을 열었다.

"그게, *시험할 때* 누가 종이 봤어요. *답을 적힌* 종이요."

"……커닝? 치팅을 한국에서 커닝이라고 해요. '시험할 때'가 아니라 '시험 볼 때', '답을 적힌'이 아니라 '답이 적힌'. 아까 시험 볼 때 누가 답이 적힌 종이를 보고 썼다는 말이에요?"

"네. 폽이가 시험 볼 때 종이 봤어요. *저가 봤어요. 책상 위에서* 올려요. ……마지막 문제요. 제일 어려운 거요. 그거 보고 썼어요."

"책상 '위에' 올려뒀다고? ……일단 제 불찰, 아니 잘못이에요. 시험 시간에 창밖도 보고, 폰도 보고 그랬어. 근데 나는 너희를 믿었거든. 핑계다, 핑계…… 폽이 답 적힌 종이를 보고 쓰는 걸 본 사람 또 있어요?"

나팟에게 힘을 실어주고자 무리 지어 왔을 뿐 다른 목격자는 없었다. 나는 평소의 나팟과 폽을 떠올렸다. 각각 우측 앞줄과 좌측 뒷줄에 앉는, 그다지 친하지 않을 사이. 침묵을 깨고 말을 이었다.

"전 나팟 믿어요. 하지만 목격자는 한 명이에요. 우리에게 CCTV 같은 건 없어요. 증거 없어요. 그래서 폽이 커닝했다고 단정, 아니 확실하게 말할 수 없어요. 이건 일단 우리끼리만 알자."

학생들을 돌려보내고 시험지 뭉치에서 폽의 것을 꺼냈다. 커닝의 산물이라기에는…… 555. 어떤 학생이더라. 아, ㅋㅋㅋㅋ와 ㅎㅎㅎ. 언젠가 폽이 질문한 적이 있었다. 한국인이 구사하는 '네'에 다양한 의미가 있으니 상황과 맥락을 고려해야 한다고 말한 후였다. "선생님, 키읔 세 개랑 히읗 세 개는 차이를 있어요? 어떻게 읽어요?" 평소 말이 없던 학생이라 그랬는지 오래 이야기를 나눴던 듯도 하다. 앞머리에 핑크색 헤어롤을 말고 묻기도 했다. "선생님, 무대를 찢었다는 게 무슨 뜻이에요? 무대 씹어먹었다고 했어요. 종이 찢다, 빵가 씹어먹다잖아요. 근데 무대는 종이 아니에요. 빵 아니에요." 한국어가 능숙하진 않을지라도 용기 내어 질문하던 폽.

폽에게 사무실로 와달라고 메시지를 보내고는 커닝을 했으리라 의심되는 문제를 읽었다. 4. 태국을 여행하는 한 한국인이 대마Cannabis 음료와 음식, 담배에 관심을 보입니다. 1) 대마의 장단점, 2) 정부가 의료용 대마 및 THC 함유량 0.2% 이하의 대마를 합법화한 이유를 설명하세요. 그리고 3) 가이드로서 이 관광객에게 어떤 안내 및 제안을 할지 쓰세요. (단, 한국인은 대마 소지·유통·복용시 한국에서 처벌받습니다.) 한국어 실력을 확인한다기보다 찬반 논란이 있는 사안에 관해 의견을 정리하길 바라며 출제한 문제였다. 강의 마지막 주제는 공정여행으로, 공정무역에서 출발해 태국 공정여행 상품을 개발해보는 게 목표였으나 계획대로 진행될지 확신할 수 없었다.

메일 수신을 알리는 휴대폰 진동이 연달아 울렸고 이내 쾅, 책상 서랍 닫히는 소리가 사무실에 울려퍼졌다.

강의 비명이 들리자마자 침대에서 벌떡 일어났다. 사택에서 옆집의 강이 소리친다면, 그건 찡쪽이 출몰했다는 알림이다. 열대의 삶을 그림으로 남긴다면 낙관처럼 어딘가 꼭 있을 작은 파충류, 수시로 쪽쪽쪽 존재감을 드러내는 손가락만한 도마뱀, 집안 곳곳에서 마주해야 하는 연한 풀빛의 찡쪽을 좋아하는 한국인은 거의 없었다. 한국인 강사 사이에서 살충제를 뿌려서 찡쪽을 기절시킨 후 변기에 넣고 물을 내리거나 슬리퍼로 때려잡는 퇴치법이 공유되기도 했다. 찡쪽 앞에서 기겁하는 강과 달리 나는 무신경한 편이라 강의 공간에 출몰한 찡쪽을 대신 쫓아내줬다. 이른새벽에도, 늦은 밤에도, 도움을 구하면 언제든지.

여덟시 이십오분~열시 이십오분. 버킷 햇을 대충 눌러쓰고 집을 나섰는데 발길이 자연스레 인문대를 향했다. 토요일 오전의 인문대로 들어서자 예상치 못한 방문자에 놀란 새들이 거칠게 날갯짓하며 복도를 헤매는 바람에 한바탕 소란스러웠다. 건물 밖으로 도망가는 새들을 피하며 사무실로 들어갔다. 책상에 앉아 음악을 틀어놓고 한숨 돌린 후 언어교육원 홈페이지에 올릴 해외 교원 수기를 재차 부탁하는 메일을 읽었다. 행정실에서 보낸 메일도 확인했는데 사직서는 첨부 파일에 서명만 해서 제출하면 된다는 말에 파일을 열었다. ……Thank you for the professional development opportunity that you have provided me with over the last few years. It was my pleasure to have worked with excellent&kind colleagues and taught students. If I can be of any assistance before my departure, I will do my best to help you. 아무도 없는 주말 오전 쪽쪽쪽, 찡쪽 울음소리가 크게 들려왔다.

컴퓨터 화면에 한글 문서 창을 띄웠다. 안녕하세요, 양성과정 수강생 여러분. 저는 해외에서 한국어교원으로 일하는 이시우이고, D-51일 오전을 보내는 중입니다.

대개 일이 년 경력을 쌓고 떠나는 자리임에도 나는 총 다섯 번의 계약서를 작성했는데 마지막으로 서명하면서는 정해진 강의와 그에 수반된 일만 하기로 결심했다. 학기마다 실시하던 개인 면담은 지난 학기부터 없앴다. 개별적으로 발음과 억양을 교정하는 시간도 갖지 않았다. 한국 기관이나 교수에게 보낼 메시지나 메일, 서류를 확인하고 수정해주는 일도, 연구 프로젝트 보고서를 대신 작성해주는 일도 모조리 거절했다. 마지막 학기가 시작할 때 세운 목표는 존재감 없이 지내기였다. 가급적 사무실에 틀어박혀 있자. 누구와도 마주치지 말자. 있는 듯 없는 듯, 사건사고 없이 지내자. 물론 그럴 수 없었고 555가 그 차선책이었다.

ㅋㅋㅋㅋ와 ㅎㅎㅎ가 상황과 맥락을 고려해 해석되듯 단일하게 규정할 수 없는 나의 555들. 살 만큼 살았다 싶지만 경험 리스트는 계속 업데이트된다. 아침 시장 가는 길에 커다란 검은 개가 달려들었고 나는 에코백을 뺏겼다. 자, 555. 마스크를 쓰고 강의실로 돌아온 학생들이 수업 도중 전화를 받고, 사십오 도로 비스듬히 앉아 휴대폰을 들여다보고, 앞문을 열고 들어와 두고 간 물건을 챙겼다. 그래도 555. 아, 새벽 산책길에 반딧불이를 봤다, 555. 순간 모든 것이 한심하게 여겨져서 옆에 놓인 이면지를 구겨버렸다. 얇은 합판 벽 너머로 웃음과 발소리가, 거기에 새들의 지저귐과 날갯짓소리도 뒤섞여 들려왔다.

음악 볼륨을 살짝 낮추고는 구석에 쌓아둔 서류더미 앞에 주저앉았다. 국경을 넘어야 하는 퇴사와 이주이기에 계속 '내 것'을 고르는 일은 신중해야 했다. 토픽감독증명서와 출장신청서는 이름과 여권 번호가 보이지 않도록 지워서 폐기함에 넣고, 백신접종확인증과 각종 대회의 지도교원확인증은 종이봉투에 넣었다. 해어진 교재는 따로 챙기고, 더듬더듬 읽는 글자가 더 많은 학회 자료집은 고민하다가 증명서와 신청서 위에 올려뒀다. 그때 책상 위에서 휴대폰 진동이 울렸다. 월요일 오전 열시부터 올해 학과 평가가 있습니다. 참석 바랍니다. 학과장 아잔 프러이의 메시지 밑으로 한국인 강사들, 강과 한이 보낸 오케이요와 넵넵이 이어졌다. 답장을 보내려는데 종잇더미가 무너지고 말았다. 두툼한 책 일고여덟 권이 올라가는 바람에 중심이 흐트러진 탓이었다.

　한바탕 정리했음에도 분류해야 하는 서류는 무릎만큼 쌓여 있었다. 문득 퇴사란 한순간에 일어나는 게 아닌, 긴 흐름을 가진 행위라는 생각이 들었다. 점이 아닌 선의 일이니 고민과 선택은 서서히 하자 싶었다. 학회 자료집을 바닥에 두고 다른 서류를 올리니 아까보다는 안정적으로 쌓을 수 있었다. 남은 것을 대충 올려두고는 학과 단톡방에 들어갔다. 학과장의 메시지 옆 작은 숫자가 완전히 사라졌는데도 태국인들, 아잔 남과 아잔 렉은 답이 없었다. 나는 알겠습니다, 답장을 보내고 책상 앞에 앉았다. 여전히 서랍은, 시험지로 가득찬 그것은 열고 싶지 않았다. 채점보다는 커닝 사건의 해결이 먼저라는 건 사실 알고 있었다. 그러나 메시지 발송 이십팔 시간째, 퐁에게선 답이 없었다. 아니, 그는 확인조차 하지 않았다. 늦은 오후 사무실을 나설 때까지 내가 받은 알림은 길 잃은 멧비둘기가 쾅, 창문에 부딪힌 일과 레고의 배송 완료를 알리는 메일뿐이었다.

　사택 앞 망고나무에서 비둘기가 날갯짓하자 건너편 바니안나무 가지에 앉아 있던 새들도 일제히 날아올랐다. 순간 잔뜩 움츠러들었는데 주머니에서 진동이 느껴졌다. 시우 쌤, 집에 없네요. 칼국수 끓였어. 경비실 앞에 쌓여 있는 택배 상자 사이에서 내 것을 챙기고 걸음을 옮기며 메시지를 보냈다. 지금 밖이에요. 마음만으로도 감사합니다.

　강은 지난 학기부터 일을 시작했다. 이 학교 4학년 학생들보다 두어 살 많은 딸이 있고, 나는 자신의 큰조카와 동갑이라 모두에게 마음이 쓰인다고 했다. 강은 부지런하고 손이 큰 편이었다. 김치찌개도 냄비 가득 끓이고, 김밥도 몇 줄씩 말고, 전도 접시 가득 부치고, 그걸 나까지 먹였다. 제대로 된 한식당 하나 없는 곳에서 한국 음식을 나누어 먹으며, 한국인 강사들은 서로에게 동료이자 이웃이자 친구가 되어주었다.

　동료 겸 이웃 겸 친구는 잘 차려진 상 앞에서 말을 쏟아냈다. "여긴 왜 그럴까, 여기 사람들 이해 안 돼." 시작은 이곳 생활과 사람에 기인한 불평이었다. 한국인 강사끼리 머리를 맞대고 쌓였던 분노를 풀어내는 시간은 현지 대학에 소속되어 돈 버는 일을 버티게 했다. 한바탕 울분을 쏟아내고 나면 강의 이야기는 하와이 무스비 맛집부터 조지아에 있다는 초기 기독교 유적지와 아이슬란드 오로라 투어 등의 가족 여행담을 거쳐 남편의 승진과 딸의 대기업 인턴 합격 소식으로 이어졌다. 상무와 이사의 대우 차이, 채용형과 체험형 인턴의 차이도 그렇게 알게 됐다. 손에 걸레 한 번 쥔 적 없었다는 성장기와, 부유했으나 고난으로 점철된 시집살이 시대를 거쳐서야 강의 구술사는 끝났다. 배는 부른데 허기지는 날들이 쌓이면서 깨달았다. 별로인 곳에서 일하는 나 역시 별로였고, 너무 달라붙은 관계는 삐걱거릴 때가 더 많았다. 이곳에서 어떤 친절은 배려의 반의어였고, 어떤 고립은 구원의 동의어였다.

두어 시간 후 집으로 돌아온 나를 강의 쪽지가 반겼다. 칼국수는 다 불었네. 겉절이라도 먹어요. 카페에서 마신 태국식 밀크티 차옌 빤 탓에 입안이 텁텁해서 서둘러 양치하고 싶었으나 옆에서 느껴지는 인기척에 가만히 서 있었다. 언젠가 이 자리에서 강이 자못 진지한 얼굴로 조언했다.

"공급 과잉이잖아. 학위로도 과정으로도 너무 많이 배출되니까. 한국도 자리는 충분치 않고 보수도 적지. 한국 최저임금에 못 미치는 월급이지만 물가도 다르고 시골이라 돈 쓸 데도 없으니 만족스럽지 않더라도 여기서 자리 지키는 게 나을 수 있어."

"근데 제가 부품처럼 느껴져요. 일이 년에 한 번씩 교체되는 부품이요. 여길 떠날 때쯤 제가 얼마나 마모되어 있을지 모르겠어요."

"……부품이 나빠? 혼자서 할 수 있는 일은 없고 함께 이뤄나가는 세상이잖아요. 격이 다를 뿐이지. 닳고 닳아 버려지는 게 있고 스카우트되는 부품도 있어. 자기 계발하면서 적당한 때와 장소를 기다려야지. 품격 있는 부품이 되면 되는 거야. 봐요, 나이도 많고, 경력 단절이었지만 이렇게 일하잖아. 노력했거든."

밀착된 관계는 도리어 걷잡을 수 없는 틈을 발생시키고, 그렇기에 적당한 거리의 유지는 원만한 관계의 필수 조건이다. 강은 동의하지 않을 테지만. 나는 방금 사온 커피 드립백 몇 개를 봉투에 넣어 옆집 문고리에 걸어두고는 조심스레 현관문을 열었다.

여덟시 오십오분~열시 오십오분, 현재 기온 30도. 옷은 벌써 땀에 젖었지만 555. 답장을 받지 못했고 그보다 예상치 못한 문제에 직면했지만 그럼에도 555. 삼십 분 전 은행 입구에 걸린 CLOSED 팻말을 보고 사택에 들러 여권과 통장, 워크 퍼밋을 천천히 챙겨서 나왔는데, 그래도 시간이 남았다. 맞은편 세븐일레븐에 갔다가 살 것도 마땅치 않아서 십 분 전부터 출입구 앞에서 서성였다. 공공기관은 오전 여덟시 삼십분부터 업무를 시작하나 은행은 아홉시부터다. 떠나기 사십구 일 전 습득한 정보는 모른 채 돌아가는 게 더 좋았을 텐데.

초조함을 비웃기라도 하듯 아홉시~열한시는 오지 않았다. CLOSED 너머로 직원들은 머리를 맞대고 말을 나누는 중이었다. 이번달 실적이 부진합니다. 모두 애써주세요. 오늘도 무탈하게 보냅시다. CLOSED 앞에서 대화를 상상하는 동안 휴대폰 시계가 바뀌었다. 9:00. 문틈으로 찡쪽이 쑥 들어갔다. 도마뱀도 들어가는데 나도 뻐엇, 레오 레오! 쁘엇, 레우 레우! 뻐엇과 쁘엇 사이에 있다는 열다ᵐ 역시 내가 정확하게 발음하지 못하는 단어였다.

반대말 뻿ᵐ을 머릿속으로 그리며 직원들의 마지막 의식인 사진 촬영을 지켜봤다. 코발트블루 배경에 하얀 새가 프린트된 판을 들고 여길 보며 찰칵, 저길 보며 찰칵. 인도 신화에 나오는 새, 시공을 초월한다는 전설의 새, 번영의 신을 상징하는 새. 이 나라의 국가 문장으로 정부에서 발행하는 문서에 사용되며 국가와 왕실을 보호하는 신으로 숭상되는 새, 내 계좌는 지켜주지 않은 대단한 새, 가루다…… 아홉시 이분~열한시 이분, 팻말이 OPEN으로 바뀌었고 청원경찰이 문을 열었다. 그가 뭘 묻기도 전에 나는 카드, 라고 짧게 말하고는 번호표를 뽑았다. 대기 화면에 1과 3이 뜨자마자 3번 창구로 성큼성큼 가서는 인사를 건네기 무섭게 말을 쏟아냈다.

"안녕. 도와줄 수 있니? 내 직불 카드가 해킹됐어. 오늘 아침에 은행 계좌를 확인했거든. 근데 내가 결제하지 않은 게 지불됐어. 이 주 전에 두 번."

직원은 별다른 동요 없이 거래 명세를 보고는 내 여권을 복사한 후 Investigation Form이라고 적힌 종이를 내밀었다. 이런 서류 작성 역시 경험하지 않고 돌아가는 게 더 좋았을 테지만 555. 직원 안내에 따라 이름과 연락처, 문제의 결제 건 1,314.33밧과 2,628.66밧을 쓰고 여기저기에 서명했다. 그가 물었다.

"이 카드는 해지할 거지? 새 카드를 원하니?"

"새 카드는 필요 없어." 불신이 드러날까봐서 불필요한 정보를 막 늘어놨다. "난 다음달에 여길 떠나. 한국으로 돌아가. 결과는 언제 알 수 있을까?"

"아마도 한 달 후? 아잔, 사바이 사바이."

미소 짓는 그를 보며 나도 슬며시 웃었다. 여긴 사바이―느긋하고 편안하게—의 나라, 한 달이라 하니 두 달은 걸릴 거였다. 쇼핑몰에서 주문 취소를 안 했더라면, 그래서 환불받을 게 없었더라면 계속 몰랐을 터이고, 그랬더라면 도용은 몇 차례 더 일어났을 수도 있었다. 한국의 은행 계좌로 송금하는 걸 미룬 탓에 쌓인 437,542밧은 지킬 수 있으니 555.

은행에서 나와 옆 은행에 갔다. 아홉시 이십팔분~열한시 이십팔분, CLOSED 뒤로 회의가 진행중이었다. 직원들이 초록색 새싹이 그려진 판을 들고 사진을 찍은 후에야 팻말은 OPEN으로 바뀌었다. 작은 체구의 중년 여성이 미소를 지으며 응대했는데 계좌를 개설하러 왔다고 말하자 곧장 1번 창구로 나를 안내했다. 1번 번호표와 여권, 워크 퍼밋을 내밀자 직원이 물었다.

"비자 있니?"

"여기 일 년 거주 비자야."

"이거 말고 논비Non-B 비자. 내 말은 노동 비자 말이야."

논비 비자는 처음 입국을 위해 발급받았고 그뒤로는 일 년짜리 거주 비자만 받았기에 여권에서 거주 비자 스탬프가 찍힌 페이지를 찾아 내밀었다.

"논비 비자는 만료됐고, 거주 비자만 있어. 나 이 학교에서 오 년 일했어. 워크 퍼밋을 봐. 얼마 전에 동료가 여기서 통장을 개설했어. 논비 비자가 만료됐어도 문제없었어."

"아니, 논비 비자가 필요해."

그는 어디론가 전화를 걸었고 내게 수화기를 건넸다. 저편의 본사 직원은 특유의 악센트로 논비 비자가 필요하다는 말만 반복했다. 새 비자는 발급 안 됐다고 말하려 했으나 '발급'이 영어로 기억나지 않았다. 앞에 놓인 장식용 새싹을 만지작거리며 입을 뗐다.

"너희 나라는 내게 다른 논비 비자를 주지 않았어."

싹을 뜯어내고픈 욕망은 깊숙이 밀어두며 555. 문제가 산적했을지라도 D-49는 555로 채워질 거다. 은행을 나섰을 때 저만치서 있는 사람이 눈에 들어왔다. 익숙한 실루엣에 서둘러 몸을 돌렸다. 인문대로 가는 최단 경로를 두고 반대편으로 발길을 옮기는 순간 issue, 기억나지 않았던 그 단어가 떠올랐다.

열시 삼십이분~열두시 삼십이분. 회의실에는 심사위원들과 아잔 프러이, 그리고 나뿐이었다. 전에는 휴강하면서까지 참석했던 아잔들은 보이지 않았고, 보고서와 발표도 학과장 혼자 준비한 기색이 역력했다. 주어진 업무를 하청하던 전 학과장 아잔 남과 달리 아잔 프러이는 혼자 떠맡는 타입이었다. 일 년간 학과 구성원이 참가한 학회, 세미나, 대회 사진이 스크린을 채웠고 중간중간 정체 모를 행사 사진도 있었다. 알 수 없는 어제들 앞에서도 555. 현지어로 진행되는 자리에서 일종의 정물로 앉아 있더라도 555. 나는 드문드문 등장하는 한국어와 영어로 내용을 짐작하면서 뒤늦게 학과의 일 년을 모두 살아냈다.

쉬는 시간이 되자마자 아잔 남과 아잔 렉, 그리고 한이 나란히 커피를 들고 나타났다. 나는 슬쩍 묵례하고는 은행 앱에 들어갔다. 새로 고침을 해도 437,542밧, 여전한 숫자라니 555. 주위를 두리번거리던 한이 내게 물었다.

"강 쌤은요?"

어젯밤 벽 너머에서 통화 소리가 들려왔다. 책상을 뺐다고? 요즘 세상에 그런 몰상식하고 비인간적인 대우가 말이 되니? 네 아빠는 왜 임금피크제인가 뭔가에 사인해서는. 귓가에 맴도는 소리를 떨쳐내며 나는 옆에 있던 학과장에게 내 후임은 구했는지 물었다. 그는 여긴 대도시도 아니고 한국과 비교하면 박봉인데다가 팬데믹까지 겹쳐서 오겠다는 강사가 없다고 했다. 요새 잠도 못 잔다는 그에게 어떻게든 될 거라고 대꾸했다. 추천할 사람 없느냐는 말에 어색하게 침묵을 지키는데 아잔 남이 불쑥 끼어들었다.

"나 아까 은행 앞에서 시우 쌤 봤어요. 무슨 일 있어요?"

"카드 도용당해서요. 누가 제 카드로 뭘 결제했더라고요."

"아, 어쩌다가요? 빨리 해결돼야죠."

"……사바이의 나라에서 빨리 될 리가요. 게다가 외국인의 돈까지 찾아줄 거라는…… 전 그런 기대는 안 하잖아요."

회의가 끝나고 사무실로 돌아가려는데 뒤늦게 나타난 강이 시우 쌤 여기, 하고 나를 불렀다. 한도 함께였다. 낯선 말에 지나가던 흰색 반팔 블라우스와 무릎길이의 검은 치마 교복을 갖춰 입은 학생들이 살짝 놀란 눈으로 우리를 바라봤다. 낯선 언어가 한국어라는 걸 알아챘는지 얼굴에 미소가 번졌다.

"시우 쌤! 쌤도 계약서 사인하라는 메일 받았지?"

"행정실 가시려고요? 먼저 다녀오세요."

"한 달이라 아쉬워? 그럼 일 년으로 바꿔. 여기도 이상해. 마지막 계약을 좀 길게 하면 되잖아."

"강 쌤, 그건 회계연도랑 학기가 달라서 그래요. 일 년 이상이면 퇴직금도 줘야 할걸요. 여기나 한국이나 덜 주려고 꼼수 쓰는 건 다를 바 없어요. 고달프다, 한국어교원. 암튼 시우 쌤 선 되게 잘 긋는다니까요?"

"……사직서도 제출해야 하고요. 그럼 행정실 가기 전에 카페라도 가요."

한이 딴 곳을 보는 틈에 강이 곁절이 사례 또 하게? 하고 속삭였다. 그 얼굴이 너무 밝아서 잠시 혼란스러웠으나 555. 우리는 인문대 카페에 앉아 각자 아는 학과 일을 늘어놓기 시작했다. 올해 말에 학생 논문 발표 경연 대회가 있대요. 그게 뭐야? 어디서 하는데? 남부 바다 쪽이래요. 아, 아잔 렉도 나간대요. 세상에 아잔 렉이라니. 내가 학생들이 개떡같이 말해도 찰떡으로 알아듣는데 렉이랑은 대화가 안 돼. 무슨 말을 하는지 모르겠어. 그렇죠, 문법, 쓰기, 발음, 뭐 하나 제대로 하는 게 없잖아요. 근데 지가 진짜 교수인 줄 알아. 여기 사람이라도 실력 없으면 내보내야지. 학생이 더 잘하는데 무슨 선생이라고. 암튼 얼렁뚱땅들. 학생 권리를 침해하는 거죠. 수준 떨어지는 강의나 할 테니까요. 맞다, 시우 쌤.

"시우 쌤. 나 찡쪽, 찡쪽."

"에어컨 온도를 18도로 두면 도망갈 거예요. 추운 거 싫어하잖아요."

"에이, 떠날 사람 티낸다."

나는 별다른 대꾸 없이 얼음이 살짝 녹은 아메리카노를 한입 마셨다. 옆에서 한이 시우 쌤이 찡쪽 사냥꾼이야, 세스코야…… 하며 말꼬리를 흐렸다. 그 말을 듣지 못했는지 강은 케이크를 오물거리며 해맑은 얼굴로 한에게 물었다.

"한 쌤은 박사까지 하고 여기서 일하는데 아쉽지 않아요?"

"전 용 꼬리가 될 바에야 뱀 머리로 살래요."

인근 대학에서 한국 재단의 파견 교수로 일했던 한이 그때와 비교해 열악한 조건임에도 학교와 일대일 계약을 맺은 데는 이유가 있었다. 여기에 어학당을 세우는 것이 한과 아잔 남의 목표였는데 학당장 자리는 아잔 남이, 실무는 자신이 맡으며 수업도 할 계획이라고 했다. 강도 덩달아 수업을 맡을 수 있을 거라는 희망을 품었다. 555, 어차피 디데이 이후의 일. 저만치서 작은 움직임이 눈에 들어왔다. 반토막 난 찡쪽이었다. 손으로 잡을 수 있을 만큼 느릿느릿한 속도로 자리를 옮기다가 잠시 멈춘 채 검고 동그란 눈동자를 굴리며 주위를 살피는 쪵쪽에게 물었다. 네 꼬리는 어디 있니. 디데이가 다가오는데도 난 왜 애써 555여야 할까. 따로 빼둔 말하기 대회, 쓰기 대회, 연극 대회, 논문 경연 대회에서 받은 지도교원확인증은 가져갈 생각이었는데 폐기함에 넣어야겠어. 그 순간 구더기가 들끓으면서 사라지는 꼬리가 아른거렸고 나는 눈을 감아야만 했다.

    학생들이 눈을 감자 강의실에 정적이 감돌았다. 시험과 관련해서 할말이 있다면 손을 들라고 했지만 움직임은 없었다. 나팟과 폼 역시 미동도 하지 않았다. 서둘러 수업을 진행했다. "지난 시간에 배운 거 복습할게요. 아유타야는 어떤 나라인가요? 방콕 위에 있는 아유타야는 어떤 곳이에요?" 강의실은 조용했다. "크룽텝에 사얌, 한국인은 시암이라고 부르는 지역 있잖아요. 사얌파라곤, 아이콘사얌 같은 백화점에 붙는 사얌은 어디에서 유래한 이름인가요?" 침묵이 이어졌다. K팝이나 드라마, 예능이나 웹툰에 관한 질문이었다면 학생들은 수다스러웠을 거다. 교재에 없는 표현, 유튜브나 SNS에서 볼 수 있는 요즘 말을 나보다 잘 알기도 했다. "선생님, 그 드라마가 등장인물을 자강두천이라서 흥미진진해요." '자존심 강한 두 천재'의 줄임말과 더불어 개가 댕댕이로 불리는 연유도 학생들을 통해 알았다. "선생님, '개'가 '멍멍이'잖아요. 미음을 나누면 디귿이랑 이예요. 다음에 이랑 어랑 만나요. 애가 돼요. 그래서 댕댕이요."

학생들은 깐차ꞌ/ꞌ, 대마를 둘러싼 태국 내 논란을 안다. 한국어로 설명하기 어려워할 뿐이다. 온라인 강의 때 불타는 총리 관저 사진을 배경 화면으로 해둔 학생도 있었다. 미얀마에서 태국처럼 쿠데타로 정권을 잡은 군부에 반대하는 시위가 극렬하게 일어난 일에 촉각을 세우기도 하고, 태국과 홍콩, 대만에서 민주화 운동과 관련해 이른바 밀크티 동맹이 결성되었음을 내가 아는지 궁금해하기도 했다. 아유타야를 중국에서 시안Xian으로 불렀고, 교역하던 포르투갈 사람들이 시암Siam으로 부른 것이 유럽으로 퍼졌다는 게 흥미롭지 않을 뿐이다. 관심 둘 데 없는 옛이야기가 멈추자 학생들은 책상 위로 엎드리거나 흘금흘금 보던 휴대폰에 시선을 고정했다. 나는 나팟 옆을 지나며 슬며시 손짓했다.

우리는 복도에 서서 작게 소곤거렸다.

"나팟, 폼이 메시지를 확인 안 해."

"……저 생각엔 읽었어요. 근데 안 읽어요."

뭔가 설명하고 싶은데 표현하기 어려운지 나팟이 이리저리 손짓을 했다.

"아! 미리 보기로 읽었어요. 들어가서는 안 읽는 거예요. 맞아?"

내 말에 나팟이 힘차게 고개를 끄덕였다. 강의실로 들어가려는데 휴대폰에서 진동이 느껴졌다. 오전에 보냈던 카드 도용 문의 메일에 온 답신이었다. 문제가 있다면 은행 콜센터로 연락하라는

말에 은행 앱을 확인하니 437,542밧은 아직 남아 있었다. 교탁 앞
에 서서 학생들에게 말했다.

"오늘 아침에 은행 계좌, 뱅크 어카운트를 확인했어요. 사천 밧
이 결제됐어요. 하지만 저는 쓰지 않았어요. 누가 도용, 아니 남의
것을 몰래 쓴 거예요. 그래서 은행에 갔어요. 신고했어요. 카드도
없었고요. 전 그 돈을 찾을 수 있을까요? 제 계좌는 안전해요?"

찾을 수 없어요. 그냥 포기해요. 없어질 수도 있으니까 돈은 이
동해야 해요. 여기저기서 말이 흘러나왔다. 이런 상황에서 태국인
은 어떻게 행동하느냐는 내 질문에 한국으로 교환학생 프로그램
을 다녀온 학생이 조심스레 입을 뗐다.

"태국인은 대체로 문제가 있어도 말 안 하는 편이에요. 음, 컴
플레인 안 해요. 왜냐하면 큰 목소리 내고 따지면 예의 없다고 생
각하기 때문이에요. 래우꺼แล้วก็, 그리고 그거 뭐지, 고양? 어, 고
양 없어요, 생각해요."

'고양'을 '교양'으로 수정한 후 수업을 이어갔다. 태국의 두번
째 통일 왕국 아유타야는 동서를 잇는 무역으로 번영을 이뤘으나
내부 혼란을 틈타 쳐들어온 버마군에 의해 결국 1767년 멸망했
고, 그렇게 사백십칠 년의 역사가 끝났다. 설명을 마친 후 영상 하
나를 틀었다. 패전국 백성 중 일부가 승전국으로 끌려갔고, 그 후
손이 미얀마 잉와 지역에 살고 있다는 내용이었다. 언젠가 조상의
땅에 가보고 싶다는 이의 인터뷰와, 잉와의 사원과 아유타야역사

296

공원 사진도 보여줬는데 학생들은 무심한 얼굴로 먼 데 사는 이와 옛 사원을 흘려보냈다. PPT 마지막 화면에 이르렀다. Q. 오늘날 태국과 미얀마 사이는 어떤가요? 돌아다니면서 학생들이 답안 쓰는 걸 보는데 문장 하나가 눈에 들어왔다.

"폽이 쓴 거 크게 읽어볼게요."

"태국이랑 미얀마를 선닌합니다."

"제가 늘 말해요. 한국어 능숙해요? 아니라면 짧고 정확하게. 근데 여러분 4학년이에요. 그럼 문장을 조금 길게 쓰는 연습도 해야 해요. 쓰기 수업 때 말했어요. '(이)랑'은 구어예요. 글에는 '와/과'를 쓰세요. 그리고 같이 발음할게요."

설린(선린), 실라(신라), 칼랄(칼날), 결딴녁(결단력), 생산냥(생산량), 마흔한 명이 만들어내는 한국어가 강의실을 채웠다. 우리는 다시 선린으로 돌아왔다. 나는 이웃한, 그러니까 옆에 있는 지역이나 나라와 사이좋게 지내는 것을 '선린'이라고 하며, '-하다'를 붙여서 동사를 만들 수 없고, '태국은 선린외교를 펼쳤다' '태국과 미얀마는 선린 관계에 있다' 등으로 쓰며, '서로 우호적이다'라고 다르게 표현할 수 있다고 덧붙였다. 긴 설명에도 별다른 질문은 없었다. 어서 끝내주길 바라는 얼굴들 앞에서 강의를 마쳤을 때 내 시야에서 가장 빨리 사라진 건 폽이었다.

사무실로 돌아오고 얼마 지나지 않아 폽에게 보낸 메시지들이 모두 읽음으로 바뀌었다. 종이에 F, 중간고사 0점, 4번 0점, 4번 감점(-), 재시험—폽, 재시험—전체를 써두고 가만히 있었다. 삼십 분 후 똑똑, 소리와 함께 문 너머로 사람 실루엣이 보였다.

긴장한 얼굴로 내 얘길 듣던 폽은 금요일에는 메시지를 보지 못했고 커닝은 사실이 아니라며 의심받는 상황에서도 차분하게 말했다.

"종이가 가방에서 안 넣습니다. 펜, 파우치 있어요. 의자이랑 다리 옆 있어. 있어요."

"'종이를' 가방에 안 넣고 필통에 넣어서 허벅지 '옆에' 됐다는 말이야?" 폽은 눈을 반짝이며 고개를 끄덕였다. "폽이 종이를 안 봤다는 말을 난 믿어요. 폽이 커닝한 걸 봤다는 친구 말도 믿어요. 저는 모두의 선생님이고, 학생 말은 믿을 수밖에 없어요. 카오짜이 마이 카เข้าใจไหมคะ, 이해해요? 커닝은 알 수 없어요. 하지만 보던 자료를 가방에 넣어요, 그거 안 지켰어요. 폽 잘못이에요. 그러니까 마지막 문제는 페널티 받아야 해."

내가 내민 종이를 보더니 폽이 말했다. "나만 재시험하겠습니다. 선생님한테 부담이 줘서 미안합니다." 연습한 게 느껴지는 말이 마음에 박혔으나 나는 침묵을 택했고, 조용히 재시험이 시작됐다. 전보다 엉망으로 쓰는 듯해서 고개를 돌리고는 책상 한쪽에 놓인 뚜뚜에 시선을 고정했다.

높다랗게 자란 야자수만 있는 섬에서 앵무새 한 마리와 사는 조난자 뚜뚜. 그제 통화에서 준은 레고를 보여달라고 성화를 부렸다. 상자를 뜯자 아이는 귀가 아플 정도로 환호성을 질렀다. 그러더니 알록달록한 뭔가를 내밀었다. "내가 만든 거야. 이모도 얼른 만들어봐." 공룡도, 동물도, 로봇도 아닌 것, 마음 가는 대로 만들었을 이상한 존재였다.

똑똑, 소리와 함께 문 너머로 사람 실루엣이 보였다. 문이 열리자 어둑어둑해진 바깥이 눈에 들어왔다. 허기를 달래며 나팟에게 그날 일을 다시 물었다. 나팟은 여전히 확신했다.

"난 나팟 믿어. 근데 폽은 보지 않았다고 해요. 저는 폽도 믿어야 해요. 나팟과 폽 모두의 선생님이니까. 카오짜이 해요?" 나팟이 힘차게 고개를 끄덕였다. "폽도 잘못을 인정했어요. 종이를 필통에 넣었고 필통을 허벅지 옆에 두고 시험을 치렀으니 페널티를 받겠다고 했어요. 진실을 모르는 상황에서 어떻게 하는 게 좋을까요?"

나는 폽에게 보여줬던 메모를 내밀었다. 당혹스러운 표정으로 한참을 고민하던 나팟이 천천히 입을 뗐다.

"전체 재시험은 친구들 싫어해요. 모두 피해잖아요…… *저가 중간고사 0점이 하고 싶어요.*"

"선생님은 뭐라도 쓰면 점수 주려고 했어. 다시 말하지만 우린 진실을 몰라. 고민해보고……"

쿵, 묵직한 것이 창문에 부딪히는 소리가 울려퍼졌다. 멧비둘기였다. 놀란 나팟이 몸을 웅크리다가 레고를 치고 말았고, 그 바람에 조난자와 무인도 일부가 떨어져나갔다. 데굴데굴 굴러가던 조난자는 캐비닛과 바닥의 좁은 틈 앞에서 살아남았다. 그러나 한 조각의 땅은 사라졌다.

거대한 것이, 삼켰다.

나팟이 캐비닛 앞에 쭈그려앉았다. 틈에 긴 자를 넣어 휘저어봤지만 걸리는 건 없었다. 일어나 캐비닛을 움직이려고 해봤으나 그대로였다. 허둥지둥대는 나팟과 달리 나는 가만히 서 있었다. 설명서를 보면서 상자 이미지대로 조립한 레고 사진을 보내자 준은 조난자 이름을 '뚜뚜'라고 짓더니 몇 번이나 이모 언제 와? 하고 물었다. 레고는 블록이 호환되고 준에겐 레고가 많다. 하나쯤 못 찾아도 이백삼십팔 개의 블록과 돌아간다. 하나가 없다면 좀 다르게 뚜뚜의 무인도를 만들어도 된다. 블록과 블록이 모여 하나에 도달하는 레고. 틈이 있어야 완성되는 세계이니 얼마나 다행인가. 그러니 됐다.

그럼, 됐다.

나는 울먹이면서 어둠 앞을 헤매는 나팟의 어깨를 두드렸다.

"엄마도 미치겠다. 아빠 일에 너까지."

쿵, 새벽녘 바닥에 떨어진 열쇠는 어마어마하게 큰 소리를 냈다. 쾅, 나를 노려보던 눈이 서둘러 사라졌다. 애써 들으려 하지 않았다. 옆집 현관문이 열려 있었고, 나는 열쇠를 집느라 주춤했을 뿐이었다. 이내 문틈으로 울음이 새나왔다. 나는 허둥지둥 열쇠를 주우며 오늘 할 일을 생각했다. 수기는 꼭 써서 보내고 내일 강의 시작 전에 할 말도 정리하자, 그래.

시험중 불미스러운 사건이 발생했음을 알리자. 한동안 강을 마주하면 채용으로 오해한 인턴 체험과 떠나는 자에게 떠넘겨진 감내를 떠올릴 것이다. 감독 부실을 사과하고 대책 마련을 약속하자. 견조는 거대한 자의 오롯한 몫이며 고작 강사와 고작 인턴의 자리란 비워지고 채워지는 거겠지. 커닝한 학생과 목격한 학생을 찾지 말라고 하자. 거짓된 성과보다 진실한 태도가 중요하다고…… 말할 수 있을까요, 뚜뚜씨?

피크에서 내려와야 하는 뚜뚜씨, 체험은 허락, 채용은 불허를 선고받은 뚜뚜씨, 해마다 계약서에 서명하는 뚜뚜씨, 전문적인 개발 기회 속에서 품격을 높이려는 우리의 업그레이드는 성공인가요? 내일을 쌓는 데 어제와 오늘을 쓸 수 있을까요? 호환 불가는 아니겠죠? 그만 555. 해결됐을 리 없지만 계좌나 확인해야지.

Goods/Services/Others คืนเงิน 16:33 +1,314.33

Goods/Services/Others คืนเงิน 16:33 +2,628.66

쿵, 소리가 사택에 울렸다. 바닥에 떨어진 휴대폰은 액정이 나가 짧고 긴 색색의 그래픽만 보여줄 뿐 내 얼굴을 인식하지 못하

고 번호마저 입력되지 않았다. 굳게 닫힌 것 옆에서 옅은 풀색의
것이 꿈틀거렸다. 새끼손가락만한 것을 손에 쥐고 어쩐지 알 듯한
단어를 천천히 소리 내어보았다. คืนเงิน. 큰, 응, 언. 나를 쪼개어
여기서 반쪽, 거기서 반쪽으로 꾸려가는 삶이 멈추기까지 D-47.
나는 레오와 레우 사이, 뻐엇과 쁘엇 사이에 있는 세계에 도달하
지 못했다. 천팔백삼십칠 일 동안 이곳에서 내 몫의 말은 무엇이
었을까.

이방인 레고는 닳고 닳은 채로, 또 어딘가 구멍난 채로 발길을
옮긴다. 그는 안다. 반쪽은 빛바래서 남은 반쪽과 만난다 해도 결
코 하나가 아님을.

선린 없는 세계에서 다만, 물컹한 것은 아직 따뜻하다.

이해와 오해가 교차하는 방식

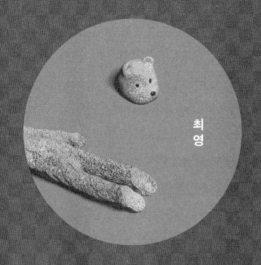

최
영

○
최영

2019년 『로메리고 주식회사』로 수림문학상을 수상하며 작품활동을 시작했다. 중편소설 『춘야(春夜)』, 산문집 『정역씨』『영상번역가로 먹고살기』, 번역서 『골든룰』『4차 산업혁명의 충격』『이코노미스트 2017 세계경제대전망』『서양인의 손자병법』 등이 있다.

빛은 입자성을 지니면서, 동시에 파동성도 지닌다는 사실이 빛의 성질에 관한 우리의 이해이다.[*]

자기 앞에 놓인 무수한 길 중에서 최단 시간 경로를 따라나선 빛 알갱이는 자신도 모르게 직진하고야 만다. 자신의 의지라고 오해하면서.

---

[*] 소위 말하는 '번역 투' 문장으로, 'that's our understanding'을 직역한 표현이다. 제대로 사용된 번역 투는 미니멀리즘과도 조응한다. 명사는 미니멀 아트의 '물체(objects)'와도 같다. 수동태나 물주구문은 '작가의 인격적 개입이 최소화된 형태'이다. 미니멀리스트는 리터럴리스트(즉물주의자/과격한 사실주의자)라는 공격을 받기도 하였다. 축자/축어역 또는 직역을 'literal translation'이라 한다.

파티션이 쳐진 작은 공간에 빛이 들었다.

다정씨와 건너편에 앉은 상담 직원이 동시에 눈을 찌푸렸다. 평일 한낮의 햇빛은 낯설기만 했다.

—그러니까 퇴직금을 받을 수 없다는 거네요?

—네. 현재의 법률로는 일 년 이상 근무해야 퇴직금을 받을 수 있어요. 그냥 두어 달 더 참고 다니시는 게……

—일 년을 채우면 퇴직금을 얼마나 받을 수 있을까요?

—정확한 것은 별도로 계산해봐야 하지만, 러프하게 말씀드리면 한 달 급여 정도 됩니다.

한 달 급여라. 그 공간을 나와서도 다정씨는 한참을 생각에 잠기었다.

시계를 보니 오후 세시가 조금 지나 있었다. 오늘은 저녁에 번역이 아닌 통역 일정이 있어서 회사에 다섯시까지 출근하기로 하였다. 회사가 입주해 있는 빌딩까지는 이곳에서부터 걸어서 십 분쯤 걸리니까 한 시간 오십 분 정도 여유가 있었다.

일 분이라도 회사로 먼저 들어갈 이유가 없었기에 근처 카페를 찾았다. 볕이 잘 들고 손님이 별로 없는 아담한 카페를 찾으려 했다. 그러나 근처에는 손님이 가득한 대형 카페 아니면 창가의 볕은커녕 슈박스 같은 공간에 좌석이 다닥다닥 붙어 있는 저가 프랜차이즈 카페만이 눈에 띄었다.

몇 군데를 둘러보다, 손님들로 가득하지만 그래도 좌석 사이가 널찍한 대형 카페 문을 열었다. 벽을 등지고 앉을 수 있는 자리가 나서 얼른 그리로 이동했다. 그러고 나서 스마트폰을 꺼내 고민 없이 아이스아메리카노 한 잔과 조각 치즈케이크를 앱으로 주문한 뒤 핸드백을 자리 옆에 던져놓고 재킷을 벗어 그 위에 올려놓았다. 아침 뉴스의 기상 캐스터는 오늘 오후부터 기온이 올라 덥겠다고 예보하였지만, 바깥에는 미처 떠나지 못한 쌀쌀함이 그대로 남아 있었다.

대로변이기는 하지만, 아파트 단지를 끼고 있는 곳이라 시내 중심가에 있는 업무 지구의 카페들과는 분위기가 많이 달랐다. 일단 혼자 온 사람들이 많았다. 다정씨는 입사하자마자 낮 시간에 한 번씩 들를 카페 여러 곳을 보아두었는데, 회사가 입주해 있는 빌딩 후면의 조그마한 테이크 아웃 커피 전문점 한 곳 말고는 다른 카페에는 아예 가보지를 못했다. 그럼에도 다정씨가 이곳을 익숙하게 느낀 까닭은 브랜드가 주는 특유의 매장 분위기 때문이었다.

다정씨는 얕은 숨을 내쉰 후 마무리하지 못한 생각을 다시 끄집어내었다. 퇴사라는 결론은 정해져 있는데 그 시기가 문제였다. 한 달은 몰라도 두 달은 도저히 참을 수 없을 것 같았다.

그때 음료가 준비되었다는 알림이 스마트폰으로 전달되었다. 다정씨는 자리에서 엉거주춤 일어나 카운터 쪽으로 걸음을 옮겼다. 카운터 앞에는 손님들이 죄다 스마트폰을 쳐다보며 자기 순서를 기다리고 있었다. 세어보니 일곱 명이었다. 왜 사람 수를 세어

보았는지는 다정씨도 알 수 없었다. 무언가에 쫓기는 기분이 들었지만 그 실체는 파악되지 않았다.

주문받는 곳을 지나 코너 쪽으로 가니 다정씨가 주문한 음료와 조각 케이크가 트레이 위에 가지런히 놓여 있었다. 트레이를 들고 조심스레 옷을 벗어놓은 자리로 돌아왔다. 시계를 보니 아직 카페에 들어온 지 십 분도 지나지 않았다.

아이스아메리카노를 한 모금 마셨다. 쓴맛이 가시기 전에 조각 케이크의 오분의 일 지점을 정확히 포크로 갈라 입안에 집어넣었다. 치즈의 진한 풍미에 취해 눈이 저절로 감기었다.

일 분이나 지났을까, 참을 수 없을 만큼 졸음이 밀려온다 싶을 때였다. 눈을 살포시 뜨자 햇빛이 통유리에 가득차서 순간 환해졌다가 이내 구름에 가려 어두워졌다. 창가 자리에 앉아 노트북으로 작업하던 다정씨 또래의 여자 하나도 빛의 기척에 놀라 고개를 들었다가 다시 노트북 화면으로 시선을 떨구었다.

장소연 작가님, 이거 급한 건인데 모레까지 가능할까요? 급행료 드리겠습니다.

앞뒤 잘라먹고 메일을 요약하자면 이런 요청이었다.

일이 하기 싫거나 다른 바쁜 일이 있더라도 어지간해선 거절을 입에 올리지 못하는 것이 프리랜서가 대체로 처하게 되는 입장이란 걸 소연씨는 일찌감치 알아차렸다. 배우가 감독이나 연출자가 다시는 나를 불러주지 않으면 어쩌나, 하는 불안을 느끼듯이 업체가 자신에게 번역을 다시 의뢰하지 않으면 어쩌나, 하는 불안이 소연씨의 머릿속에 똬리를 틀고 있었다. 이 불안은 그야말로 실존적 불안이었다. 소연씨는 자신이 몸담은 세계에서 추방당하지 않고 존재할 수 있게 해주는 근거가 한 번씩 울퉁거리며 흔들리는 것을 느끼곤 했다.

소연씨가 메일에 회신할 문구를 고민하고 있는 바로 그때, 전면의 통유리로 빛이 또 한번 마구잡이로 들어왔다. 이곳은 다 좋은데 창 쪽으로 빛이 너무 환하게 들었다. 소연씨는 눈을 찡그린 채 다시 모니터로 시선을 돌렸다.

PM님, 연락 주셔서 감사해요. 지난번 작업 이후로 업체 가이드라인에서 바뀐 건 없는 거지요? 모레까지 번역 파일 드릴게요. 고맙습니다.

원래는 다른 업체로부터 수주한 작업을 오늘까지 마친 후 며칠 푹 쉴 생각이었다. 그래서 어제저녁에는 여행지를 몇 군데 검색해 여행 계획을 짜보기도 했다. 하지만 소연씨는 여행 계획을 짜다 말고 이내 마음을 접었는데, 왠지 A 업체로부터 연락이 올 것 같다는 예감이 들어서였다. 그리고 그 예감이 들어맞았다.

A 업체가 OTT 물량을 많이 확보했는지 번역 의뢰 연락이 요즘 부쩍 잦아지긴 했다. 이 업체의 일감은 봄날의 제비가 물고 온 박씨 같았다. 일단 단가가 다른 업체들보다 높았다. 영상물 번역의 경우 방영 시간을 분으로 나누어서 분당 얼마, 하는 식으로 보

통 계산하는데 이 업체가 지급하는 번역료는 대략 30에서 50퍼센트까지 업계 평균과 차이가 났다. 그리고 무엇보다 여기는 타임이 다 잡혀서 나왔다. 번역된 자막이 화면에 나타났다 사라지는 시간을 설정해놓은 타임 코드가 있는데 이게 미리 다 입력되어 있어서 번역가는 그냥 번역만 하면 되었다. 예전의 소연씨 주 거래 업체였던 B 업체는 번역가가 일일이 타임 코드 입력을 해야 해서 번역 시간이 과장을 좀 보태면 곱절이나 들었다. 그러니 이런 사정까지 감안하면 A 업체의 단가는 정말 높은 것이었다. 그리고 갑작스럽게 급한 일정으로 일을 발주할 때는 꼬박꼬박 급행료도 챙겨주었다.

하지만 소연씨는 좀 많이 지쳤다. 프리랜서라면 말 그대로 프리해야 하는데, 그렇지가 않았다. 마치 당직을 하루도 빼놓지 않고 서고 있는 기분이 들었다. 언제 갑자기 들어올지 모르는 프로젝트 때문에 스케줄을 항상 비워두어야 한다는 것이 생각보다 만만치 않은 스트레스였다.

작업 시간까지 감안하면 돈이 특별히 많이 벌리는 것도 아니었다. 자막 번역은 농사만큼 정직한 작업이어서 웬만한 직장인처럼 벌려면 정말 눈이 빠지도록 '쳐내야' 했다.

푸, 하는 한숨 소리가 노트북 화면을 때렸다. 요즘 들어 한숨이 더 잦아진 것 같다. 소연씨는 바탕화면에서 업체의 자막 제작 클라우드 서비스 아이콘을 찾아 클릭했다.

그때 또 메일 도착 알림이 떴다.

이번에는 이미 번역된 자막을 감수해줄 수 있겠냐는 내용이었다. '감수'라고 해서 내용을 심도 있게 검토하는 것은 아니고 번역문에 오탈자가 있는지, 오역이나 어색한 번역은 없는지 등을 살피는 일이었다. 보수는 통상 번역료의 절반 정도인데 감수 업무는 사실상 복불복이었다.

실력이 좋은 번역가의 문장은 거저먹기에 가까울 정도로 손댈데가 없는 반면에 실력이 많이 부족한 번역가의 문장은 거의 새로 번역해야 하는 수준이었다. 심지어 검색 사이트들에서 제공하는, 언젠가는 인간 이상으로 번역을 하게 되겠지만 아직은 그럴듯한 거짓말로 눙치는 수준인 인공지능 번역기를 활용해서 대충 번역해놓은 경우도 더러 있었다. 게다가 하나의 시리즈를 여러 번역가가 에피소드별로 나누어 공동 번역하는 경우가 많다보니 등장인물들이 서로 반말을 했다가 높임말을 했다가, 이모가 어느 순간 고모로 변해 있고, 장인어른보고 당신이랬다가 아버님이랬다가, 한마디로 '퍽fuck'이었다.

누구는 값싼 단가에는 저렴한 품질로 대응한다고, 콩 심은 데 팥이 날 순 없다고 강변했지만 결국 자기 작품, 자기 농사라 생각하면 콩값을 받고도 팥을 심어야 했다.

소연씨는 잠시 고민하다 복불복에 자신이 없어 거절의 답신을 보냈다. 그리고 나자 의뢰를 '거절'할 수 있는 단계에까지 자신이 도달했다는 사실이 새삼 뿌듯했다. 노트북 옆에는 카페라테가 담긴 머그잔이 절반쯤 비어 있었다. 심리적 포만감이 배까지 부르게 만들었는지 브라우니는 괜히 주문했다는 생각이 들었다.

햇빛이 정확히 테이블 절반을 물들였다.

오후 세시가 지난 시각의 햇빛은 데쳐진 시금치처럼 숨이 죽은 채였다. 카페 구석은 빛을 관찰하기에도, 또 사람들을 관찰하기에도 좋은 공간이었다.

희정씨는 통유리를 사이에 두고 둘로 갈라진 세상을 바라보았다. 바깥은 인적이 거의 없어 황량함마저 느껴지는데, 카페 안은 테이블 사이를 오가는 손님들 때문에 어수선했다. 점심을 먹고 난 후 이곳에 왔을 때는 빈자리가 꽤 있었지만 이제 일층 전체가 만석이었다. 이층과 삼층에는 자리가 남아 있을지도 몰랐다. 승강기 출입구가 매장 안쪽에 숨겨져 있다보니 손님들은 대부분 승강기가 없는 건물인 줄 안다. 일 년째 단골인 희정씨도 처음에는 그런 줄 알았다.

처음 이곳 카페에 왔을 때, 널찍한 공간에 더해 대화를 나누는 손님보다 노트북을 가지고 혼자 작업하는 손님이 많은 것을 보고 따로 작업 공간을 구할 필요 없이 여기에서 일하면 되겠다 싶었다. 오전에는 공립 도서관에서, 오후에는 이곳에서 작업하는 루틴을 마음속에 그렸다.

공동 작업실이나 공유 오피스 같은 곳도 알아보긴 하였다. 하지만 공동 작업실은 어찌되었든 오가면서 다른 사람과 눈인사라도 해야 하는 번거로움이 있을 것 같아 꺼려졌고, 전문 관리업체가 운영하는 공유 오피스는 가격이 공동 작업실의 두 배는 되어서 망설여졌다. 업무는 거의 메일로 처리하니까 손님이 찾아올 것도 아니었고, 특별히 새로운 사람을 오프라인에서 만나 인사를 나눌 일도 없었다. 그러니 명함도 필요 없었고, 명함이 없으니 명함에 찍힐 주소도 필요치 않았다. 간혹 출판사에서 번역해야 할 외국 도서를 원문 파일 대신에 실물 그대로 우편으로 보낼 때도 있었는데, 그럴 때는 그냥 집주소로 보내달라고 하면 그만이었다.

그저 필요한 것은 마음을 산란시키지 않을 차분한 공간뿐이었다. 백색소음이라고 불리는 적당한 소음들, 가끔씩 사람들이 자리를 이동하면서 내는 발소리, 카페에서 틀어주는 보사노바풍의 재즈 음악, 조각 케이크를 담은 접시에 포크가 달그락 부딪히는 소리, 자기 딴에는 최대한 목소리를 낮추고 있지만 고교 동창인 이영미가 드디어 결혼하게 되었다는 것까지 알게 만드는 전화통화 소리까지 모든 게 익숙해지는 데에는 어느 정도 시간이 걸렸다.

출판사와 첫 번역 계약서를 작성한 뒤 두어 달은 카페보다는 공립 도서관에 주로 머물렀다. 지하철 두 정거장 거리에 있는 그곳은 운동 삼아 걸어가기에는 좀 멀었다. 게다가 야트막한 언덕 위에 있었기 때문에 버스 정류장이나 전철역에 내려서도 십 분쯤은 오르막길을 걸어야 했다. 그래도 그때는 봄소풍 가는 기분이었다.

희정씨가 처음 이쪽 일에 관심을 가진 것은 대학을 졸업할 무렵이었다. 학부 전공은 생물학이었는데 입시 성적에 맞춰 학교와 학과를 선택한 대부분의 학생들이 그러하듯 적성에 맞지 않았다. 마땅히 하고 싶은 일이 있었던 것은 아니지만, 그래도 자신이 언어에 소질이 있다고 느낀 희정씨는 학부를 마친 후 통번역대학원에 진학했다. 통대를 졸업한 후에는 프리랜서 통역사로 삼 년간 일했다. 그리고 괜찮은 보수를 제시하는 어느 대기업의 인하우스 통번역사로 들어갔다.

그곳에서 희정씨는 남편을 만났다.

사실 파견근무자 형태인 통번역사와 정규직 직원은, 누가 특별히 사교적이지 않은 한 같이 밥을 먹거나 농담을 나누는 등 사적으로 접촉할 일은 거의 없었다. 하지만 당시에 임원들 통역을 희정씨가 전담하다보니 최고 경영자 수행 업무를 담당했던 남편과 자주 만날 수밖에 없었다.

결혼하고 일 년이 지난 후 남편이 뉴욕 주재원으로 발령났다. 현지에서 아이들이 태어났고 아이들이 아장아장 걸음을 옮길 때쯤 한국으로 돌아왔다.

어른들 말씀대로 아이들이 열 살이 될 때까지는 애들 뒤치다꺼리로 다른 생각을 할 겨를이 없었다. 육아는 오롯이 희정씨의 몫이었다. 크게 속썩이지 않고 무난하게 자라준 연년생 아이들인데도 희정씨는 힘이 들었다. 그러나 독박육아를 해야 하는 상황이 그렇게 억울하지는 않았다. 남편은 회사에서 소위 잘나가는 만큼 업무에 파묻혀 지낼 수밖에 없었다. 직급이 올라갈수록 퇴근이 늦어졌고 주말에 출근해야 하는 경우도 잦아졌다. 희정씨는 잠시나마 남편의 회사에서 같이 근무한 적이 있었기에 남편의 입장을 어느 정도 이해할 수 있었다. 독박육아와 외벌이라는 역할 분담극은 두 사람이 암묵적으로 합의한 일종의 계약이었다.

아이들과 희정씨는 한몸이었다. 아이들이 커갈수록 희정씨는 점점 사라져갔다. 말로만 듣던 누구의 엄마가 되어버린 것이다. 그러다 아이들이 초등학교 고학년이 되면서부터 혼자가 되는 시간이 늘어났고 다시 희정씨에게 '나'라는 존재가 싹트기 시작했다. 그리고 그 싹은 무럭무럭 자랐다.

끈적한 치즈가 입안에 달라붙었다.

혀끝으로 입천장을 몇 번 훑은 다정씨가 컵에서 빨대를 꺼낸 뒤 컵째로 커피를 마셨다. 커피와 함께 얼음조각 하나가 딸려나와 입술에 닿았다. 입을 조금 더 벌려 얼음을 입속으로 넣은 후 어금니로 와작 깨물었다. 어제 있었던 일이었다.

—다정씨, 오후 네시 회의에 쓸 자료니까 세시 반까지 부탁해요.

다정씨는 약간 망설이다 들릴 듯 말 듯한 목소리로 대답했다.

—네.

에드워드는 늘 이런 식이었다. 그는 공식적으로는 팀 리더라는 직함을 가진 마흔 중반의 사내였는데, 에드워드의 성실함은 다정씨에게 늘 버거운 짐이었다. 그는 회사생활에 진심이었다. 어찌 보면 사람 됨됨이는 다섯 팀원 중 제일 나은 것 같기도 했다. 샤론, 브래드, 탐, 오드리 모두 밥맛이었다. 그들의 행태가 너무 못마땅해 대학원 동기한테 푸념을 늘어놓은 적도 있었다.

　—얘네들은 그래도 같은 공간에 있는 사람을 보면 인사라도, 아니 알은척이라도 하는 게 예의일 텐데 그런 게 없어. 나는 여기서 그냥 번역 자판기일 뿐이야.

　대학원 동기는 어차피 이 년 계약직으로 있다가 떠날 회사인데 괜히 인생 아깝게 몰입하지 말고 자판기처럼 지내라고 다정씨에게 조언했다. 하지만 가만히 있는 자판기를 사람들이 한 번씩 발로 찬다는 게 문제였다.

　번역은 느리고도 깊은 작업이라는 것.

　그래서 말로 옮기는 통역과 달리 순발력보다는 정교함이 훨씬 더 요구되고 작업 시간도 월등히 많이 걸린다는 사실. 하지만 사람들은 이 둘의 차이를 알지 못했고, 번듯한 스펙을 자랑하는 이곳 직원들도 그 점은 마찬가지였다. 그래서 직원들은 다정씨에게 번역할 서류 뭉치를 던져주고서는 한두 시간 있다가 다정씨의 책상 앞으로 다가와서 정중한 목소리로 '아직 안 되었냐'며 다그치기 일쑤였다. 게다가 계약 문서와 같은 법률 분야 번역은 전문 번역가가 필요한 일인데 무작정 '일단 하는 데까지 해보라'는 지시가 다정씨에게 떨어지곤 했다. 나중에 문제가 되면 누가 책임지라고? '합동'과 '공동'이 다르고 '각'과 '각자'가 다른 세계가 법률 세계인데 까딱 잘못했다가 그야말로 사람 잡은 선무당이 되어 작두를 잘못 탄 죄를 몽땅 뒤집어쓸지도 모를 일이었다. 그나마 담당 임원인 덱스터 상무가 식견이 있는 사람이어서 천만다행이었다.

—일반의한테 외과 전문의가 해야 하는 고난도 수술을 맡길 수는 없지. 에드워드, 이 계약 문서 말이야, 법무팀 통해서 전문 번역을 의뢰해. 아, 다정씨 실력을 의심하는 건 아니니까 마음에 두지는 말아요.

다정씨는 그때 에드워드가 짓던 머쓱한 표정을 떠올리며 자신의 입속으로 얼음을 다시 하나 집어넣었다. 이번에는 얼음덩어리를 깨물지 않고 혀로 이리저리 굴리며 불쑥 열기가 오른 인후 부위를 차갑게 식혔다.

덱스터의 방을 나온 뒤 에드워드는 "다정씨, 수고했어요"라고만 짧게 말한 후 평상시 그대로의 성실함으로 되돌아갔다.

하지만 그렇게 끝이 아니었다. 직속상관인 임원 앞에서, 비록 다정씨 생각에는 별것 아닌 자그마한 타박에 불과했지만, 업무를 좀더 단단히 하라는 취지의 나무람을 들은 것이었기에 에드워드의 기분이 좋을 리 만무했다. 그게 아니라면 왜 군이 자신에게 해외 거래처 미팅의 통역을 맡겼을까? 다정씨는 그렇게 의심할 수밖에 없었다.

벌써 두번째였다. 지난달 처음 통역을 지시받았을 때, 하지 않겠다는 분명한 의사를 에드워드에게 전달했다. 다정씨는 순발력을 요구하는 통역이 체질에 맞지 않았고, 회사 모집 공고에도 틀림없이 통역사가 아니라 번역사라 나와 있었다고 항변했다.

—아니 문서로 번역할 것을 그냥 말로 통역하면 되는 건데 뭐가 문제예요? 그리고 통번역대학원 졸업했으면 당연히 통역도 할 수 있는 것 아닌가요?

—통역하고 번역은……

—무슨 말 하려는지 알겠어요. 번역은 느리고도 깊다는 또 그 얘기 하려는 거잖아요? 그건 알겠고, 아무튼 기본적인 통역은 할 수 있죠? 어차피 오늘 미팅도 전문적인 업무 내용을 다루는 게 아니라 그냥 상견례 자리 정도니까 큰 부담 갖지 않아도 돼요.

결국 지난달 다정씨는 거래처와의 미팅에 마지못해 통역으로 참석했고, 결과는 참혹했다.

해외 바이어의 입에서 '비콘beacon'이라는 단어가 나왔을 때 도저히 무슨 뜻인지 짐작이 되지 않았다. 봉화를 올리겠다는 얘기는 아닐 테고, 뭔가 신호를 보낸다는 뜻일 텐데…… 다정씨가 머뭇거리는 것을 본 에드워드가 부사장에게 근접무선통신인 NFC보다 더 먼 거리에서 통신이 가능한 블루투스 기반 무선통신 기술이라고 직접 설명을 하였다.

나중에 알고 보니 에드워드는 미국 주재원으로 근무한데다 아이비리그 대학에서 석사학위까지 받은 사람이었다. 부사장은 고개를 끄덕이며 에드워드의 외국어 실력을 칭찬했다. 그러고는 눈을 동그랗게 뜨고 다정씨 얼굴을 쳐다보았다. 다정씨는 자신의 귀가 뜨거워지는 것을 느꼈다. 이후부터 다정씨는 쉬운 문장 통역도 버벅대기 시작했고, 그때마다 에드워드가 바로잡았다.

아드득.

입안에서 절반쯤 녹은 얼음을 다정씨가 깨물었다. 그런데 관둔다는 얘기를 오늘 사무실에 들어가자마자 하는 게 나을지, 아니면 오늘 통역까지는 마무리하고 내일 출근해서 말하는 게 나을지 고민이 되었다. 그만두는 마당에도 그랬다.

소연씨의 노트북 화면에 또다시 메일 도착 알림이 떴다.

이번에는 C 업체였다. 여기는 자막 번역 단가도 나쁘지 않고 타임 코드 입력도 안 해도 되는 장점이 있는 반면, 업체의 번역 지침이라고 할 수 있는 가이드라인이 세밀하다못해 무척이나 까다로웠고 맞춤법 오류에도 다른 업체들에 비해 유난스럽게 반응하는 단점이 있었다. 그래서 시간이 한가하면 이곳의 발주 물량도 소화했지만, 그렇지 않으면 바쁘다는 핑계로 일감을 받지 않았다. 그래도 일 년에 서너 번은 작업을 하게 되는 업체였다.

새로운 발주 메일인가 싶어 소연씨는 마시던 음료를 내려놓고 메일을 열어보았다.

노고에 진심으로 감사드립니다.

혹시 이달 말일까지 처리해도 되는 건이면 일을 맡아야겠다. 속으로 생각하면서 내용을 쭉 읽어가는데 소연씨의 얼굴 표정이 점점 굳어갔다. 번역을 의뢰하는 메일이 아니었다.

당사와 맺은 비밀유지계약에도 불구하고 일부 번역 작가님들께서 타업체에 제출하는 이력서나 개인 블로그, SNS 등에 당사와의 거래 내역을 공개하고 있어 이에 대해 다시 한번 주의를 당부드립니다.

NDA 혹은 비밀유지협약으로 불리는 이러한 계약은 한마디로 '홍길동 계약'이었다. 홍길동이 호부호형하지 못한 것처럼 번역가로 하여금 자기 번역 작품을 자기 것이라 부르지 못하게 만들었다.

소연씨의 거래 업체 세 곳 중 제반 조건이 가장 나은 A 업체 한 곳 말고는 다들 비밀유지조항을 계약서에 포함하고 있었다. 원래 계약서나 제품 설명서 등을 번역하는 기술번역 분야에서 영업 비밀 보호 및 거래선 누출 방지 목적으로 생겨난 관행이 드라마나 다큐멘터리 같은 영상물을 번역하는 방송 영역에까지 들어왔다는 이야기를 얼핏 들은 적이 있었다. 하지만 소연씨는 납득할 수가 없었다. 기술번역이라고 불리는 테크니컬 계통에서 다루는 문서는 업계의 정형화된 양식에 맞춰진 것이지만, 영화나 드라마, 다큐멘터리의 자막은 엄연히 번역가의 고유한 해석과 그에 따른 개성이 드러나는 번역 저작물로서의 '작품'이 아닌가 말이다.

더 큰 문제는 이런 관행을 불공정하게 여기는 문제의식조차 소연씨가 몸담고 있는 영상번역 업계에서는 찾아보기 힘들다는 사실이었다. 당연하다고 생각하거나 심지어 비밀유지협약을 맺었다는 사실을 은근히 자랑스럽게 생각하는 번역가들조차 존재했다.

책을 번역하는 출판번역가들이 알면 펄쩍 뛸 일일 테지. 하지만 소연씨가 알기로 모든 나라에서 저자 옆에 역자의 이름을 같이 올려주는 것도 아니었다. 나라마다 문화마다 관행이 달랐다. 그 관행은 결국 권력의 문제였다. 세상 어디에서나 마찬가지인 힘의 논리, 누가 강자인가 하는 오래된 이야기일 뿐이었다.

소연씨는 받은 이메일을 휴지통으로 옮겼다.

나는 오늘 이곳에 왜 온 것일까?

희정씨는 자문해보았지만 달리 대답이 떠오르지 않았다. 무겁게 가져온 노트북도 가방 속에 그대로 넣어둔 채였다.

두 달째 일이 없었다. 캐모마일티를 마시는데 괜한 허기가 들어 조각 케이크라도 하나 주문해야겠다고 생각했다.

시작은 오히려 쉬웠다. 출판번역은 도서 출간 과정에서 차지하는 역자의 비중이 월등하기 때문에 그만큼 진입 장벽이 높았다. 그런데도 희정씨는 수월하게 데뷔를 하였다. 지인의 소개를 받아 두 페이지짜리 샘플 번역을 메일로 보낸 바로 다음날, 출판사를 방문해 도서 번역을 위한 계약서에 사인을 했다.

─역자님도 잘 아시겠지만 통역 쪽과 달리 번역 쪽은 통번역대

학원 졸업장보다는 번역서와 관련된 전공이나 경력이 훨씬 중요하거든요. 특히 실력 있는 이공계 역자분들 구하기는 정말, 정말 어려운데 전공이 생물학이시라는 얘기를 듣고 구세주를 만난 기분이었어요.

—그래요?

희정씨는 놀란 듯 눈을 동그랗게 뜨며 반문했지만, 속으로는 뿌듯한 마음이 들었다. 편집자는 계약서에 간인을 찍으며 명랑한 억양으로 말을 이었다.

—이공계 번역가 풀을 많이 보유한 에이전시들도 있죠. 하지만 그런 데는 저희같이 규모가 작거나 업력이 낮은 출판사하고는 거래를 잘 안 하려고 하니까 번역가 구하는 것도 부익부빈익빈이에요. 아무튼 오늘 와주셔서 정말 감사드려요. 우편으로 처리해도 되지만, 그래도 처음이니까 직접 뵙는 것도 좋겠다 싶어 방문을 부탁드렸습니다.

그렇게 계약서가 담긴 봉투와 번역할 원서를 받아들고 희정씨는 출판사를 나왔다. 구름을 걷는 듯 발밑이 둥실거렸다.

책은 청소년을 위한 진화론 관련 도서였고 이백오십 페이지 남짓으로 두껍지는 않았다. 계약한 이튿날부터 몇 번씩 원문을 확인해가며 꼼꼼히 번역을 하였다. 데뷔작이 유작이 될지도 모른다는 불안이 쉬운 단어나 익숙한 표현도 자꾸 사전을 확인하게 만들었다. 공을 너무 들여서인지 두 달 반을 꼬박 일한 금액치고는 박하다는 생각이 들었지만, 그래도 자신의 이름으로 번역된 책이 나오고 번역료까지 받는다니 희정씨는 마냥 설레기만 했다.

하지만 설렘도 잠시, 번역이 완료된 원고를 넘기고서 석 달이 지나도록 번역료가 들어오지 않았다. 희정씨는 출판사에 연락을 하려다 한 달만 더 참아보기로 했다. 그렇게 또 한 달이 지났는데도 아무 소식이 없었다. 전화를 할까, 문자메시지를 보낼까 수차례 고민을 하다 이메일이 제일 낫겠다 싶어 편집자에게 장문의 글을 썼다. 요즘 날씨부터 시작해서 편집자와 출판사의 안부도 묻고, 희정씨 자신은 무탈하게 지내고 있다는 얘기도 간략히 하고, 아무튼 뜸을 한참 들인 다음 어렵사리 번역료가 들어오지 않았다는 말을 꺼냈다. 받을 돈을 받고자 하는 것인데도 오히려 자신이 빚꾸러기가 된 느낌이었다.

메일을 보낸 지 일주일이 되었는데도 아무런 회신이 없었다. 희정씨는 문자메시지를 보내려다가 심호흡을 한번 한 다음 스마트폰을 들어 출판사로 전화를 걸었다. 어차피 전화를 하게 될 수밖에 없겠다는 생각이 들어서였다.

편집자가 전화를 받았다. 예상대로 '안 그래도 회신을 하려던 참이었다'는 변명과 회계 담당 직원이 희정씨에게 전화할 것이라는 짤막한 통보가 전부였다. 그렇게 전달하라는 지시라도 받았는지 자신이 떠맡아야 할 업무를 회피하고 있었다. 편집자의 억양은 더이상 상냥하지도 명랑하지도 않았다. 계약서를 쓰던 날 출판사 사무실에 직원이 네다섯 명쯤 있었던 기억이 났다. 그중 누군가가 전화를 하겠구나, 생각했지만 희정씨에게 전화로 회신한 사람은 뜻밖에도 출판사 사장이었다. 마치 동굴 속에 들어앉은 듯한 오십대 후반의 중후한 목소리가 희정씨의 귓전에 웅웅거렸다.

　—계약서 안 읽어보셨어요?

말투에 짜증이 묻어났다.

　—계약서요?

　—네, 번역 계약서요. 거기에 보면 번역료는 도서 출간 후 두 달 이내에 지급하기로 되어 있잖아요. 도서 출간이 안 되어서 기다리셔야 돼요.

희정씨는 스마트폰을 든 채로 계약서를 찾아 바닥에 펼쳤다. 막연히 원고 완성 후 두 달 이내에 지급된다고만 생각했는데, 종이에는 '도서 출간 후'라는 문구가 부동문자로 인쇄되어 있었다.

　—그러면 책은 언제 출간이 되는 거죠?

　—저희야 해외 저자 에이전시로부터 돈을 들여서 국내 판권을 산 입장인데 당연히 빨리 출간하고 싶죠. 하지만 책이 호떡 굽듯이 후딱 만들어지는 게 아니잖아요. 시간이 걸리지 않겠어요?

　—그래도 대략 언제쯤인지는 말씀해주실 수 있지 않나요?

　—그걸 말씀드린 다음에 못 지키면 제가 양아치가 되는 거잖아요. 출판사와 역자님은 한배를 탄 운명이다 생각하셔야죠. 책이 잘 나와야 역자님도 보람이 크고 번역가로서 이름도 높아지는 거

아니겠어요? 그러니까 재촉하지 마시고 좀 기다려보세요. 책이 안 나오면 더 답답한 게 우리예요.

희정씨는 전화를 끊고 나서 차마 물어보지 못한 말을 속으로 되뇌었다.

'그럼 혹시라도, 책이 출간되지 않으면 번역료를 아예 받을 수가 없게 되나요?'

그날 늦은 밤에 대학원 동기에게 전화를 했다. 입학 당시 희정씨보다 다섯 살이나 많은 만학도였는데 비혼을 일찌감치 선언하고 국제회의 통역사로 잘나가고 있었다. 그리고 무엇보다 그 언니는 세상 물정에 밝았다.

—네가 뭐가 아쉬워서 그런 이상한 계약을 했어? 내가 다 열받네. 번역된 원고를 받은 날부터 언제까지 지급한다고 계약을 했어야지. 너무 나이브했다.

—책은 출간되겠죠?

—책 출간은 프로젝트 같은 거야. 엎어지는 경우도 많아. 번역 끝나고 한두 달 만에 바로 출간되기도 하고, 일이 년 있다가 뜬금없이 출간되기도 하고, 딱 정해진 게 없어. 그러니까 출판사도 리스크를 줄이려고 그렇게 번역가한테 불리한 계약 조항을 넣는 거잖아. 그래서 번역가들도 가능하면 이름 있는 출판사하고 거래하려고 하는 거고. 그런 데는 번역료 가지고 속썩이는 일은 거의 없으니까. 하긴 이름 있는 출판사가 너 같은 초짜 번역가한테 곧바

로 일을 맡길 리가 만무하긴 하다. 하하.

빨래를 털듯 툭 털어버리는 언니의 웃음소리에 희정씨도 덩달아 깔깔대며 웃었다. 둘이 그렇게 한참을 웃자 헛헛한 속이 조금은, 그리고 그 순간만큼은 달래졌다.

그 이후로 책을 세 권 더 번역했다. 다른 출판사를 통해서였다. 책은 모두 청소년과 어린이용 과학 도서였고 번역료는 계약서에 명시한 대로 번역 원고를 넘긴 뒤 두 달 안에는 들어왔다.

희정씨는 캐모마일티에 곁들일 조각 케이크를 사기 위해 자리에서 일어났다.

이제 사무실로 들어가야 할 시각이다.

다정씨는 유리잔과 케이크 접시를 트레이에 다시 담은 후 자리를 정리했다. 카페는 절반의 빛과 절반의 그늘로 나뉘어 있었다. 다정씨는 그 경계를 따라 걸어나갔다.

홀 가운데쯤 왔을 때 안쪽으로 들어오는 사람과 마주쳤다. 그 편 사람의 트레이에는 음료는 없이 블루베리케이크가 한 조각 담겨 있었다. 마흔 언저리쯤 되어 보이는 얼굴이 참으로 담담해 보인다고 다정씨는 생각했다. 그렇다고 무표정한 스타일의 얼굴은 아니었다. 커버력 좋은 파운데이션을 바른 것처럼 근심 같은 것들을 얼굴 밖으로 내비치지 않는 단아함이 여자의 얼굴에 서려 있었다.

　―실례합니다.

여자는 구석자리를 향하면서 다정씨를 스쳐지나갔다. 향수 같은 건 따로 뿌리지 않는지 옅은 먼지 냄새만 다정씨는 맡을 수 있었다.

반납용 테이블에 트레이를 내려놓자 마침 근처에 있던 카페 직원이 자신이 정리하겠다며 다정씨에게 건조한 음성으로 말했다. 다정씨는 감사하다는 말과 함께 카페 출입구 쪽으로 걸음을 옮겼다. 카페 문을 열고 나오면서 퇴사하겠다는 말은 다음날 해야겠다고 마음을 정했다. 하루의 괴로움에도 허용치가 있었다.

퇴사를 하고 나면 한 달간은 집에 콕 박혀 있어야겠다. 다정씨는 여행도 생각해보았지만, 막상 여행을 원하는 때 마음껏 갈 수 있다고 생각하니 그 또한 시들해졌다. 여행은 탈출구였지 도착지가 아니었던 것이다. 한 달이 어찌어찌 지나면, 그래도 생계는 유지해야 하니 다시 직업을 가져야겠지. 배운 게 도둑질이라는 말은 참으로 무서운 말이었다. 결국 다시 번역을 하게 될 거라는 예감이 제 발 저린 도둑처럼 머릿속으로 들어왔다. 그러나 지금과 같이 어떤 조직에 매이고 싶지는 않았다. 프리랜서로 독립해야지, 그리고 이왕이면 내가 좋아하는 것을 번역하면서 살아야지. 다정씨는 스스로에게 다짐했다.

내가 정말로 좋아하는 건 뭘까? 저절로 떠오른 생각에 갑자기 청소년이 된 것 같은 기분이 들었다. 하지만 한가하게 적성을 따질 때가 아니었다. 지금 다정씨에게는 현실적인 판단이 필요했다.

출판번역 쪽은 처음 진입할 때 역자의 전공이나 경력을 많이 본다고 하니 책보다는 영화나 드라마를 번역하는 영상번역가가 현실적인 목표가 될 것 같았다. 번역료라는 경제적인 대우 또한 출판번역가보다는 영상번역가가 훨씬 낫다는 게 알음알음 물어본바 대체적인 의견이었다. 게다가 영화와 드라마를 보는 게 어디 일인가? 자기가 좋아하는 영화와 드라마를 보면서 돈까지 번다니 그런 게 가능할까 싶은 의심이 들었지만, 다정씨의 눈은 이미 스르르 감기며 '번역 이다정'이라는 크레디트가 화면에 떠올랐다 사라지는 장면을 떠올리고 있었다.

저 여자는 정신이 좀 나간 것 같다.

소연씨는 통유리를 사이에 두고 자신이 지켜보는 바로 앞에서 눈을 감은 채 한참을 멈춰 서 있는 여자를 발견했다. 이상한 주사라도 맞았는지 여자의 표정은 황홀에 빠져 있었다. 어지간한 일에는 한눈을 팔지 않는 소연씨였지만, 이번에는 노트북 화면에 온전히 집중하기가 힘들었다.

가만 보니, 아까 트레이를 들고 나가면서 다른 손님하고 부딪힐 뻔했던 그 사람이었다. 행색을 보니 정장 차림에 어디 번듯한 회사라도 다니는 것 같은데, 좋은 일이라도 생겼나보았다. 성과급이라도 잔뜩 받게 됐을까? 아니면 승진? 갑자기 옆자리에 벗어둔 후리스 집업 재킷이 소연씨 눈에 들어왔다. 한눈에도 호졸근을 넘어 후줄근했다. 그런데 플리스라고 해야 하나? 소연씨는 '후리스 집업 재킷'이라는 단어를 인터넷 맞춤법 검사기에 입력해보았다. '플리스 지퍼형 재킷'이 국가기관이 권고하는 올바른 표현이로군. 소연씨는 자신의 강박에 피식 웃음이 났다.

그런데 소연씨가 최근에 새로이 알게 된 사실이 있었다. 의외로 출판번역 쪽에서는 영상번역과 달리 번역가가 맞춤법에 자기 밥줄을 거는 일이 거의 없다는 점이었다. 출판 쪽에는 교정 교열 전문가가 따로 있다는 것이 아닌가. 그 사실을 들은 이후부터 동료 번역가들과 함께 해오던, 정말 대중없는 합성어 및 띄어쓰기 오류 사례를 달달 외우던 스터디 그룹 활동도, 시시때때로 바뀌는 표준어를 일일이 체크하며 노트에 정리하던 일도 심드렁해졌다.

─절이 싫은 것이야.

소연씨는 나지막하게 혼잣말을 내뱉었다. 그런데 이 절을 떠나면 또 어느 절로 가야 하는 걸까?

사실 마음에 담아둔 절이 있기는 했다. 소연씨는 작업 주기가 일주일 전후로 짧은 영화나 드라마 번역 말고, 서너 달, 경우에 따라서는 일 년도 넘게 걸린다는 책 번역이 하고 싶어졌다. 그 평온함과 느긋함을 소연씨도 맛보고 싶었다. 게다가 출판번역가들은 적어도 저작권자 대우를 받고 일하는 것 같았다. 물론 상대적으로 높은 경력이나 연륜 때문이겠지만, 이렇게 번역해라, 저렇게 번역해라 같은 업체의 지침 따위를 받는 입장은 아니라고 들었다. 지금은 정말 너무 재재하청업체 같다.

소연씨는 가만히 눈을 감은 채 검지 끝으로 책표지에 얹힌 '장소연 옮김'이라는 활자를 쓰다듬었다. 소연씨의 얼굴로 옅은 빛이 지나갔다.

저 여자는 고양이를 닮았다.

몸을 웅크리고 눈을 게슴츠레 감은 채 햇볕을 쬐는 모습이 딱 식빵 굽는 고양이 모습이다. 게다가 하품도 자주 한다. 카페에 지정석이라도 맡아놓은 듯, 항상 창가 좌석에서 뭔가를 하고 있다. 무얼 하는지는 모르겠다. 궁금해서 화장실을 갈 때 근처로 가서 슬쩍 노트북 화면을 훔쳐보았는데 메일을 작성하고 있거나, 그게 아니면 주로 영화나 드라마를 보고 있었다. 팔자도 좋지.

집이 근처인지 헐렁한 차림으로 다니는 걸 보면 재택근무를 하는 사람인 것 같기도 하다. 아니면, 아예 백조이거나. 나이는 서른쯤 되어 보이는데 늘 피곤한 듯 얼굴에는 판다 같은 눈그늘이 내려앉아 있다.

하지만 내가 지금 남 신경쓸 때가 아니지.

희정씨는 떫은 입맛을 달래기 위해 케이크 귀퉁이를 포크로 잘라 입안에 넣었다. 부드럽게 녹는 크림 사이로 블루베리가 툭, 하며 터졌다.

처음 작업한 책의 번역료는 끝내 받지 못했다. 너무 억울해서

울고 있던 희정씨에게 남편이 위로랍시고 말했다.

—그냥 액땜했다고 생각하고 말아. 돈 못 받아서 괜히 마음만 상하고, 늦게까지 일한다고 몸 축나고…… 부업으로 용돈벌이 하는 건데 대충 쉬엄쉬엄해.

용돈벌이라는 말이 음절 하나하나 희정씨의 귀에 박혔다.

아, 나는 이제 용돈벌이나 하는 사람이 되어버렸구나!

번역을 하고 말고가 문제가 아니었다. 이것은 희정씨가 이 세상에 존재하고 있다는 증명의 문제였다. 희정씨는 잠시 감았던 눈을 떴다. 그리고 양 입술을 가볍게 문 채로 가방에서 노트북을 꺼내 카페 테이블에 올려놓았다. 이제 이 구석 테이블과도 작별할 시간이 된 것 같았다. 인터넷에 접속하여 구인 구직 사이트를 찾았다. 네모난 검색창에 '번역가'라는 단어를 입력했다.

수많은 구인 공고가 화면을 가득 메웠다. 집안일을 병행하면서 프리랜서로 일하면 결국 다시 용돈벌이를 하게 될 테지. 희정씨는 고개를 저으며 인하우스 번역사 모집 공고를 몇 개 스크랩했다. 대기업 근무도 눈에 띄었다. 통역보다 보수는 못하지만 통역 부담 없이 번역만 하는 것을 감안하면 그런대로 괜찮았다.

희정씨는 백화점에 들러 옷을 좀 사야겠다는 생각을 했다. 그러고 보니 색조 화장품도 구색을 갖춰야 할 것 같다. 요즘에는 일반 회사도 정장 차림인 경우가 거의 없다고 들었지만 면접도 봐야 하니 너무 무겁지 않은 스타일의 세미 정장도 괜찮겠다 싶었다. 이미 희정씨는 백화점 의류 매장의 전신거울 앞에서 마음이 바빴다.

사람들이 하나둘 자리를 떴다. 점심때와 달리 빈 공간은 더이상 채워지지 않았다. 부산한 공기만이 테이블 위를 홀로 지키고 섰다.

저마다 어디론가 서둘러 돌아가는 사람들 뒤로 긴 그림자가 따라붙었다. 그림자의 근원은 빛이었다. 시간이 지날수록 직진할 힘을 잃은 빛은 견고한 유리창을 온전히 뚫지 못하고 산란되었다. 결국 카페의 유리창은 오렌지색으로 물들었다.

세 사람은 그 모습이 빛의 모노크롬 같다고 생각했다. 이것은 또 한번의 오해일까?

그렇게 느리고도 깊은 오후였다.

섬광

황여정

○
황여정
2017년 『알제리의 유령들』로 문학동네소설상을 수상하며 작품활동을 시작했다. 장편소설 『내 이름을 불러줘』가 있다.

공수진은 K시의 공공도서관에서 차반석의 특강을 들은 뒤 그를 뒤쫓아가 가방으로 뒤통수를 냅다 후려갈겼다. 차반석의 얼굴이 앞으로 훅 쏠리면서 쓰고 있던 안경이 바닥에 떨어졌다. 공수진은 곧이어 한번 더 가방을 휘둘렀고 차반석은 잽싸게 몸을 피하면서 자신의 안경을 밟았다. 공수진은 또다시 가방을 높이 치켜들었지만 뒤에서 누군가 공수진의 어깨를 와락 잡아끄는 바람에 균형을 잃고 나동그라졌다. 차반석은 공수진을 제압한 남자에게 여자가 도망가지 못하도록 잡고 있어달라 외치며 112에 신고 전화를 걸었다. 공수진과 차반석은 관할 파출소로 인솔되었다.

차반석은 서울에 살고 있는 마흔두 살의 인기 유튜버였다. 한때 강남의 대형 입시학원 영어 일타강사로 이름을 날리다 자신이 속해 있고 자신에게 속해 있는 모든 것에 궁극적인 회의감이 몰려와 내처 일을 작파했다. 그러곤 재산 절반을 사회단체에 기부한 뒤 일 년간 세계 오지들을 떠돌아다녔는데 그 파란만장한 날고생의 여정을 담아 유튜브에 올린 영상들이 관심을 모았다. 현재의 주요 콘텐츠는 미래가 불투명한 길로 뛰어들어 새로운 삶을 개척한 사람들과의 인터뷰와 진로 및 이직 문제로 고민하는 이들을 상담해주는 라이브 방송이었다. 모 방송사의 교양 프로그램에 얼마간 고정 패널로 출연하면서 구독자가 대폭 늘었고 전국 곳곳에서 강의 요청도 들끓었다. K시의 공공도서관 특강은 넉 달 전인 8월에 예약된 일정이었다.

차반석이 K시에 온 건 처음이었다. 그가 기억하는 한 공수진도 처음 본 여자였다. 자신에게 갈채와 환호를 보내는 이들이 늘어날수록 자신을 저열하게 깎아내리는 이들도 함께 늘어나는 건 당연한 일이라고 여겨왔지만 물리적 폭력을 당한 건 처음이었다. 폭력의 강도가 상해를 입을 만큼 심각한 건 아니었으나 머리가 얼얼할 정도는 되었으며 더욱이 마음먹고 장만한 150만원 상당의 명품 브랜드 안경이 파손되었고, 무엇보다 누군가로부터 아무때고 신체 공격을 당할 수 있다는 불안이 자극되기엔 충분한 사건이었다.

"죄송합니다."

시종 고개를 떨구고 있던 공수진은 차반석이 사건 경위에 대해

진술을 마친 뒤에도 입을 떼지 않다가 순경이 재촉하자 고개를 더욱 수그리곤 나직이 말했다.

"뭐라는 거야. 크게 말해요."

차반석이 사납게 쏘아붙였다. 공수진은 고개를 조금 들어 다시 말했다.

"죄송합니다. 제가 잠깐 정신이 나갔던 것 같습니다. 정말 잘못했습니다."

"사과로 끝날 일이 아니고!"

차반석의 고함에 공수진이 움찔했다. 차반석은 코로 숨을 깊이 들이마시고 입으로 길게 내쉬며 흐트러진 호흡을 가다듬은 뒤 차분히 말했다.

"이유나 말해봐요. 강의가 끝나자마자 득달같이 달려들 만큼 내 이야기가 그렇게 마음에 안 들었어요? 정신이 나갈 정도로 화가 난 이유가 대체 뭐냐고요."

공수진은 잠잠했다.

"이봐요, 아가씨. 아니, 요새는 아가씨라는 호칭도 함부로 쓰면 안 되지. 하지만 이름도 말을 안 해주니 어쩔 도리가 없네요. 그래도 아가씨는 취소하고 선생님이라고 할게요."

차반석은 순간적으로 공수진에게 일어난 미묘한 동요를 감지하고 좀더 찬찬히 말을 이어나갔다.

"선생님, 저는 그냥 이유를 알고 싶을 뿐입니다. 이유도 모른 채 당한 사람의 심정이 어떨지 한번 생각해봐요. 정확히 무엇을 어떻게 조심해야 하는지도 모른 채로 평생 막연한 불안에 떨며 살아갈 수도 있어요. 선생님이 저지른 폭력이 비단 오늘뿐 아니라 앞으로도 계속 저에게 피해를 끼칠 수 있다는 소리예요. 간단한 상황이 아니라고요. 이거 큰 죄예요."

진심이었다. 사건의 내막을 속속들이 파악해야 무의식적 피해망상으로 번지는 상황을 예방할 수 있을 것이었다. 근원에 대해 갈피가 안 잡히는 강박을 해결하느라 또다시 한 시절을 탕진하고 싶지는 않았다.

공수진은 파출소에 온 뒤 처음으로 고개를 다 들고 차반석과 눈을 마주쳤다.

"저는……"

공수진의 목소리에는 힘이 들어가 있었고 차반석은 제대로 된 대답을 들을 수 있으리라 직감했다. 하지만,

"어떻게 말씀드려야 할지 모르겠습니다. 어떤 처분을 내리셔도 할말이 없습니다."

그게 다였다. 조심스러우면서도 굳건한 말투였다. 그것이 온전한 반성인지 서늘한 차단인지 차반석은 가늠되지 않았다. 그래도 어떻게 말해야 할지 모르겠다는 건 적어도 아예 말할 것이 없다는 뜻은 아니었다. 모종의 내용을 목적어로 내포한 발화였고 이는 그저 한순간 미친 짓을 저질렀을 뿐이라는 식의 태도와는 질적으로

다른 반응이었다. 공수진의 태도는 미세하게나마 달라지고 있었으며 그렇게 만든 건 자신의 접근 방법이었을 거라고 차반석은 생각했다. 약간의 만족감이 차올랐다.

"저는 선생님의 이유가 정말로 궁금합니다. 하지만 기다리겠습니다. 충분히 생각하고 정리하신 뒤 마음이 서면 이야기해주세요."

*

"제 이름은 공수진입니다. K고등학교에서 국어 교사로 근무하고 있어요."

공수진이 입을 연 건 사십 분쯤 지나서였다. 그사이 두 사람은 순경의 지시로 중앙의 원형 테이블에서 구석의 대기석으로 이동해 나란히 앉아 있었다. 차반석은 언제까지라도 그렇게 있을 수 있다는 듯 휴대폰을 들여다보며 여유작작한 모습을 의식적으로 견지하고 있었지만 예약한 기차 시간이 다가오고 있어 이십 분만 더 기다리고 포기할 참이었다. 대화를 접고 자리를 옮기면서 몰입도가 옅어지자 피로가 몰려왔고 더이상 어쩔 도리가 없는 일을 어쩔 수 있을 것처럼 물고 늘어지는 건 헛된 오기라는 생각도 들었다. 어차피 죽고 사는 문제도 아니니.

공수진이 자신의 이름과 소속을 말했을 때 차반석은 멈칫했다. 둘 다 들어본 적 있었다. 아니, 읽었었다. 몇 달 전 차반석은 K시의 K고등학교 교사 공수진이라는 사람으로부터 메일을 한 통 받았다.

"맞아요. 지난 9월에 제가 선생님께 특강을 부탁드리는 메일을 보냈었어요."

공수진이 요청한 강의 일정은 그로부터 한 달 뒤인 10월이었다. 차반석은 스케줄 문제로 거절했지만 시간이 되었더라도 수락하지는 않았을 것이었다. K고는 농업 계열의 특성화고등학교고 10월은 신입생 유치를 위한 특성화고 홍보 시즌이므로 공수진이 제안한 학부모 대상 특강이란 중학생 자녀를 둔 부모들에게 K고를 광고하는 자리일 가능성이 컸다. 물론 공수진의 메일에는 자녀의 진로 문제로 고민하는 학부모들에게 긍정적인 비전을 제시해주는 강의 정도로만 소개되어 있었다.

언젠가 유튜브 라이브 방송에서 '선취업 후진학'과 '선진학 후취업' 중 어떤 것이 결국엔 옳은 선택이 될지 상담해준 내용을 따로 편집해 업로드한 적이 있었는데 이후로 가끔씩 특성화고에서 특강 요청이 들어왔다. 차반석의 결론은 둘 중 어떤 것을 선택한들 미래가 보장되는 건 아니라는 것이었음에도 듣기에 따라서 '이제는 포스트 학벌 시대'라는 발언에 방점이 찍히는 모양이었다. 그렇게 여기며 몇 번 제안을 수락했는데 막상 뚜껑을 열어보니 본질은 역시 영업이었고 그걸 알고 나서는 특성화고 강의를 나간 적이 없었다. 입시 성공률을 높여주는 기계로 최적화되어가던 시절을 어떻게 끝냈는데. 이제 와서 다시금 무심한 시스템의 여일한 작동을 위해 소모되고 있다는 자괴를 맛보고 싶지 않았다.

차반석은 강의를 제안했다가 거절당하는 사람의 입장을 처음으로 헤아려보았다.

"일을 성사시키지 못했다고 학교에서 무슨 불이익이라도 당했어요?"

"불이익?"

"아니면 손해라도."

"손해?"

"뭐가 됐든 불편한 일을 겪었다든가."

"불편?"

말장난 같은 반문이 되풀이되자 차반석은 멈칫했다. 대화를 하자는 건지 말자는 건지 부아가 돋았으나 다시금 깊은 호흡으로 평심을 되찾았다.

공수진은 차반석에게 되물은 세 단어를 음미라도 하듯 혼잣말로 신중하게 곱씹었다. 언제부턴가 종종 그랬다. 심상한 대화를 나누다가도 어느 순간 상대의 말이 이상하게 들렸다. 정확히는 어떤 단어들이. 낯선 단어도 아니고 자신을 비롯해 많은 이들이 쓰는 말인데도 그랬다. 그 단어를 사용하는 상대의 의도를 모르겠다거나 이견이 있다거나 하는 차원이 아니었다. 그저 그 단어가, 단어의 뜻이, 그러니까 사전적 의미랄까, 여하간 그 단어가 가리키는 본래 내용이 무엇이었더라, 생각했다. 때로는 답이 금방 떠올랐고 때로는 끝내 감감했다. 가장 오래 궁리한 단어는 '일체$_{一體}$' 였다.

"설마, 단지 거절 자체가 기분 나빠서, 그러니까 자존심이 상했다든가 하는 이유 같은 걸로 나를 공격한 겁니까?"

공수진은 퍼뜩 정신이 들었다. 차반석이 영문도 모른 채 당한 사람의 입장을 호소했을 때부터 제대로 된 대답을 해줘야겠다고 생각했다. 하지만 어떤 것이 제대로 된 대답인지, 어디서부터 어디까지가 하나의 이유로 연결되어 있는지 분별하기가 쉽지 않다. 범위와 내용이 가다듬어져 딱 떨어진 답을 내놓을 수 있을지 언정 과연 그것이 차반석과 상관이 있다고 할 수 있을까. 직접적 상관은 없더라도 간접적 상관은 있다고 말할 수 있을지 몰랐다. 하지만 직접적이라는 건 무엇이고 간접적이라는 건 무엇일까. 그런 상념들이 이어지는 바람에 말문이 열리지 않았다.

"아니에요. 아닙니다. 그런 거."

공수진은 손사래를 치기까지 했다.

"불이익도, 손해도, 불편한 일도 없었어요. 선생님의 강의 거절은 저에게 아무 영향도 끼치지 않았어요. 저희 학교에도요."

사실이었다. 차반석은 교무회의에서 입시설명회 관련 토의가 진행되던 중 언급된 여러 유명 강사 중 한 명이었고, 유명인의 이름을 내건 설명회는 중학생 학부모들의 눈길을 끌기 위해 강구한 방편이었을 뿐 참석자 수가 곧 신입생 수로 연결되지는 않는다는 걸 학교에서는 이미 잘 알고 있었다. 매해 지원자가 몰리는 학교는 따로 있었고 그런 곳은 당연히 취업률이 높았다. 하지만 출생률의 감소로 전체 학생 수도 줄어드는 판국이라 그런 학교들조차 신입생 수가 간신히 유지되는 수준인데 하물며 취업률 순위가 중위권쯤 되는 K고가 언뜻 그럴싸해 보이는 설명회 따위로 단박에 인기를 얻기란 거의 불가능했다. 그래도 뭐든 해보자는 분위기 속에서 나온 안건이었는데 섭외 대상이었던 강사 세 명이 모두 거절하는 바람에 결국 늘 해왔던 대로 교사들이 설명회를 진행했다. 설명회 말고도 신입생 유치를 위해 교사들이 해야 할 업무는 한두 가지가 아니었으므로 누구도 그 일을 깊이 염두에 두지 않았다.

"그럼 뭡니까. 역시 오늘 강의가 문제였나요?"

강의를 듣던 중 공수진은 돌연 욕지기가 치솟긴 했다. 차반석이 뱉은 말들 때문이었다. 하지만 따지고 보면 그 말들은 사실 차반석의 것이 아니었다. 그렇다면 그것은 애초에 누구의 말이었을까 숙고하자니 생명의 기원을 더듬는 일만큼이나 까마아득하여 어떤 말의 주인을 묻는 일의 공허를 알아차렸다. 무엇의 진정한 최초를 따져보는 것이 의미 없는 일은 아니지만 그러한 모색이 최초의 것 말고는 아무것도 진정한 원인이 될 수 없다는 전제를 품고 있다면 그 물음만큼 의미 없는 건 없을 터였다. 모든 것은 제각각 모든 것의 최초의 원인이자 최후의 결과일 수 있었고 그렇다면 이렇게 말하면 안 될 이유는 없을 거라고 공수진은 결론 내렸다.

"네. 선생님의 강의가 문제였습니다."

반전이라 할 만한 공수진의 태도에 차반석은 반색과 반발이 뒤섞인 듯한 묘한 표정을 지었다. 물론 그것이 공수진이 할 대답의 전모라고는 여겨지지 않았기 때문에 차반석은 묵묵히 다음 말을 기다렸다.

*

공수진이 차반석의 강의를 듣게 된 건 우연이었다. 원래의 목적지는 도서관으로부터 걸어서 십 분 거리에 있는 장례식장이었다. 공수진은 일층 로비에서 안내 모니터로 빈소의 위치를 확인한 뒤 우물쭈물하다 밖으로 나왔고 근방을 맴돌다 다시 들어가 이번에도 모니터만 들여다보다 밖으로 나왔다.

올겨울 들어 첫 한파주의보가 내려진 날이었다. 그래도 하늘은 유독 창창했다. 창창해서 그나마 다행이라고 공수진은 생각했다. 아니. 공수진은 고개를 저었다. 대체 누구에게 다행이란 말인가.

죽은 이는 강물의 아버지였다. 강물은 지난해 공수진이 처음으로 담임을 맡았던 스마트팜과 3학년 반의 학생이었다. 그해 10월 강물은 갑작스런 사고로 의식불명에 빠졌다가 팔 개월 만에 깨어났지만, 다섯 달이 지난 지금까지 후유증으로 좌측 편마비와 언어장애를 앓고 있었다. 재활 치료를 받고 있으나 완치가 가능한지, 가능하다면 얼마만큼의 시간과 비용이 들지는 알 수 없었다. 공수진은 강물이 사고를 당한 직후와 의식을 되찾은 직후에 각각 한 번씩 병문안을 갔다. 앞의 한 번은 면회 금지로 강물의 어머니만 만났고 뒤의 한 번은 강물을 보았으나 강물은 공수진을 알아보지 못했다. 별다른 기색 없이 공수진을 멀뚱히 바라본 것이 다였기 때문에 공수진은 그렇게 여겼지만 강물의 어머니는 바라보는 것이 곧 알아보는 것이라고 말했다. 그것이 의사의 소견이기도 한 건지 공수진은 묻지 못했다.

강물은 수동적인 아이였다.
아니, 그것은 정확한 잔상이 아닐지도 몰랐다.
강물의 1학년 담임은 강물이 평범한 아이라고 했고 2학년 담임은 속을 알 수 없는 아이라고 했다. 이 년간 전공 교과를 가르친 교사는 그럭저럭 착실한 아이라고 했고 상담 교사는 강물이 1학년 때 어린 시절 자신의 꿈은 작사가였다고 말한 적 있다고 했다. 친구들은 과묵하지만 잘 웃는 아이라고 했고 그중 두어 명은 이상한 음악을 듣는 아이라고 했다. 강물의 어머니는 뭐든 알아서 잘하는 아이라고 했고 강물의 아버지는 고집스러운 아이라고 했다.
수동적인 아이라는 건 공수진의 평가였다. 학기 초에 강물의 어머니가 학교로 찾아와 상담을 하고 간 뒤 공수진은 강물과 대화를 나누었는데 대화를 마치고 공수진에게 남은 강물의 인상이 그러했다. 강물이 줄곧 시선을 기울인 채 네, 아뇨, 잘 모르겠어요, 외에는 한 말이 거의 없어서였던 것 같은데 정말 그것이 이유의 전부였는지는 명확히 기억나지 않았다. 특별할 것이 없는 면담이었고 이전에도 이후로도 공수진은 강물을 주목하지 않았다. 주목할 일이 없었다.

수동적이라고 느낀 건 강물에 대해서만이 아니었다. 공수진이 K고등학교에서 기간제 교사로 일하기 시작한 건 담임을 맡기 한 해 전이었는데 출근 첫날 충격을 받았다. 수업을 듣는 아이는 한두 명뿐이었고 나머지는 책상에 엎드려 잠을 자거나 딴짓을 했다. 아예 교과서를 꺼내놓지 않은 아이들도 태반이었다. 매일이 그랬다. 이따금 수업을 시작하자마자 몇몇 아이들이 오늘 수업할 거냐며 실실거리기도 했는데 그러면 약속이라도 한 듯 일제히 수업을 제치자고 졸라댔고 그럴 때만 교실에 반짝 생기가 돌았다. 공수진이 아랑곳없이 교과서를 펼치면 아이들은 여지없이 맥이 풀려 원래의 풍경 속으로 잠겨들었다. 흐물흐물 녹아내린 달리의 시계처럼. 자신이 무엇을 잃고 있는지, 어디로부터 어디까지 멀어지고 있는지 알지 못한 채, 아니, 알 필요도 없다는 듯 그저 그곳에 가만히 늘어져 있는 것이 존재의 목적인 양. 개별성이 잠식된 견고한 무기력 덩어리로. 아무것도 가닿지 않고 어떤 것도 되돌아오지 않는다는 낙망을 전염시키며.

346

표정 없는 정수리들과 마주하는 시간은 언제나 달리의 그림보다도 괴이했고 그들과 공수진 사이에서 발생되는 건 오로지 소외뿐이었다. 목도하고 인정하고 간과하는 것으로 첫 계약 기간인 사개월이 지나갔다.

여긴 그나마 괜찮은 편이라고 민수철이 말했다. 민수철은 그린바이오과의 전공 교과인 식품가공 교사였다. 기간제 교사로 세 군데의 특성화고를 거친 뒤 K고에 정교사로 채용되어 오 년째 근무중이었다.

"심각하게 험악한 애들은 거의 없거든요. 성적이 안 돼서 온 애들이 대부분이라 목표가 없어서 그렇지 다루기 어렵지는 않아요."

상관없다고 공수진은 생각했다. 어차피 K고는 임용고사에 합격하기 전까지 잠시 머물다 갈 곳에 불과했다. 원래는 임용고사에 합격한 후 일반고든 특성화고든 국공립학교에 들어가고 싶었고 발령 대기 기간이 길어질 경우에만 기간제 근무를 고려하고 있었다. 하지만 세번째 치른 시험에도 떨어져 자신감은 물론 자존감까지 금이 간 상태였고, 더욱이 아버지가 회사에서 비자발적 조기퇴직을 한 뒤 퇴직금을 털어넣어 개업한 조명 가게가 내내 적자를 면치 못하고 있는 참에 어머니는 유방암 수술을 하게 되었고 동생은 대학 입학을 앞두고 있어 집안의 경제 상황을 의식하지 않을수 없었다. 처음에는 거주 지역이었던 서울 학교들에 지원했다가 차츰 범위를 넓혀 전국 곳곳에 지원서를 내게 되었는데 어느 곳에서도 선택받지 못한 채 반년이 흘렀고 공수진의 의기소침은 깊어졌다.

K고에 채용되었을 때 공수진은 대학 합격 이후 처음으로 오롯한 성취감을 맛보았다. 국어 교사가 2학기 초반에 건강 문제로 휴직하면서 얻게 된 기회였다. 고작 사 개월 계약이었지만 그조차 쉽게 얻은 자리가 아니었으므로 활력이 자극되기엔 충분했다. 지금의 상승 기운으로 목표 의식을 되살린다면 임용고사 합격도 마냥 요원한 미래는 아닐 거라는 확신마저 차올랐다. 사범대학에 간 것은 교사가 되기 위해서였으나 공수진에게 교사란 안정된 직업 그 이상도 이하도 아니었기 때문에 남다른 사명감도 특별한 기대도 없었는데 막상 출근을 앞두자 선생님이라 불리는 이가 가질 법한 책임감이 기분좋은 무게감으로 공수진을 긴장시켰다. 그러한 무게감이란 자신과는 태생적으로 다른 이들만이 감당할 수 있는 몫이라는 걸 깨닫기까지는 그리 오래 걸리지 않았다.

공수진은 그해 임용고사에도 떨어졌고 K고와 재계약을 맺었다. 이번엔 일 년이었다. 담임을 맡는 것이 조건이었다. 나이 많은 정교사들은 담임 맡기를 꺼렸고 전공 교과 교사들은 학생들의 취업에 직접적 책임을 지고 있어 그와 관련한 업무들이 차고 넘쳤기 때문에 담임은 보통 일반 교과 담당인 젊은 기간제 교사들에게 가장 먼저 배정된다는 걸 알고 있었으므로 별로 당황하지는 않았다. 무엇보다 재계약이란 모든 기간제 교사에게 당연히 주어지는 기회는 아니었기 때문에 공수진은 학교의 제안을 달갑게 받아들였다. 물론 임용고사를 생각하면 기간도 직무도 부담스러운 것이 사실이었다. 그러나 백수인 채로 시험에 또 떨어지는 것보다는 나아 보였고 큰 액수는 아니나 담임 수당도 있으니 손해의 시간은 아닐 터였다. 모든 것은 생각하기 나름이라고 공수진은 마음을 다잡으며 기왕 이렇게 된 바 아이들에 대한 해석도 '무기력'에서 '수동성'으로 바꾸기로 했다. 수동성은 무기력보다 긍정적인 뉘앙스를 품고 있었고 그렇게 생각하자 전염과 침식에 대한 불안도 잦아들었다.

*

강물에게는 특이한 이력이 있긴 했다. 2학년 때 도제반이었다가 3학년 때 비도제반으로 옮겨왔고 그런 경우는 K고에 도제반이 개설된 뒤 처음 있는 일이었다. 도제반은 2학년 때부터 학교와 산업 현장을 오가며 학교에서는 이론을 배우고 기업에서는 경력자로부터 직무 능력을 전수받는 실습 과정을 거쳐 졸업 후 그 회사에 취업하게 되는 일종의 특별반이었다.

K고에 도제반이 개설된 건 공수진이 처음 채용되기 한 해 전인 2018년이었다. 2017년 교육부가 현장실습 제도를 전면 폐지하는 방안을 추진하겠다고 발표하자 K고는 발 빠르게 준비하여 도제학

교 공모에 신청서를 냈다. 현장실습은 그나마 취업률을 높이는 가장 확실한 제도였으므로 대체 방안이 필요했다. 일과 학습을 병행하여 고숙련 전문 인재를 양성하는 산학일체형 도제 시스템은 정부가 적극적으로 지지하는 제도라 도제학교로 선정되면 일정한 취업률 유지는 물론이고 추가 예산도 지원되며 학생 유치에도 도움이 될 것이었다.

도제학교라고 해서 학교 전체에 새로운 시스템을 도입해야 하는 건 아니었고 그저 도제반을 개설하면 도제학교가 될 수 있었다. 물론 참여 기업들을 물색해야 했고 학교의 기자재도 확충해야 했으며 도제반에 적당한 학생들도 선별해야 했다. 그전에도 교사들은 예산 확보를 위해 교육청이나 중소기업청 등이 주관하는 공모 사업을 따내거나 최대한 많은 사업체와 현장실습 계약을 맺기 위해 분투해왔으므로 준비 과정이 새삼 고되지는 않았지만, 어쨌거나 그해는 교내 산학협력부나 전공 교과 교사들뿐만 아니라 일반 교과 교사들까지 모두가 주야장천 경황이 없었다. 특히 도제반을 담당할 전공 교과 교사들은 기존의 교육 내용을 도제교육에 맞도록 개편해야 했기 때문에 주말에도 쉬지 못한 채 각종 교육 연수 프로그램이나 관련 연구 모임의 세미나에 참가하느라 진이 빠졌는데 사실 그것만으로는 미래 산업의 역군을 길러내기 위한 전문적이고 실질적인 지식을 갖추기에 역부족이었다. 다른 학교의 경우처럼 관련 분야의 전문가를 특별 교사로 채용하는 방법이 거

론되기도 했지만 예산 문제로 수용되지 않았다.

엉성하고 부실한 요소들이 많았음에도 K고는 도제학교로 선정되었다. 2016년 교육부가 앞으로 전국적으로 도제학교를 대폭 확대하겠다고 발표하면서 분야도 확장되고 선정 기준도 완화된 덕택이었다.

교육부의 단언과는 달리 현장실습 제도는 폐지되지 않았다. 다만 조기 취업 형태의 근로 중심이었던 실습 환경을 학습 중심으로 바꾸겠다는 발표와 함께 실습 협약을 맺는 사업체에 대한 규제와 지침이 몇 가지 수정되거나 추가되었는데 그 몇 가지 조항만으로도 참여 가능한 사업체가 훌쩍 줄어드는 바람에 학생들의 취업률 감소가 심각해졌고 결국 2019년에 원래의 형태로 복원되었다. 그러는 동안 교사, 학부모, 학생들은 폐지를 원하는 쪽과 유지를 원하는 쪽으로 갈렸는데 양쪽 다 상대편 주장이 현실적이지 않다는 게 이유였다. K고의 교사들 사이에서도 마찬가지로 양론이 팽팽했으나 학교의 입장에서는 취업 연계가 애매한 비도제반 학생들도 현장실습으로 관리할 수 있으니 마다할 이유가 없었다.

K고에 개설된 도제반은 두 개였다. 스마트팜과와 그린바이오과의 각 두 학급 중 한 학급씩을 도제반으로 운영했다. 원래 이름은 원예과와 식품가공과였는데 미래 지향적 분야일수록 도제학교로 선정될 가능성도 크고 더 많은 지원금을 받는 데 용이했기 때문에 육차 산업에 걸맞은 이름으로 바꾼 것이었다. 이름은 바꾸었으나

수업 내용은 크게 달라지지 않았다. 방과후에 전문가 특강으로 정보통신기술을 활용한 스마트팜의 운영 방식과 생명공학을 접목한 그린바이오 산업의 개발 방향 등에 대해 교육이 진행되기도 했는데 자주 있는 일은 아니었다. 방과후 시간은 주로 자격증 취득을 위한 보충수업으로 채워졌다.

강물이 도제반에 들어간 건 1학년 담임과 전공 교과 교사의 권유 때문이었다. 도제교육을 받을 아이들은 1학년 때의 학습 능력과 생활 태도를 고려하여 본인과 학부모의 동의하에 담임교사와 전공 교과 교사가 선발하게 되어 있었고 그들이 보기에 강물은 특별히 뛰어난 구석은 없었지만 여러모로 별문제 없는 학생이었다. 강물은 부모님과 의논해보겠다고 했다. 강물의 부모는 국가가 나서서 지원하는 프로그램이라는 설명만으로도 마음이 동해 동의서에 사인했다.

"도제반엔 억지로 들어간 거였어?"

강물의 어머니가 상담을 하고 간 날 공수진은 강물에게 그렇게 물었다. 강물의 어머니에 따르면 강물이 도제반에 들어가면서 부쩍 표정이 어두워지고 말수가 급격히 줄어들었는데 도제반에서 나온 뒤로도 상태가 나아지지 않는 것 같다고 했다. 급기야 며칠 전에는 자퇴 이야기를 했다고. 아무리 닦달해도 이유를 말하지 않는다는 것이었다.

"아뇨."

공수진은 몇 가지를 더 물었다. 도제반은 왜 그만두었고 학교는 왜 그만두고 싶어하는지. 뭐가 그렇게 힘이 드는지. 강물은 머뭇거리다 말했다.

"잘 모르겠어요."

말하고 싶지 않다는 뜻이라고 공수진은 받아들였다. 하던 걸 그만두고 싶은 마음도, 누구에게도 속내를 털어놓고 싶지 않은 마음도 다 이해한다고, 공수진은 말했다. 나도 그런 때가 있었고 누구나 그렇다, 그러니 다 괜찮다, 마음의 속성은 천변만화라 일일이 몰입하다보면 모든 것이 혼란스러울 수밖에 없다, 그 나이 때는 더 그렇다, 하지만 다 지나간다, 힘내라.

"그게 뭐예요?"

"뭐가?"

"천변만화요."

"끝없이 계속해서 변한다는 뜻의 한자어야."

"아."

또 뭘 묻고 뭘 듣고 뭘 말했더라. 공수진은 나중에 여러 번 그날의 대화를 되짚어보았는데 끝내 그 이상은 기억나지 않았다. 강물에게 건넨 자신의 말들이 어떤 의도를 품고 있었는지도 분명하지 않았다. 어쩌면 아무 의도도 없었을지 몰랐다. 의도가 있는 말이 나은지 의도가 없는 말이 나은지, 공수진은 오랫동안 생각했다.

의도가 중요한지 말이 중요한지도.

강물은 학교를 그만두지 않았다. 그만두고 싶다는 말도 하지 않았다. 집에서도 그랬다. 그런 마음이 지나간 거라고 부모는 생각했다.

강물이 도제반이었을 때 일주일에 이틀씩 현장 실무 교육을 받은 곳은 다섯 종의 작물을 재배하여 수도권의 모 중견 기업에 납품하는 농원이었다. 몇 해 전 이곳의 오이 재배 농법이 원예 관련 월간지에 소개되기도 했는데 시설하우스에 LED 보광등을 설치해 일조량을 높인 결과 줄기의 성장 속도도 빨라지고 빛이 부족하면 생기는 기형도 잡아주며 착과량도 늘어났다는 내용이었다. 강물은 출근 첫날 대표로부터 기사가 실린 잡지를 환영 선물로 받았다. 대표는 자신도 농고 출신이라며, 포부를 크게 갖고 긍정적인 마인드로 한 가지 일에 매진하면 너도 성공할 수 있다 호언하며 껄껄 웃었다.

농원의 직원은 여섯 명, 그중 세 명은 베트남과 필리핀 사람이었다. 강물이 처음 갔을 때는 그랬고 이후 팔 개월간 그보다 줄거나 늘기를 반복했다. 특히 각 작물의 수확기에는 일용직 노동자가 네다섯 명 추가 고용되었는데 그러한 사정으로 상시 노동자는 열명 이상으로 계산되었다. 도제기업에 선정되려면 상시 노동자가 스무 명 이상이어야 했지만 관련 기관의 추천이 있는 경우 열명

이상도 가능했다. 교육 훈련의 적절성과 노동환경의 적법성에 대한 조건들도 있었는데 도제기업 심사를 맡은 시교육청의 선도기업선정위원회는 실사를 생략하고 신청서에 첨부한 문서 자료만으로 그곳을 통과시켰다. 위원회의 일원인 노무사가 그곳은 학습 프로그램을 제출하지 않았을뿐더러 제출했다 하더라도 실사를 하지 않으면 그 모든 내용이 사실인지 확인할 수 없으며 확인하지 않은 채 통과시키는 건 정당하지 않다고 이의를 제기했지만 묵살되었다. 위원회의 일원인 다른 이의 호통이 더 많은 동의를 얻었기 때문이었다.

"이봐요, 노무사 양반. 그런 식으로 이거저거 까다롭게 따지면 우리 학생들 보낼 업체가 없어요. 아이들이 취직 못하고 낙오되면 댁이 책임질 겁니까?"

호통친 이는 K고의 교장이었다.

강물이 농원에서 팔 개월간 한 일은 하우스 청소를 비롯한 십수 가지의 허드렛일이었다. 그중에는 대표 아내의 심부름으로 장을 보거나 집안 쓰레기를 분리배출하는 등의 일도 있었다. 한 시간인 점심시간은 때에 따라 삼십 분으로 줄기도 했고 퇴근 시간 또한 두세 시간 늦춰지기도 했다. 하지만 출근 시각만큼은 아침 여덟시 반으로 변동이 없었다. 농원의 위치가 애매하여 강물이 집에서 농원까지 가려면 버스를 두 번 갈아타야 했다. 그중 세번째 버스는 배차 간격이 길어 환승 운이 나쁘면 사오십 분을 기다려야 했기 때문에 변수를 감안하고 안전하게 출근하려면 늦어도 다섯시 사십오분에는 기상하여 여섯시 십오분에 집에서 나와야 했다. 운좋게 세번째 버스로 곧장 갈아타면 농원에 일곱시 사십분쯤 도착하게 되어 있어 남는 시간이 아깝긴 했으나 몇 번의 지각으로 대표와 담임으로부터 신랄한 훈계를 들은 뒤로는 알람 시각을 바꾼 적이 없었다. 출근 후 삼십 분은 아침식사 시간이었던 터라 강물은 고심하다 복잡한 출근길 사정을 털어놓으며 자신은 원래 아침을 안 먹으니 아홉시까지 오면 안 되겠느냐고 조심히 청해보았다. 대표의 얼굴이 일그러졌다.

"일을 배우는 것도 중요하지만 조직 문화를 습득하는 것도 직무 수행 능력에 포함된다는 걸 알아야지. 내가 왜 굳이 우리 마누라 고생시켜가면서 매일 아침 밥상을 차리게 하겠어. 팔면 돈 되는 고품질 유기농 채소를 무상 제공하면서까지 말이야. 우리가 기른 걸 함께 나눠 먹으면서 식구의 정을 나누고 그 마음으로 합심해서 즐겁게 일하자는 취지라고. 뭔 말인지 알겠어?"

아침으로 나오는 음식은 늘 비빔밥이었고 주재료인 채소들은 흠집이 있거나 크기와 모양을 갖추지 못해 납품에 부적합한 것들이었기 때문에 강물은 대표의 거창한 설교가 딱 와닿지는 않았지만 조직 문화로서 공동 식사를 강조한 점에는 주의를 기울이지 않을 수 없었다. 농원에서의 실무 교육과 근무 환경이 약속되었던 것과 달라 1학기 초반에 담임과 의논했을 때 담임도 비슷한 말을 했다. 사회는 결코 만만한 곳이 아니다. 일단 그곳의 조직 문화에 적응하려고 노력해라. 지금은 배울 게 없다고 생각하겠지만 그 시간을 잘 보내면 그게 다 경력이 된다. 무엇보다,

"현실적으로 네가 취업 가능한 곳은 그곳이야. 그 비슷한 곳이거나. 더 좋은 환경에서 번듯한 일을 하고 싶다면 애초에 다른 학교를 갔어야지. 안 그래?"

강물은 자신이 적응력이 떨어지는 사람이라 여겼다. 변화에 취약하고 회복 탄력성도 좋지 않으며 그래서 손쉽게 무기력해지는 것이라고. 그렇게 말한 건 상담 교사였다. 내가 어떤 사람인지 잘 모르겠다고, 뭘 잘할 수 있는지 뭘 하고 싶은지 잘 모르겠다고, 강물이 고민을 털어놓았을 때 상담 교사는 이것저것 묻고 답을 들은 뒤 강물의 성향에 대해 그러한 해석을 내놓았다. 1학년 때였다. 그 말을 들었을 때 강물은 묘한 안도감이 들었다. 어디에 있든 누구를 만나든 자신이 왜 그토록 긴장하고 불편한 마음이 드는지, 문제 상황에 봉착했을 때 왜 항상 적극적으로 돌파하지 못하고 일단 움츠러들어 자기 안으로 침잠하는지 이해할 수 있었다. 그래서 언제나 생각과 감정이 첩첩 쌓여 그것들을 처리하는 데 많은 에너지를 소모할 수밖에 없었고 그러느라 정작 집중해야 할 것들에 집중하지 못했다는 사실도. 원래 그런 사람이라 그런 것이지 그러지 않으려는 노력을 안 해서는 아니라고 생각하자 죄책감이 사그라

들었다. 그렇다고 타고난 기질에 안주하고 싶지는 않았기 때문에 적응력을 키워야겠다고 생각했다. 그래서 담임의 말도 대표의 말도 마냥 의미 없다고 여겨지지는 않았다.

하지만 강물은 결국 적응하지 못했다. 도제 프로그램을 향한 의혹을 떨쳐내지 못해서는 아니었다. 사방에서 맹렬히 들려오는 '그것이 현실이다'라는 단언이 내면화되면서 강물은 모든 것이 어딘가 이상하게 어긋나 있는 듯한 괴리감 또한 그 자체로 달리 어쩔 도리가 없는 현실의 일면이라는 결론에 안착하고 있었다.

강물의 발목을 잡은 건 위축감과 자괴감이었다. 대표와 직원 관리자인 대표의 동생은 수시로 강물을 책망했다. 요즘 애들은 배가 불렀다, 조금이라도 힘든 일은 안 하려고 그런다, 그러면서 무슨 취업이 어렵다고 하냐, 편하고 좋은 회사에 가려고 하니 어렵지, 세상에 마냥 편하고 좋은 회사가 어디 있냐, 너는 덩치가 그렇게 크면서 왜 힘을 못 쓰냐, 못 쓰는 게 아니라 안 쓰는 거 아니냐, 밥은 왜 맨날 조금밖에 안 먹냐, 다이어트하냐, 여자애들은 대체 왜 그러냐, 학생들 데려다 가르치는 건 이제 안 해야겠다, 아주 그냥 가르칠 게 한두 가지가 아니다, 돈은 도리어 우리가 받아야 한다.

강물이 2학년 말에 도제반을 그만두겠다고 했을 때 담임은 타일렀다가 혼냈다가 설득했다. 네가 이대로 그곳을 그만두면 그곳은 더이상 우리 학교 학생들을 받지 않으려고 할 것이다, 네가 이런 선례를 남기면 다른 아이들도 영향을 받을 테고 그런 아이들이 늘어나면 너의 후배들은 그만큼 취업의 기회를 잃게 된다. 강물은 잠자코 들으며 무슨 말인지 알겠다는 듯 고개를 끄덕였다. 그리고 이렇게 말했다.

"그만두겠습니다."

어떤 말에도 같은 대답을 하자 담임은 포기했다. 대신 3학년 2학기 때 현장실습을 나가게 되면 그곳이 어디가 되었든 군말 없이 열심히 다니고 졸업 전까지는 그만두지 않겠다 약속하라고 했다. 강물은 그러겠다고 했다.

강물이 현장실습을 나간 곳은 화훼농원이었다. 두 달째 되었을 때 강물은 2미터 높이의 상토혼합기에 흙 25킬로그램을 넣다가 무게 때문에 균형을 잃고 사다리에서 떨어졌다. 떨어지면서 옆에 있던 호스 릴에 머리를 부딪혔다. 그 농원은 그전에 한 직원이 역시 흙 포대의 무게 때문에 휘청하여 상토혼합기 안으로 추락해 사망한 일이 있었던 곳이었다. 본래 그런 기계에는 긴급 정지 스위치가 설치되어 있어야 했고 직원들은 2인 1조로 작업을 진행해야 했지만 둘 다 지켜지지 않았다. K고가 그곳과 현장실습 계약을 맺기 이 년 전의 일이었다.

강물이 의식을 잃고 병원에 누워 있는 동안 강물의 부모는 교육청과 고용노동부와 농원과 학교를 오갔다. 교육청은 학교에서 일어나는 일만 관할하므로 책임질 수 없다고 했고 고용노동부는 노동자와 관련한 일만 관할하므로 책임질 수 없다고 했으며 농원은 강물 본인의 실수라고 했고 학교는 달리 드릴 말씀이 없다고 했다. 강물의 공식적인 신분은 학습근로자였지만 그것의 의미는 어디에도 밝혀져 있지 않았다.

누구도 아닌 자. 아무데도 속하지 않는 사람.

강물에 대해 모두가 그렇게 말하고 있는 것 같다고 강물의 부모는 생각했다. 분하고 서러웠지만 반박할 말이 없었다. 애초에 무엇이 문제였는지 알 수 없었다. 아니, 그 아이는 우리의 아이야. 우리에게 속해 있어. 강물의 부모는 서로에게 책임을 묻기 시작했다. 강물의 어머니는 네놈이 우리 딸을 그 학교에 보내서 이렇게 됐다고, 그만두고 싶다고 했을 때 네놈이 억세게 말려서 이렇게 됐다고 비난했다. 강물의 아버지는 애가 잘되라고, 우리보다는 잘살라고 보낸 거지 설마 그렇게 되라고 보냈겠느냐고, 너는 안 그랬느냐고 소리질렀다. 그러다 둘 다 울음을 터뜨렸다. 그래도 죽지는 않았으니 천만다행이라고 말하며 두 사람은 계속 울었다.

강물이 깨어나고 다섯 달 뒤 강물의 아버지가 죽었다. 몰락한 가계를 한탄하며 주량보다 세 배 많은 양의 술을 몸속에 들이붓고 흔들흔들 집에 오던 중 교통사고를 당했다.

＊

　달리 드릴 말씀이 없다고 말한 건 공수진이었다. 어머니는 가슴을 쥐어뜯었고 아버지는 담배를 피우러 나갔다. 그 농원에서 전에도 큰 사고가 났었다는데 알고 있었느냐고, 알고도 보냈느냐고 어머니가 따졌다. 격정의 파동이 공수진의 심장을 휘감았다. 공수진은 동요를 누르고 차분하게 말했다.

　"물의 경우는 그 사고와 양상이 전혀 다르고, 더군다나 몇몇 사업체 중 그곳에 지원하고 현장실습협약서에 사인한 건 물의 결정이었습니다. 책임질 수 없다는 게 아니라 저희도 달리 어쩔 도리가 없다는 뜻에서 말씀드리는 겁니다. 저희도 정말 안타깝습니다, 어머니."

　그것은 준비된 대답이었다. 준비를 시킨 건 교감이었다. 법적인 문제로 확대시킬지 모르니 나중에 책잡힐 발언은 조심하라고 주의를 주었다.

　"책잡힐 발언…… 어떤 거요?"

　공수진의 말에서 찌르는 기운을 감지한 교감은 언짢은 표정으로 공수진을 빤히 바라보다 메모지에 몇 가지 어휘를 적어 건넸다. 우연히 벌어진 불운한 사고, 본인이 직접 협약서에 사인, 학교는 정부와 교육청 지시를 따를 뿐.

　"이 사실들만 정확히 짚어주면 됩니다. 그 외의 말은 하지 마세요. 이를테면 개인적인 판단이나 해석 같은 거. 혹시 그런 게 있다면 말이죠. 그런 걸 덧붙이고 싶다면 우리 학교 교사가 아닐 때 마음껏 하시고."

강물 부모와의 면담 자리에 동석한 교감은 그들이 돌아간 뒤 공수진에게 말했다.

"잘하셨습니다. 글만 잘 쓰시는 줄 알았더니 말씀도 잘하시네요."

10월이었다. 10월은 신입생 유치를 위한 프로그램들이 본격적으로 진행되는 달이었다. 대표적으로 학부모를 대상으로 한 입시 설명회와 관내 중학교들을 대상으로 한 방문 설명회, 중학생들의 학과 체험과 그에 따른 개별 상담 등이 있었다. 프로그램 준비와 진행을 맡은 홍보팀은 전공 교사와 일반 교사 상관없이 젊고 멀쑥한 외양의 기간제 교사들로 이루어져 있었고 이들은 이 시기에 수업을 거의 하지 못했다.

공수진도 그중 한 명이었는데 국어 교사라는 이유로 각종 홍보물 문구 작성까지 도맡아 더욱 정신이 없었다. 전부 처음 하는 일이라 서툰 구석이 없지 않았으나 공수진은 열성을 다했다. 방문 설명회와 학과 체험 때 자신이 할 말들을 대본으로 작성하여 선배 교사와 전공 교과 교사에게 검토를 부탁하기까지 했다. 대본을 본 교사들은 어색하게 웃었다.

공수진은 프로그램들이 완료될 때까지 관련된 모든 일을 그 누구보다 열렬히 수행했다. 누구나 탄복하지 않을 수 없는 열렬함이었지만 가장 가까운 곳에서 공수진을 지켜본 식품가공 교사 민수철은 어딘지 모르게 부자연스럽다는 인상을 받았다. 뭐랄까, 모든 점에서 열렬을 넘어 지나치게 극렬해 보였다. 그러나 딱히 안 좋은 결과를 낳는 건 아니었기 때문에 민수철은 관심을 기울이다 말았다.

한 달 후 공수진은 다섯번째 임용고사를 치렀다. 정확히는 치르다 말았다. 1교시 교육학 시험지를 멍하니 들여다보다 한 문제도 풀지 못한 채 시험장을 나왔다. 그날이 시작이었다. 어떤 단어에 함몰되어 사방팔방으로 생각이 번져나가느라 종종 자신도 모르게 말과 행동이 멈추게 된 것은. 맨 처음 빠져든 단어는 '학습'이었다.

그리고.

K고와 세번째 계약을 맺었다. 이번에는 1학년 담임을 맡았다. 새로 만난 정수리들은 이전에 본 정수리들과 똑같이 아무 표정도 없었으나 이제 더는 괴이하게 느껴지지 않았다. 자신의 정수리도 표정이 없기는 마찬가지일 것이기 때문이었다.

강물이 깨어났다는 연락을 받은 건 1학기 마지막날이었다. 소식을 전한 건 지난해 담임을 맡았던 반 학생 박연주였다. 시설하우스 시공업체로 실습을 다니다 강물의 사고 이후 중도 포기하고 외삼촌이 운영하는 접골원에 조기 취업한 아이였다. 같은 시기에 여러 반에서 현장실습을 그만둔 학생들이 더러 있었다. 박연주와 달리 개인적으로 취업처를 찾은 경우는 거의 없었고 이들은 학기가 끝날 때까지 여러 교사들로부터 은근한 냉대를 받았다.

박연주는 강물과 그리 친한 사이도 아니었고 대화를 나눈 적도 거의 없었지만 졸업 후 이따금 강물을 떠올렸다. 그러다 어느 날 외삼촌이 틀어놓은 라디오에서 어떤 노래를 듣게 되었다. 박연주는 그것이 강물이 듣던 노래라는 걸 금방 기억해냈다. 강물은 방과후 수업 전 저녁도 먹지 않은 채 홀로 운동장 벤치에 앉아 이어폰으로 뭔가를 듣고 있었고 박연주는 급식실에서 나와 그 앞을 지나다 뭘 그렇게 듣느냐고 말을 걸었다. 강물은 말없이 이어폰을 건넸다.

"뭐야. 무슨 이런 이상한 걸 들어."

박연주가 말하며 이어폰을 돌려주자 강물은 웃음을 터뜨렸다. 그러면서 가수와 제목을 말해주었는데 박연주는 곧 잊었다. 라디오에서 들은 뒤 프로그램 홈페이지에서 검색해보니 가수는 클로이 굿차일드, 제목은 〈Everywhere Longing〉이었다. 그날 박연주는 종일 그 노래를 들었다. 들을수록 기분이 점점 가라앉았지만 뭔지 모르게 아주 멀리 떠나온 듯 아득한 느낌이 차올랐고 그 아득함 끝에서 묘한 안도감이 움텄다. 모든 것이 다 지나간 것 같은. 그래서 이젠 아무 일도 없을 거라는. 일을 마친 뒤 박연주는 병원으로 향했다. 강물은 듣던 대로 잠들어 있었으나 그날 아침 의식이 돌아왔다고 강물의 어머니가 알려주었다.

"약간 소름 돋았어요."

박연주는 공수진에게 말했다.

"뭔가 운명 같잖아요."

공수진이 박연주와 대화를 나눈 건 지난해 현장실습 포기 건으로 면담한 이후 처음이었다. 당시 공수진의 반에서 같은 내용으로 면담을 한 학생은 여덟 명이었다. 모두 강물의 일로 영향을 받은 듯 보였다. 공수진은 학생들의 멘탈 관리에 주의하며 살살 회유하되 그것은 흔한 사고가 아니며 학교에서 곧 모든 업체의 현장 체크를 할 거라는 점을 강조하라는 지시를 받았지만 포기 이유를 묻는 것 말고는 아무 말도 하지 않았다. 민감한 상황이었던 터라 공수진은 대놓고 압박을 받지는 않았고 학생들도 그랬으나 그들 중 절반은 전공 교사와 산학협력부 교사와의 면담을 거친 뒤 현장으로 돌아갔다. 이에 대해서도 공수진은 아무 말 하지 않았다.

"연락되는 애들한테는 다 알렸어요. 모두 좋아했어요. 그리고…… 선생님들한테는 굳이 말할 필요가 있나 싶었지만, 그래도 선생님한테는 말씀드려야 할 것 같았어요."

"나?"

"담임 선생님이었으니까요."

"아."

"선생님이 강물을…… 우리를 뭐라고 여기시든 말든 어쨌거나요."

공수진은 잠깐 침묵했다 말했다.

"그건 비문이야."

"네?"

"뭐는 무엇의 준말이고 무엇은 사물을 가리키는 말이야."

박연주는 픽 웃었다.

"이거였군요."

"뭐가?"

"혁수한테 들었는데, 물이 예전에 그런 말 했었대요. 선생님을 보면 이상하게 안타깝다고. 진짜 하고 싶은 말은 한 번도 못 해본 사람 같다고요. 그런 사람들은 어떤 독한 감정이, 그러니까 경멸이나 환멸 같은 거요. 그런 게 솟구칠 때 꼭 딴소리를 한대요. 뭐랬더라. 객관적으로 바른 말 같은 거랬나? 절대 틀릴 수 없는 말같은 거요. 말이 여러 번 옮겨지느라 표현이 달라졌을 수 있는데 아무튼 그랬대요."

내가 그런가. 공수진은 생각했다. 강물이 어떤 상황에서 그렇게 느꼈다는 건지 물으려다 말았다.

병원에 다녀온 뒤 공수진은 이틀간 한숨도 자지 못했다. 자신을 멀뚱히 바라보던 강물의 눈동자가 시야에서 사라지지 않았다. 아무엇도 담고 있지 않은 눈동자. 공수진을 투과하여 한없이 먼 뒤쪽 어딘가를 향해 있는 듯 아득한 시선. 텅 비어 있어 투명해 보이기도 하고 어디에 닿아 있는지 알 수 없어 불투명해 보이기도 했던. 눈동자를 향해 물었다. 너는 뭘까, 나는 또 뭐고.

이후로도 강물의 눈동자는 계속해서 눈앞에 출현했다. 아무데서나. 아무때나. 불쑥불쑥. 섬광처럼.

눈동자는 물었다. 나는 누구지, 당신은 누구고.

*

차반석의 강의 제목은 'Z세대를 위한 진로 특강—문제는 자기주도권'이었다. 공수진은 장례식장 근방을 벗어나 무작정 걷다가 도서관 앞에 이르렀고 무심코 플래카드를 보게 되었다. Z세대가 몇 년생들을 가리키는지 기억나지 않았다. 공수진은 밀레니얼 세대였다. 역시 정확한 시기가 가물가물했지만 요즘은 그 두 세대를 통칭하여 MZ세대라 부른다는 건 알고 있었다. 그런 명칭은 누가 왜 정하는 것일까. 그다지 궁금하지도 않으면서 맥없이 그렇게 곱씹으며 도서관으로 들어갔다.

특별한 이야기를 기대하진 않았다. 별달리 관심이 가는 주제도 아니었다. 주도권과 자기주도권이 어떻게 다르더라, 하는 생각이 스치기는 했다. 아무래도 상관없었다. 공수진은 그저 잠시 주의를 돌리고 싶었을 뿐이었다. 그러고 나면 다음 행로를 정할 수 있을 것도 같았다. 집으로 갈지, 조문을 갈지.

강의의 요지는 진로를 고민할 때 세상의 요구를 기준점으로 삼지 말고 불변의 가치를 좇으라는 것이었다. 세상은 갈수록 알 수 없는 방향으로 격변하고 있는데 그 변화를 따라잡을 수 있다고 믿는 건 바보 같은 짓이다. 모든 것이 변해도 변하지 않을 수 있는 것에 인생을 걸어야 한다. 그것은 바로 꿈이다. 자신이 진짜 하고 싶은 것, 마냥 즐거워 스스로 하게 되는 일.

"너무 뻔한가요? 하지만 원래 진리란 뻔하고 단순한 겁니다. 꿈을 향한 열망을 따르는 것은 진정한 나를 찾는 길이고 그렇게 자신이 누구인지 입증한 사람이 누리는 권리가 바로 주도권이에요. 자기주도권을 획득한 이는 시스템에 매몰되지 않습니다."

차반석은 하나의 실례로서 자신이 성취했다고 여긴 것들의 무의미를 처절하게 직면한 뒤 안정된 울타리 밖으로 뛰쳐나와 진짜 삶을 살게 된 자기 경험담을 소개했다.

"하지만 꿈에 올인하려면 일단 꿈이 있어야 할 텐데 내가 뭘 하고 싶어하는지 어떻게 알 수 있죠?"

누군가 질문을 던졌다. 스물한 살 대학생이라고 했다. 차반석은 정다운 미소를 머금고 즉답했다.

"그건 본인이 찾아야죠. 그게 자기주도권입니다."

관객석에서 웃음과 함께 박수가 터졌다.

공수진은 차반석에게 학교의 이야기도, 강물의 이야기도 하지 않았다. 할 수 없었던 것인지 하기 싫었던 것인지 분명하지 않았다. 어쩌면 할 필요가 없었던 건지도 몰랐다.

"저도 선생님과 비슷한 이야기를 저희 학생들에게 한 적이 있어요."

올해 2학기가 시작된 지 얼마 안 되었을 때였다. 1학년 말에는 아이들이 각자의 전공과 도제반 참여 여부를 결정해야 했기 때문에 본격적인 공지와 관련 설명을 구체적으로 해줘야 하는 시점이었다.

무슨 말을 어떻게 해야 할지 알 수 없었다. 충분히 준비된 매뉴얼이 있었는데도 교탁 앞에 서서 그 내용을 말하려는 순간 머릿속이 하얘졌다. 공수진은 허둥대다 일단 도제교육에 관한 세 장짜리 팸플릿을 나누어준 뒤 꼼꼼히 읽어보고 궁금한 게 있으면 물어보라고 했다. 아이들은 잠깐 흥미를 가졌다가 곧 심드렁해졌다. 한 아이가 '산학일체'와 '도제'가 무슨 말이냐고 묻긴 했다.

"여러 의미를 담고 있는데, 먼저 각 글자의 한자 뜻이……"

기억나지 않았다. 공수진은 그대로 입을 벌린 채 굳어 있었다. 조금 뒤 아이가 다시 물었다.

"선생님, 괜찮으세요?"

괜찮지 않았다.

공수진은 정신을 차리려는 듯 고개를 세차게 가로저었다. 어지러웠다. 찌잉 하고 이명이 들리기까지 했다. 뭐라도 말해야 한다고 공수진은 생각했다. 뭐가 됐든 답해야 한다고.

"그런 건 중요하지 않아. 그게 무슨 뜻인지, 애초에 어떻게 생긴 말인지. 그러니까 넋 놓고 있지 말고 자신이 진짜 무엇을 원하는지 찾아. 누구에게도 훼손당하지 않을 자기만의 것을 가지란 말야. 그래야 휩쓸리지 않아."

공수진의 목소리는 점점 커졌고 마지막엔 주먹으로 교탁을 내려치기까지 했다. 아이들은 얼떨한 표정을 지었다. 공수진도 마찬가지였다.

그건 이상한 말이었다고 공수진은 뒤늦게 생각했다. 어떤 것에도 연결되어 있지 않고 아무것도 가리키지 않는 말, 가운데가 텅 빈 말이라고.

차반석의 강의를 들으며 공수진은 숨이 막혔다. 고립감과 자책감과 무력감이 한데 섞여 몰아닥쳤다. 차반석이 말을 하면 할수록 그런 감정들에 더욱 압도되었고 할 수만 있다면 차반석의 입을 틀어막고 싶었다. 자신의 귀를 틀어막아도 되었을 테지만 그런 방법을 생각해내기 전에 분통이 터지고 말았다. 정신을 차렸을 때는 이미 일이 벌어진 뒤였다. 그날 자신이 아이들에게 무슨 말을 한건지 공수진은 비로소 알아차렸다.

모든 건 네 선택과 의지에 달렸다. 갖는 것도, 잃는 것도, 이루는 것도, 망하는 것도 모두 다. 네가 누구인지 증명할 수 있는 건 오로지 너 자신뿐이다.

"표현은 다르지만 결국 그 말을 한 거였어요. 저도, 선생님도요. 수치스럽게도."

"수치?"

"네. 수치스럽습니다."

차반석은 미간을 찌푸리며 고개를 갸웃했다.

"뭐가요?"

"고작 내놓은 답이 그거라는 게. 무수한 물음들이 있었는데. 한 번도 묻지 않은 것들을 묻게 되었고 한 번도 보지 못한 것들을 보게 되었는데도, 고작 그런 말을. 마치 그 말이 내 것인 양. 내가 찾아내고 내가 가닿은 진실인 것처럼. 확신에 차서. 그 확신이 모든 물음을 차단시키는 줄도 모르고. 실은 아무것도 모르면서. 모르니까 그런 부주의하고 근본 모를 말을 한 것이겠지만요. 그러니까 넋 놓고 있었던 건 저예요."

자책인지 힐난인지 차반석은 헷갈렸다.

"어불성설로 들리시겠지만…… 제가 후려친 건 저의 뒤통수였어요. 다시 한번 사과드립니다. 제가 선생님께 정말로 큰 잘못을 저질렀어요."

공수진은 자리에서 일어나 허리를 구십 도로 굽혔다. 차반석은 엉거주춤 서서 손을 내저으며 공수진을 자리에 앉혔다.

"알겠어요, 알겠습니다. 사과는 받아들일게요. 하지만 저와 선생님이 한 말이 그렇게까지 문제가 있었던 건지는 잘 모르겠네요. 수치스러울 정도로 말입니다. 제 이야기가 늘 옳다고는 여기지 않아요. 대단히 특별한 것도 아니고요. 사실 누구나 할 수 있는 보통의 이야기죠. 그래도 그렇게까지 저급했다고는…… 저는 희망을 가지라고 한 말인데, 선생님은 아니었나요?"

"맞아요. 그 순간엔 저도 그랬던 것 같아요. 아마도 그 말을 하는 사람들은 모두 그런 마음일 거예요. 하지만 그런 말이 어쩌다 희망을 대표하는 말이 되었을까요?"

"무슨 뜻이죠?"

"자신이 누구인지 아는 건 타인을 통해서만 가능하잖아요. 아무도 없는 곳에 혼자 있으면 그 사람은 누구도 아니죠. 누구일 필요가 없으니까. 아마 자기가 어떤 사람인지 궁금하지도 않을걸요. 이름도 필요하지 않을 거예요. 그렇지 않나요? 그런데도 네가 누구인지 아는 건 너뿐이다, 라고요? 뭔가 좀 이상하다는 생각 안 드세요?"

"제 말은 그런 뜻이 아니라…… 그러니까…… 내 말은……"

차반석은 말을 이을 듯 말 듯 웅얼거리다 그대로 입을 다물었

다. 반박할 말이 없지 않다고 여겨졌지만 어떻게 말해야 할지 알
수 없었다. 내 말이 정말 그런 말인가, 그런 의미를 가지고 있나,
차반석은 생각했다. 내가 가졌던 희망은, 나에게 희망이 되었던 말
은 뭐였더라. 생각하고 있자니 이상한 무력감이 몰려왔다. 어떤 것
에도 분명한 답을 하지 못해서였다. 내면이 붕괴되어 이미 가진 것
들을 다 놓아버렸던, 놓아버릴 수밖에 없었던 오래전 그 시절처럼.

"어쩌면 우리는 희망이 뭔지 몰랐던 건지도 모르겠어요. 진짜
로 나에게 속한 것이란 뭔지, 그런 걸 갖게 되면 어떻게 되는지도
요. 한 번도 그래본 적이 없으니까. 어쩌면 말이에요."

차반석은 잠잠했다.

"선생님은 좋은 분 같아요. 제 이야기에 귀를 기울여주셨으니
까요. 저는 그러지 못했어요."

*

세상이 하얗게 변해 있었다. 함박눈 때문이었다. 공수진이 발을
디딘 곳마다 옅은 발자국이 새겨졌다. 가끔씩 멈춰 서서 뒤를 돌
아 자신의 발자국을 바라보았다. 무섭게 쏟아지는 눈발이 시야를
가려 그리 멀리까지는 보이지 않았다.

걷다보니 어느새 장례식장 앞에 당도해 있었다. 잠깐 서 있는데
누군가 공수진에게 알은척을 했다. 박연주였다. 일을 마치고 오는

길이라고 했다.

"안 들어가세요?"

"들어가야지."

박연주는 성큼성큼 앞서가다 뒤를 돌아보았다. 공수진은 아직 그 자리에 서 있었다. 박연주는 공수진을 잠깐 기다리다 말했다.

"안 오세요?"

공수진이 머뭇거리자 박연주는 공수진에게 다가와 말했다.

"오셨으니까, 일단 조문은 하셔야죠."

"그래. 네 말이 맞다."

강물을 만나면 어떻게 해야 할지, 강물의 어머니에겐 무슨 말을 해야 할지는 고인에게 인사를 드린 뒤 생각하기로 했다. 생각이 안 나면 굳이 말을 하지 않아도 될 것이었다. 말을 하지 않는다고 해서 조문이 아니라고는 할 수 없을 테니까. 그러니 일단은.

"죄송하지만, 좀 빨리 걸으시면 안 돼요?"

박연주가 말했다. 공수진은 박연주의 보폭과 속도에 맞추어 걷기 시작했다. 빈소에 도착하는 데는 삼 분도 채 걸리지 않았다.

월급사실주의2023

귀하의 노고에 감사드립니다

ⓒ 김의경 서유미 염기원 이서수 임성순 장강명 정진영 주원규 지영 최영 황여정 2023

1판 1쇄 2023년 9월 1일
1판 3쇄 2024년 6월 24일

지은이 김의경 서유미 염기원 이서수 임성순 장강명 정진영 주원규 지영 최영 황여정
책임편집 김수아 | 편집 여승주 정은진
디자인 최윤미 이원경 | 저작권 박지영 형소진 최은진 서연주 오서영
마케팅 정민호 서지화 한민아 이민경 안남영 왕지경 정경주 김수인 김혜원 김하연 김예진
브랜딩 함유지 함근아 고보미 박민재 김희숙 박다솔 조다현 정승민 배진성
제작 강신은 김동욱 이순호 | 제작처 한영문화사

펴낸곳 (주)문학동네 | 펴낸이 김소영
출판등록 1993년 10월 22일 제2003-000045호
주소 10881 경기도 파주시 회동길 210
전자우편 editor@munhak.com | 대표전화 031) 955-8888 | 팩스 031) 955-8855
문의전화 031) 955-3576(마케팅) 031) 955-2675(편집)
문학동네카페 http://cafe.naver.com/mhdn
인스타그램 @munhakdongne | 트위터 @munhakdongne
북클럽문학동네 http://bookclubmunhak.com

ISBN 978-89-546-9517-6 03810
• 이 책의 판권은 지은이와 문학동네에 있습니다.
  이 책 내용의 전부 또는 일부를 재사용하려면 반드시 양측의 서면 동의를 받아야 합니다.

잘못된 책은 구입하신 서점에서 교환해드립니다.
기타 교환 문의 031) 955-2661, 3580

www.munhak.com